REBELIÓN EN CELESTYA ®

Sémadar Tenosyam

Ediciones Eleos

Sémadar Tenosyam
Autor

Norberto González Chico
Ilustrador

Jahdiel I. Ortiz Samot
Asistente del Editor

Mayra A. Ortiz Bello
Editora

Frank J. Ortiz Bello
Editor en Jefe

ISBN: 978-1-881741-91-6

Ediciones Eleos

Dorado, Puerto Rico

www.edicioneseleos.com

Ediciones Eleos es una división de FJ Multimedia LLC.

A todos los que sirven fielmente a la luz, a la justicia y a la verdad y a los que en un futuro cercano les servirán...

Comentario de adaptación

Rebelión en Celestya es una adaptación de la novela *Rebelión en Ciudad Celeste*, del autor Sémadar Tenosyam, que fue publicada en Puerto Rico en el año 2008 por Ediciones Eleos.

Tabla de contenido

Cómo ir a través de este libro

Tienes la libertad de elegir si lees la obra como una novela, o utilizarla como una herramienta de estudio. Puedes realizar la lectura tú solo o con un grupo de amigos o estudiantes; pero sobre todo debes considerar invitar a tu familia, para que juntos den un fantástico viaje por el tiempo, el espacio y la luz. Con el propósito de juntos crear las experiencias de aprendizaje y satisfacer tu espíritu ansioso por aprender cosas nuevas, además de despertar tu lado investigativo, esta obra presenta ciertos desafíos en el camino. Los mismos son:

- Referencias que aparecerán a través de la lectura. Estas lucen con un número y un asterisco juntos, tal como se ilustra en el ejemplo: «1*». Debes ir al final del capítulo en la sección titulada *Visita el Salón Profundidad*, donde trabajarás en conseguir esa referencia y ahí se te mostrará el camino para encontrar una valiosa enseñanza en el Gran Libro Básico. Así separarás la verdad de la ficción y te harás cada vez mejor.

- Palabras del griego, latín, español, inglés y francés; o una mezcla de ellos para crear un lenguaje diferente, divertido y a la vez didáctico. Puedes estar seguro de que cada palabra tiene un gran mensaje que debes creer y atesorar. No te preocupes por el idioma, ya que en la lectura hallarás muchos de los significados de los términos utilizados. Puedes estar seguro de que aquí nada se ha dejado al azar. Para que no pierdas ninguna de las enseñanzas de la obra, al final incluimos un glosario que contiene el significado de cada uno de los términos, para que puedas entender y aprovechar el divertido lenguaje de los personajes. Puedes visitar el glosario cuando lo necesites.

- Por último, el libro te desafía a tomar decisiones con respecto a tu vida y voluntad, que de seguro impactarán tu existencia de manera positiva desde hoy y para siempre.

Sémadar Tenosyam

Prólogo

Si tienes este libro en las manos, entonces eres de la clase de personas que prefiere hacer noticia, a diferencia de aquellos que se conforman con escucharla o leerla cómodamente en las salas de sus hogares. Definitivamente perteneces al pequeño grupo que no se siente completamente satisfecho con la experiencia del otro —la cual puede ser valiosísima—, sino que persigue su propia vivencia debido a que esta es única y personal, lo que la convierte en doblemente significativa. Siendo como eres de seguro que no pensarás dos veces en aceptar mi invitación a un plano de luz sin igual, donde el límite es aquel que solo tú mismo puedas poner; y donde la palabra infinito cobra un significado mayor al que actualmente conoces. Las puertas de un espacio, que puede retar y conmover tus actuales ideas acerca de lo que crees y das por seguro, están a punto de abrirse para ti.

Hoy te invito a que abras tu ser y penetres a una dimensión donde solo los que poseen una mente amplia y un espíritu libre pueden atravesar. En este elevadísimo plano podrás observar los hechos de todos los ángulos posibles, y donde tú mismo puedes aportar a la conclusión de un juicio, con todas las de la luz, acerca de las cosas en las cuales has sido instruido. Entrarás en un mundo donde la ficción y la verdad se mezclan, captando tu atención, y donde debes darte a la tarea de separar estas para descubrir las verdades que parecen no serlo; sin embargo, son tan reales como tú mismo. De seguro tendrás la oportunidad de descubrir la ficción que te ha sido compartida como verdad, lo que representará un verdadero desafío a tu vida. Te convertirás en un experto en separar el trigo de la paja, y aprenderás cómo entresacar pepitas de oro del agua y de la arena, como un verdadero buscador de tesoros.

Otra vez te hablo a ti, que eres alguien que ha tenido el privilegio de formar parte de la generación de la luz; que escribes con luz, te comunicas a través de ella y hasta sacas tiempo para jugar y divertirte con la luz. Este mensaje es tuyo. Ven y sé parte de este viaje por la luz misma, y ten por seguro que descubriremos juntos las verdades contenidas en ella. Este libro tiene como propósito básico el llevarte a conocer, entender, seguir y amar al Gran Libro Básico. ¿Qué cuál es ese libro? Pues bien, te invito a que lo descubras y lo experimentes por ti mismo, ya que eres de la especie de los que buscan vivir, crear y capturar sus propios y únicos momentos; que van más allá de los sentidos, el tiempo y el espacio. Únete a nuestra gran aventura, avanza y no te detengas, la luz te espera. Bueno, si deseas puedes tomar un tiempo para pensar y meditar tu decisión de continuar la lectura o detenerte. Sin embargo, sé que si continúas serás una persona diferente al final de este interesante tramo. Ahora es el tiempo de quedarte en el puerto o embarcar, decídelo a tu propio riesgo...

1

Coordenadas

Esta es la historia más antigua jamás contada. La que nos relata el origen de todas las cosas. Va más allá de la poderosa chispa de luz que trajo a todas las galaxias a la existencia. Incluso ocurrió antes del estallido de vida que, al desplegarse, llegó a otros planetas del universo. Previo a todo esto, ya nosotros éramos. Ningún poder actúa, ninguna autoridad es concedida si no sale de este lugar. Todo comenzó aquí, en nuestra ciudad, la cual es el hogar de la civilización más avanzada jamás conocida.

Nuestra morada es un lugar de paz. Sin embargo, los guerreros más diestros de todo el universo se formaron aquí. Dentro de nuestros muros el bien y el mal, la luz y las tinieblas solían estar juntos en una tregua sin interrupción. Hasta que ocurrió el violento conflicto que los separó para siempre. El nombre de nuestro planeta es Celestya, la valiente.[1]* Celestya está construida solo de luz y de la más pura energía; nada perecedero habita en ella. Por eso, decimos que es la soberana silenciosa sobre todo lo que es luz y energía en sus diferentes manifestaciones.

Nuestra ciudad es gobernada por Elhadon el grandioso, rey de todas las cosas, y por su hijo Elhyon. Él, Elhyon, es conocido como el majestuoso "señor de los señores". Ellos dos son los únicos miembros de la toda poderosa dinastía, Primera y Última. Desde su inmenso palacio, el Crystalmer, nuestros soberanos ejercen su poder sobre todo lo que es energía, materia y luz. De modo que nada escapa de su influencia y dominio. Hasta donde sabemos, Celestya fue construida por nuestro rey Elhadon como un regalo para su hijo, el príncipe Elhyon.[2]*

En el principio nuestro rey habló a su hijo, diciendo:

—Mi amado hijo, recibe todas las galaxias del universo como tu reino y herencia y toma esta ciudad única como tu trono. Desde aquí tú regirás sobre el cosmos por todas las edades.

—Mi padre y rey de Celestya, yo acepto y recibo tu digno regalo como un legado de tu realeza. Desde hoy me comprometo a gobernarla con verdad, justicia e igualdad. Garantizando paz y libertad en toda la vasta extensión de nuestros dominios.

—Hijo mío, mi heredero a través del poder de la luz, nosotros regiremos sobre cualquier forma de energía y vida en todo el universo.

—Sí padre, desde nuestra ciudad vigilaremos todo cuanto existe, como los activos guardianes de todos los tiempos: pasado, presente y futuro y lo que es antes y después de estos tres periodos.

Nuestros reyes, Elhadon y Elhyon, son capaces de crear vida. Ellos hicieron a todos los seres que habitan en nuestra ciudad. Cada ser viviente comienza en la matriz. Una enorme piscina de luz, energía y vapor, conocida como la Plataforma Creativa. En ese inmenso lago se dieron cita los dos poderosos y ahí decidieron entregar el regalo de la vida a los cuatro primeros habitantes de nuestra ciudad planeta.[3]*

—Ven, Elhyon, vamos a llenar esta ciudad con diferentes formas de vida. Comencemos con quienes tendrán el poder del pensamiento, del uso del juicio y de la razón y sobre todo, el ejercicio de la voluntad.

Celestya La Valiente

El rey Elhadon y el príncipe Elhyon de Celestya

—Sí, ellos serán el más elevado y fuerte eslabón en la cadena de mando. Deseo que estas primeras criaturas sean el patrón, modelo y base de las millones y millones de vidas por venir.

—Como tú desees mi hijo heredero, sean tus sabios pensamientos estatutos y tus palabras la ley. Que la forma, semejanza y el aspecto de estas criaturas esté en cualquier rincón donde la vida se manifieste.

Repentinamente el rostro de Elhadon resplandeció con una luz blanca, y extendiendo su mano derecha hacia la inmensa piscina dijo:

—Por mi palabra y mi dicho: Hermanos Cardinales, levántense de la luz a la vida.

Después de las palabras de Elhadon, la Plataforma Creativa comenzó a hervir con una efervescencia cada vez mayor. Fue en ese momento que el príncipe Elhyon hizo algo sorprendente. Extendiendo su mano arrojó un potente rayo a la parte derecha de la inmensa Plataforma Creativa y dijo:

—Con este rayo ustedes cuatro emergerán. Levántense y vivan.

La descarga de energía de la mano del príncipe golpeó la superficie de la Plataforma Creativa. Al penetrar en las profundidades de la piscina el rayo se dividió en cuatro. El poder de Elhyon desató una reacción en cadena, la cual trajo a la vida a las primeras criaturas de todo el universo.[4*]

—Ya están aquí hijo, ellos son el origen de todas las generaciones —dijo el rey Elhadon.

—Observa padre. He aquí la representación física de la autoridad, del poder, la sabiduría, la gracia y la hermosura.

Súbitamente uno de los rayos explotó en forma violenta y emergió de las profundidades de la piscina a la superficie, trayendo a Leomight consigo. Casi inmediatamente de esto, otra onda expansiva muy vigorosa que provenía de otro de los halos de luz, embistió la superficie como un bólido y apareció Bullfort. Un tercer rayo rompió la superficie, trayendo a Andrews Morphus a la existencia. Todo esto ocurrió muy rápido y en medio de brillantísimos relámpagos y ensordecedores truenos. Estas tres criaturas levitaban sobre la matriz, la inmensa piscina de luz. Los tres estaban vivos y conscientes, pero totalmente inmóviles, incapaces de hablar. Solo podían ser testigos silentes de lo que sucedía a su alrededor.

La Plataforma Creativa

El cuarto rayo permaneció dentro de la Plataforma Creativa, se movía lentamente. Repentinamente salieron de la matriz en medio de luz, vapor y una suave efervescencia tres esferas cristalinas y en medio de ellas emergió el cuarto rayo. De las profundidades de la piscina comenzó a escucharse una fina, hipnótica y delicada pieza musical que poco a poco llenó todo el entorno. Entonces las tres primeras criaturas que colgaban sobre la nada pudieron observar cómo una cuarta criatura era lentamente esculpida con los rayos de energía disparados por las tres esferas de luz.

—Elhyon, vamos a esperar por el cuarto ser viviente que está por levantarse. Ella será un regalo muy especial para sus tres hermanos y un toque de glamur para nuestra ciudad. Ella será la primera entre las que como ella se levantarán.

—Sí mi padre, observa la bella y valiente guerrera que está siendo esculpida en la Plataforma Creativa. He aquí que una nueva visión y percepción están surgiendo con ella y la verdadera belleza por fin ha llegado.

—Vale la pena la espera y son sin precio y de incalculable valor la luz y la energía que la están formando. Escucha bien, mi hijo Elhyon. Sarah Eagle será su nombre. Será pura como la luz y poderosa como la energía misma. Se le conocerá como la princesa águila.

Repentinamente la creación de Sarah Eagle se detuvo, las esferas dejaron de cincelar con sus rayos el cuerpo escultural de Sarah. Entonces las tres esferas señalaron hacia las tres primeras criaturas que levitaban y observaban lo que ocurría. Una de las esferas apuntó hacia el pecho del primero, Leomight; otro señaló a los pectorales del segundo, Bullfort; y, otra hacia el pecho del tercero en emerger, Andrews Morphus. Entonces volvieron a esculpir, esta vez no para dar forma a la princesa águila, sino para remover partículas de luz y de energía de los pechos de los primeros tres seres. Entonces volvieron a trabajar en la creación de Sarah Eagle. Así fue que usando el material tomado del pecho de sus tres hermanos, las esferas terminaron de dar los últimos toques a esta obra maestra femenina.

—Querido padre, una combinación perfecta se encuentra ahora dentro de su cuerpo. La belleza y el coraje, la gracia y la fuerza. Ella será única y delicada; la bella guerrera ya está aquí.

—Sí, mi hijo, ahora su hermosura está mezclada con la fuerza de sus tres hermanos guerreros.

Elhadon llama a Los Hermanos Cardinales a la vida

—Rey del universo, ella es el sello de la perfección y la corona de la excelencia sobre ellos.

Los pectorales de Leomight, Bullfort y Andrews Morphus fueron marcados para siempre con este evento. Figuras distintivas aparecieron donde fueron rasgados por las esferas, para la culminación de la vida de su hermana. De esta forma, Sarah Eagle y sus hermanos quedaron unidos para siempre en la Plataforma Creativa por todas las eras de la luz y la energía.

—Elhyon, amado hijo, elevemos a Sarah Eagle al lado de sus hermanos para que esté con ellos como especial compañía.

—Sí padre, al mismo nivel de sus hermanos estará. Al poder, a la autoridad y a la cadena de mando será unida para siempre.

Entonces el rey Elhadon y el príncipe Elhyon extendieron sus diestras hacia Sarah Eagle y, sin tocarla, la levantaron de la Plataforma Creativa al lado de sus hermanos Leomight, Bullfort y Andrews Morphus. Fuera de la matriz los cuatro colgaban inmóviles.

—Padre, un último presente hemos reservado para ellos. Estos collares les concederán la capacidad del movimiento y de la expresión oral.

—Elhyon, estas son las grandes cadenas de autoridad, poder, honra y liderazgo. Privilegiados collares, que son distintivos de grandeza y superioridad sobre todas las criaturas del universo. Con ellas podrán hablar y moverse.

—Sí padre, su nacimiento los convierte en los más primitivos, pero también en los más poderosos. Los collares les elevan a ser superiores sobre todo lo creado en el universo.

El rey Elhadon colocó los collares a los cuatro seres vivientes, los Hermanos Cardinales, en el exacto orden en que surgieron de la Plataforma Creativa y dijo:[5]*

—Sean honrados con la riqueza y dignidad que solo el poder del uso de la voluntad y la libre expresión pueden conceder.

Una vez colocados los collares o las grandes cadenas, los Hermanos Cardinales obtuvieron el poder de moverse y hablar. El rugido ensordecedor de Leomight rompió el silencio de la Plataforma Creativa.

Elhyon lanza el Rayo Creador

—Yo tengo el poder y la autoridad para vencer —estas fueron sus primeras palabras.

Un estrepitoso bufido salió de las narices del fornido Bullfort y se escuchó su voz en la matriz diciendo:

—Siento una fuerza vigorosa e indomable corriendo por todo mi ser.

Andrews Morphus inhalando y exhalando dijo:

—¡Estoy vivo, estoy vivo!

La hermosa Sarah Eagle lanzó un sonido agudo que cortaba el espacio, luego se escuchó su armoniosa voz por sobre la inmensa piscina de luz y de energía diciendo:

—Me siento como flotando. Soy tan liviana, esto es sorprendente.

Entonces el rey Elhadon los atrajo hacia él mismo y por primera vez estuvieron frente a las majestades de todo el universo. Esta fue la primera y la última vez que la plataforma lanzó cuatro hermanos de un solo rayo. Ellos fueron las primeras criaturas de todo el universo con vida, razón y voluntad. Como vieron el nombre de cada uno lo recibieron al momento de salir de su llamamiento a la vida. Este es otorgado y escogido por el príncipe y está ligado a la naturaleza de su portador y su destino. El príncipe dio a cada uno dos pares de alas en sus espaldas, cuatro en total, según el número de ellos. A este fenómeno se le llama alcance. Dos de sus alas permanecen en modalidad invisible; solo se pueden percibir las cuatro cuando hacen uso de su máxima velocidad y poder o al reunirlos en el interior de nuestro palacio, el Crystalmer.

—Bienvenidos, mi nombre es Elhadon, rey de Celestya, la reina de todas las estrellas y cuerpos en las galaxias. Ustedes serán conocidos como los Hermanos Cardinales.

—Mi nombre es el príncipe Elhyon, mi padre y yo les concedemos el ser los amos de los cuatro puntos cardinales, las cuatro estaciones, los cuatro ángulos, los cuatro vientos y los cuatro elementos. Ustedes serán como una extensión de nuestra autoridad y poder.

Así fue que, usando la energía más poderosa y las más fuertes partículas de luz, nuestros gobernantes les otorgaron el regalo de la vida a los Hermanos Cardinales. Ellos fueron los primeros habitantes de nuestro hogar y de todo el

Leomight, Bullfort y Andrews son expulsados de la Plataforma Creativa

cosmos. Ninguna célula o molécula perecedera fue utilizada en ellos. Y de esta manera llegaron a ser inmortales, como todos los que fuimos creados después de ellos. Ellos fueron los cuatro seres vivientes que dieron origen a nuestra primera especial y poderosa primera generación.

Una vez fuera de la Plataforma Creativa, esa inmensa matriz, de donde salen todos los seres vivos de Celestya, nuestras majestades teletransportaron a los Hermanos Cardinales en un viaje donde le mostraron toda nuestra ciudad. El rey Elhadon, el príncipe Elhyon y los cuatro hermanos aparecieron fuera del inmenso muro que rodea nuestro hogar. Fue nuestro rey el que comenzó diciendo:

—Observen el exterior de nuestra ciudad. La misma está construida en forma de cubo y está rodeada por un gigantesco e impenetrable muro. Ella es del tamaño de siete galaxias unidas, es el centro de todo el universo y este a la vez gira, impulsado por la poderosa influencia de nuestra morada.

Elhyon prosiguió, diciendo:

—Doce gigantescas puertas son las vías de entrada y de salida en Celestya; tres por cada uno de sus cuatro lados. Doce grandes perlas coronan las entradas. La ciudad reposa sobre siete inmensas plataformas o escalinatas, conocidas como las explanadas. En el cuarto escalón de cada una de las explanadas hemos erigido un homenaje a ustedes; son doce gigantescas esculturas, tres para cada uno. Las mismas son tan y tan grandes que pueden ser vistas aun estando a grandes distancias de nuestra ciudad. Desde las más antiguas eras, ellas sirven como guardianes que vigilan nuestro hogar por los cuatro puntos cardinales. Por eso su nombre, Hermanos Cardinales. Todas las esculturas fueron construidas en su honor antes de que ustedes fueran llamados a la vida. Todo como parte de un ordenado plan y un selecto propósito.

El rey Elhadon tomó la palabra y dijo:

—Observa con atención Leomight; la primera explanada fue construida en homenaje a ti, y es llamada Leo. Contiene tres leones alados parados en sus dos patas traseras. En la pata izquierda empuñan una espada de fuego; esta será tu arma. La puerta central de la explanada Leo, será utilizada solo y exclusivamente para la entrada y salida de nosotros, yo, el rey Elhadon y mi hijo, el príncipe Elhyon. Solo los miembros de la toda poderosa dinastía Primera y Última haremos uso de ella. Las puertas laterales de la escalinata Leo, pueden

Sarah emerge de la Plataforma Creativa

ser usadas por todos en Celestya. La segunda explanada, llamada Taurux, fue levantada en honor a ti, Bullfort; tres toros alados parados sobre sus patas traseras. En la pata derecha portan una hoz y en su pata izquierda espigas de grano maduro. Bullfort, tú serás conocido también como Taurux y la combinación de una hoz y una lanza te servirán en una sola arma.

El príncipe Elhyon observó por unos instantes a Sarah y le mostró el homenaje en su honor.

—Tercero, la escalinata Águila, construida lentamente para nuestra princesa águila. Tres enormes águilas, que tienen en su garra derecha flechas puntiagudas y en la izquierda un ramo de flores. Para ti Sarah Eagle, el arco y la fecha te servirán como defensa para siempre. Las armas de combate a distancia te mantendrán en una línea de batalla segura —. Acto seguido dijo a Andrews:

—Mira fijamente a la cuarta plataforma, la misma será conocida como la explanada Andrews Morphus. Tres colosales figuras, conforme a tu semejanza, han sido levantadas aquí. Pon atención y observa que una de sus manos está extendida hacia las afueras de la ciudad, como dando la bienvenida al visitante. Mira que la otra mano está señalando hacia las tres vías de acceso de ese lado de la ciudad. Las esculturas levantadas en tu honor no portan armas. Por tanto, deberás descubrir y desarrollar tus propias defensas, las cuales hemos puesto alrededor tuyo. Pero, más importante aún son las que hemos depositado en tu interior.

Una vez le fueron mostradas toda la ciudad y sus plataformas con sus doce gigantescos guardianes, los amos de Celestya y los Hermanos Cardinales aparecieron súbitamente en el interior del Crystalmer, nuestro suntuoso palacio. Sobre el palacio hay un inmenso domo amarillo, más refulgente que cualquier astro en el universo y siete veces más grande que un sol. Este domina todo el panorama y es visto desde todos los lugares de la ciudad.[6*]

La impresionante cúpula despide rayos de luz de vida a todos los lugares del cosmos. Este domo tiene sobre sí lo que parecen ser seis copos de luz de seis puntas. Estos son de un color anaranjado suave y se mueven rítmicamente en su interior. También tiene veinticuatro trompetas que giran a su alrededor. Estas son usadas para los llamados a las asambleas generales de nuestros ciudadanos o para reunir a alguna especie en específico. Las veinticuatro trompetas determinan las edades y todos los periodos del universo. Y junto

Material del pecho de los hermanos para Sarah Eagle

con el domo, los copos juegan un papel determinante para la seguridad de nuestra ciudad. Debajo del domo se encuentra el trono de nuestras majestades. Los Hermanos Cardinales miraban a su alrededor, admirados de tanta belleza. Los reyes de Celestya aparecieron parados, frente a sus tronos, y los cuatro frente a una inmensa plataforma de sin igual belleza.

—Sean bienvenidos a mi casa, el Crystalmer. Su nombre significa mar de cristal —comenzó diciendo el rey Elhadon.

—Presentes armas frente a sus majestades, el rey Elhadon y el príncipe Elhyon, únicos miembros de la toda poderosa dinastía Primera y Última —le siguió diciendo el príncipe Elhyon.

—¡Larga vida a los reyes de Celestya! —gritaron a coro los Hermanos Cardinales.

Leomight dobló su rodilla derecha, levantó su espada y dijo:

—Reyes de todas las edades, mi espada protegerá y defenderá todas las fronteras de tus dominios.

Seguidamente, Bullfort puso una de sus rodillas en el suelo, y apoyado sobre su arma, hizo el siguiente juramento:

—Dueños de todos los campos espaciales, mi arma hoz y lanza batallará y se levantará a favor de tu bandera para siempre.

Andrews le siguió, diciendo:

—Majestades, como no tengo armas para presentar, mi mente trabajará para sus propósitos y mis actos serán conforme a sus leyes y sus dichos.

Sarah Eagle confirmó su compromiso y dijo:

—Altezas, mi arco y mis flechas serán los centinelas sobre su trono y los guardas de sus cielos.

—Frente a nosotros han jurado lo que conoceremos en Celestya como el Diadsekelux, o el pacto de paz y de luz. Esto significa, que mostrarán total fidelidad y lealtad a sus majestades. Hoy se comprometen a mantener la paz con sus semejantes que vendrán después de ustedes. De modo que nunca tomaremos acción ni levantaremos agresión contra ninguna forma de vida que siga a luz y a la verdad —dijo el rey Elhadon.

Los collares o las grandes cadenas

—Escuchen con atención ahora. A ustedes cuatro y todas las criaturas que vendrán después de ustedes se les está permitido visitar todos los lugares de nuestra ciudad —comenzó diciendo el príncipe Elhyon.

—Sin embargo, existe un salón que está y estará prohibido para ustedes y para los futuros residentes de nuestra morada —dijo Elhadon.

—Grandiosos reyes de todos los reinos. ¿Cuál es ese lugar, el cual está marcado como prohibido y restringido para nosotros? —preguntó Leomight.

—Leomight, su nombre es el Salón del Balance Universal —le respondió el rey Elhadon.

—Ninguno de ustedes, excepto mi padre y yo, podrán ir más allá de sus puertas —apuntó firmemente el príncipe Elhyon.

—¿Cuál es la razón para esa prohibición? —cuestionó Andrews Morphus.

Elhyon hizo una pausa, levantó su mano derecha y dijo:

—En su interior habitan, en una constante tregua, las ideas del bien y el mal. De modo que el perfecto orden y el constante balance que asegura la estabilidad de todo el universo son guardados celosamente dentro de ese recinto.

—Señor de los señores, ¿qué ocurriría si alguien, además de ustedes, se atreve a traspasar mas allá de las guardarrayas del Salón del Balance Universal? —preguntó Bullfort.

—Bullfort, el orden y el balance serían impactados en todas las galaxias. Y las fuerzas de caos golpearían todo el cosmos —les respondió el rey Elhadon.

El príncipe Elhyon miró fijamente a Andrews Morphus y le dijo:

—De entre tus hermanos, tú has sido seleccionado como el recipiente donde depositaremos los más profundos secretos de esa cámara conocida como el Salón del Balance Universal. Tú tomarás el liderato para compartir con todos los habitantes de nuestro planeta los mandamientos y ordenanzas que los mantendrán lejos de las puertas de ese prohibido recinto.

—Yo acepto esta seria responsabilidad y pesada carga como mi más alto privilegio y mi más grande honor —le respondió Andrews Morphus.[7*]

Explanada Leo

Explanada Taurux

Prosiguió diciéndoles el rey Elhadon:

—Hermanos Cardinales, sobre sus alas estará la responsabilidad de ayudar a todos los seres racionales de nuestra ciudad a conocer la ciencia que está depositada dentro de ellos mismos. Dirijan a nuestros habitantes en el descubrimiento de los poderes y habilidades que le han sido otorgados como un regalo.

—Todos nuestros habitantes conocerán las ciencias del universo desde el momento de su creación. Sin embargo, deberán aprender a conocerse y a descubrirse a sí mismos. Enséñenles a todas las criaturas que están por venir, el uso correcto de los más importantes regalos que se puedan conceder en el universo, los cuales son la vida y la voluntad. Estas son las dos alas que mantendrán la paz y la seguridad de nuestra ciudad y las que permitirán a cada ser llegar tan alto y lejos como puedan llegar —comentó el prícipe Elhyon.

—¡Vida y voluntad para cumplir este propósito! —respondieron a una voz los Hermanos Cardinales.

Leomight, Bullfort, Andrews Morphus y Sarah Eagle fueron instruidos por nuestras majestades en todas las leyes que rigen a nuestra ciudad. También fueron preparados por el mismo rey Elhadon y el príncipe Elhyon en la ciencia de conocerse a ellos mismos. Y fue así que se convirtieron en las primeras criaturas en manejar las alas más importantes que podamos tener: la vida y la voluntad. También fueron los primeros en hallar lo que el príncipe llama «la ciencia de ti mismo». Esto es conocer el propósito por el cual se es creado. Al hallar esto se llega a la realización y alcance pleno de la vida misma.

Así fue que, usando las enseñanzas del rey Elhadon y el príncipe Elhyon, los cuatro dejaron de ser meros habitantes de nuestra morada y se convirtieron en los primeros en ganar la ciudadanía en Celestya. Y solo cuando los Hermanos Cardinales alcanzaron este logro, fue que nuestras majestades volvieron a la Plataforma Creativa para crear la extensión de la primera generación de habitantes celestes que se levantarían para poblar a Celestya.[8*]

Para las próximas criaturas que poblarían Celestya, los cuatro Hermanos Cardinales construyeron la Universidad de Celestya, conocida como Logos. El recinto fue construido como una figura de seis lados. Desde lejos parece una preciosa piedra amarilla con un domo blanco perlado en su tope. Seis hermosas columnas, del mismo material del domo, se yerguen sobre zafiros cuadrados. En la entrada principal levitan dos enormes triángulos que se unen, formando

Explanada Águila

Explanada Andrews Morphus

una estrella de seis puntas, de un color dorado brillante con líneas azules en su interior. Nosotros le llamamos la estrella de la revelación, y todos los estudiantes que comienzan el curso en la universidad, deben atravesar la gran puerta de Logos y pasar por debajo de la estrella, la de la revelación. Ella nos ayuda a saber nuestros poderes y a conocer nuestras limitaciones. Con la ayuda de la estrella nuestros profesores saben cómo apoyarnos de forma más acertada, para maximizar nuestras habilidades y compensar nuestras limitaciones.

Las cuatro primeras criaturas se convirtieron en profesores y fueron los responsables de desarrollar el currículo de Logos. Al entrar a los salones te das cuenta de que no existen sillas, escritorios, libros, lápices y papeles. En estos espacios, los profesores han creado lo que aquí llamamos salas de simulación. Las salas de simulación son sistemas con diferentes ambientes, que van desde climas fríos, de inhóspitos glaciares, hasta cálidos y secos desiertos, espesos y calurosos bosques, planas y bellas sabanas y profundidades bajo líquidos con fuertes e impetuosas corrientes y olas. En ellos los alumnos trabajaríamos, enfrentando lo que se conoce como simuladores, que son poderosísimas máquinas que imitan las habilidades de cada profesor y de nosotros los estudiantes. También experimentamos con los señuelos, que son máquinas mucho más débiles que nosotros, a los cuales tenemos que cuidar.

Así los Hermanos Cardinales se convirtieron en los profesores de la primera generación de millones y millones de habitantes que fueron creados después de ellos. Todos llegaron a Logos para ser enseñados con un objetivo muy importante. Una vez que la primera generación de celestes estuvo dentro de las inmensas aulas, con capacidad para millones de ellos, fue Leomight el que comenzó, diciendo a la primera clase:

—Bienvenidos a Logos, la madre del conocimiento de todo el universo. Aquí comenzarán un viaje por el saber. Es nuestra tarea guiarlos a conocer la ciencia de ustedes mismos. Sin embargo, nuestro mayor y primerísimo oficio consiste en transferirles a ustedes todo el conocimiento disponible acerca del padre de todos en Celestya, rey Elhadon y del príncipe Elhyon, los únicos miembros de la toda poderosa dinastía Primera y Última.

Bullfort habló a los estudiantes de la primera generación de habitantes de Celestya y les dijo:

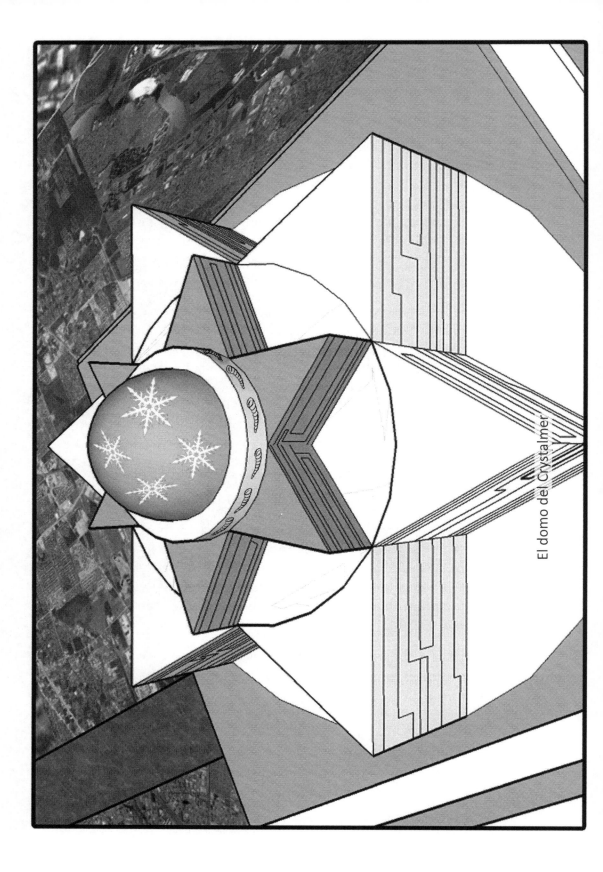

El domo del Crystalmer

—Cuando ustedes emergieron de entre la luz y el vapor de la Plataforma Creativa, se les entregaron grandes dones y talentos muy especiales. Por ahora solo conocen muy poco acerca de ellos. También ustedes traen consigo limitaciones. Nosotros les equiparemos con medios alternativos para compensar esas limitaciones, para que lleguen a convertirse en un ser en su expresión total.

Andrews continuó diciendo:

—La estadía en nuestra universidad les hará conscientes de que los poderes que se nos han concedido nos permiten gran alcance e influencia. Por eso deben estar puestos en el lado correcto, el de la luz. Pues si son usadas indebidamente estas pueden impactar tanto al que las posee, a los seres a su alrededor y al ambiente que los rodea. Nada es tan importante como el uso correcto de nuestros dos más grandes dones: la vida y la voluntad.

—Además, todos en Celestya debemos completar este importante curso, para dejar de ser habitantes y convertirnos en ciudadanos en pleno. Podemos estar aquí y si no conocemos las leyes que nos gobiernan y la ciencia de nosotros mismos, solo seremos alguien que mora aquí en nuestra ciudad. No podrán ser llamados ciudadanos con todas las de la ley de Celestya sin el conocimiento de ella. Esto será logrado y confirmado después de completar el curso, al ser nombrados ante el trono al momento de su graduación. Todo esto será sellado con una experiencia especial y personal con el príncipe —concluyó diciendo Sarah Eagle.

Así transcurrió el periodo donde la primera generación de habitantes completó el curso y se convirtieron en ciudadanos con derecho a la voz y al voto. Un grupo selecto de los más destacados estudiantes de esta primera clase fue escogido para ayudar a los profesores, los Hermanos Cardinales, y apoyarles en las enseñanzas de la Universidad de Celestya, Logos. Otro fue seleccionado para estar en el Crystalmer, nuestro palacio. Aún se recuerda el instante en que fueron nombrados por el rey Elhadon y el príncipe Elhyon.

En el momento de la graduación de la primera generación de los celestes, el rey Elhadon y su hijo el príncipe Elhyon estaban sentados sobre sus tronos. Los Hermanos Cardinales, Andrews Morphus y Leomight, al lado derecho del trono, y Sarah Eagle y Bullfort al lado izquierdo.

El rey Elhadon estuvo de pie y dijo a todos los que estábamos a punto de ser nombrados ciudadanos celestes:

—Hoy celebramos con gran gozo el nombramiento exitoso de la primera generación de ciudadanos de Celestya. Hemos completado el primer ciclo, que colmará nuestra ciudad de seres que visitarán el universo con misiones especiales. Sin embargo, entre ustedes un grupo se ha destacado por sobre todos. Ellos han sido identificados por mí, por mi hijo y por los cuatro profesores, los Hermanos Cardinales. Estos, al igual que nuestros profesores, se han convertido en sabios ciudadanos, expertos en las leyes supremas de nuestra ciudad, que rigen y gobiernan todo el universo. Además, son expertos en las leyes físicas, morales y éticas que gobiernan todas las fronteras intergalácticas. Después de toda la batería de pruebas, combates, enfrentamientos con los poderosísimos simuladores y el cuidado de los señuelos, esas indefensas máquinas que imitan a criaturas inferiores que necesitan de nuestro cuidado, fueron ellos los que más se destacaron. Siempre aparecieron ser sobresalientes por sobre todos, obteniendo un lugar prominente y de eminencia. En todas las pruebas que retaban su sabiduría, inteligencia y aplicación, los veinticuatro salieron aprobados, demostrando que usaban óptimamente las armas de la luz y de la palabra de verdad.

El príncipe Elhyon se puso de pie y dijo a todos los congregados en el lujoso palacio, el Crystalmer:

—Por sus grandiosas ejecutorias, su insigne devoción al orden, su vocación por el balance y su entrega al poder de la luz, son ellos merecedores del título de los veinticuatro ancianos del consejo del gobierno celeste.

Fue un rugido del profesor Leomight lo que hizo saber a todos los presentes que comenzaría el llamado al trono a los que serían parte de los veinticuatro. El poderoso felino dio unos pasos al frente de su lugar en el trono y dijo a los presentes en el palacio, el Crystalmer:

—Elhyon, nombraremos a los que constituirán el consejo celeste. Cuando escuchen sus nombres procedan a subir al trono. A la derecha de nuestro rey y padre Elhadon estarán: Kairos, Meridio, Aquilon, Zenit, Journalo y Centurio.

Leomight retrocedió a su lugar en el trono. Entonces, el profesor Bullfort avanzó, el fornido bólido rojizo, y continuó con el llamado de otros seis que subirían al trono celeste.

—Al escuchar sus nombres, los siguientes mencionados se acomodarán en el campo izquierdo del trono de nuestras majestades. Llamo a Kronos, Latitex, Austro, Nadir, Hemisphex y Milenux.

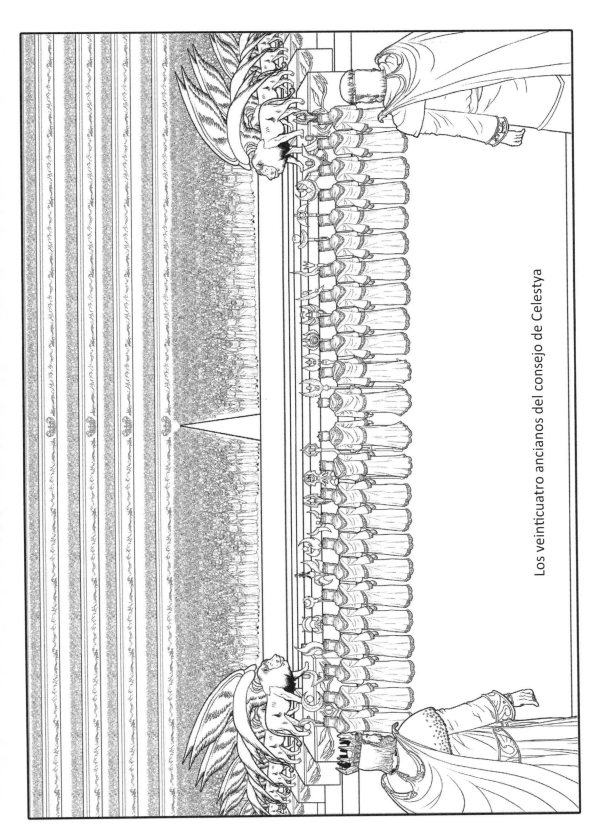

Los veinticuatro ancianos del consejo de Celestya

Bullfort retrocedía, mientras los llamados avanzaban a la plataforma. Entonces, Andrews Morphus se desplazó de su lugar y estando al frente de todos dijo:

—Los que mencione a continuación se acomodarán a la derecha del trono de nuestros monarcas y jurarán con vida y voluntad, fidelidad como miembros del consejo celeste: Ellos son: Tempox, Septetrio, Orbitux, Cartesiux, Equinox y Huso.

El profesor Morphus retrocedió y Sarah Eagle se adelantó, lanzando su inconfundible y agudo grito de guerra. Y se movió con rapidez y gracia al frente del trono. Entonces, una vez ahí, miró a todos los presentes y dijo, con su hermosa y armoniosa voz:

—Estos que llamaré como últimos tendrán los mismos altos privilegios y elevados poderes que los primeros. Sean bienvenidos como miembros de los veinticuatro ancianos del consejo celeste: Paralelux, Longevux, Cyclox, Timux, Polo y por último, Traslecio.

Al completarse el número de los veinticuatro ancianos del consejo, todos en el Crystalmer se pusieron de pie y aplaudieron en homenaje a ellos. Después de la calurosa ovación, el príncipe tomó la palabra y dijo:

—Ancianos por sabiduría, ancianos por ciencia, ancianos por conocimiento, por experiencia y encomiable valor. Desde ahora serán conocidos como los veinticuatro ancianos del consejo de Celestya. Permanecerán a la derecha y a la izquierda de mi trono y el trono de mi padre. Ustedes simbolizan desde hoy la plenitud, integridad y entereza de nuestro gobierno universal. Son ustedes y su número el veinticuatro símbolo de plenitud. Representarán el gobierno íntegro, total y completo de Celestya. Doce a la izquierda, significa la mitad del poder del gobierno y doce a la derecha, simbolizan la otra mitad del gobierno, para formar un cuerpo íntegro y dominio total. Ustedes representan la extensión de mi gobierno y la totalidad del proceso de luz que aquí comenzó y se completará, llenando todo el universo. Así que, siempre que vean un doce, esperen el otro doce y ambos sumarán la totalidad del grupo y de los periodos veinticuatro que significa plenitud de todo asunto; el gobierno de Celestya, manifestado en su máxima expresión. De modo que en todos los lugares del universo su número veinticuatro se manifestará como sello y señal de nuestro dominio intergaláctico. Kairos, tú serás el líder de la expresión de la voz del consejo celeste, emitiendo los designios del trono y dándolos a conocer. Kronos, tú serás el líder de la expresión del voto del consejo celeste, dejando saber cuándo, dónde y sobre quién se ejecutarán las decisiones del gobierno celeste. Ciudadanos de nuestra morada de luz, den la bienvenida a los veinticuatro ancianos del consejo de Celestya, la valiente.[9]*

Una ola de aplausos, silbidos y gritos de alegría llenaron el Crystalmer, pues todos los presentes daban una ovación de pie a los dignos miembros del consejo celeste.

Al terminar la algarabía, el príncipe extendió sus brazos hacia los veinticuatro homenajeados, y repentinamente aparecieron veinticuatro círculos planos de centelleante energía, que giraban en el suelo del trono, levantándose del enlosado trono. Entonces, el príncipe procedió a llamar a cada uno de ellos por su nombre, invitándolos a tomar su posición sobre los coloridos y vibrantes círculos lumínicos que giraban. Los veinticuatro se colocaron dignamente en el centro de sus designados puestos. Súbitamente, los círculos se convirtieron en esferas que ascendieron, levitando en el vacío y llevando sobre sí a los veinticuatro ancianos. Las esferas mantuvieron a los homenajeados elevados sobre todos los ciudadanos, y un resplandor enceguecedor les hizo desaparecer de ante todos los presentes.

Al desvanecerse el brillo y el potente resplandor, los veinticuatro lucían ropas totalmente diferentes a las anteriores. Finísimas túnicas, ajustadas a su torso, les cubrían. Las mismas se hacían más anchas al nivel de los muslos, formando anchas faldetas que llegaban hasta sus tobillos. Sus ajustadas mangas dejaban entre ver la definición de sus anchos hombros y bien formados brazos. Las mangas se hacían más amplias al nivel de sus codos.

Sobre sus cabezas aparecieron regias coronas de luz, llenas de radiantes piedras preciosas. Las gemas son de los doce colores que conforman el muro de Celestya. Barbas muy bien arregladas demarcaban sus finos perfiles. Lustrosas cabelleras de colores diversos: intenso negro, rojo brillante, amarillo vivo, blanco y gris resplandecientes.

El príncipe levantó su espada e hizo aparecer varas de un color plateado brillante como el cristal, llenas de zafiros y rubíes en la parte superior. Estos elegantes báculos salieron de la espada levantada del príncipe y se elevaron sobre la explanada del trono y descendieron a las manos de sus portadores. Entonces, mirando fijamente a los veinticuatro, les dijo:

—Reciban de mí una extensión del poder de la realeza de Celestya, la valiente. Con estas varas podrán influenciar los periodos y las eras de la historia en todos los lugares del universo. De esta forma, les concedo la autoridad y el poder para regir las galaxias y todas las que vendrán.

Después de que los báculos estuvieron en sus manos, las esferas que los elevaban por sobre todos los demás celestes comenzaron a descender. Al estas tocar la gran explanada se transformaron en veinticuatro hermosísimos tronos, que recibieron sobre sí a los recién nombrados ancianos del consejo. Es impresionante ver que todas las veces que los ancianos se levantan de sus tronos estos se convierten en esferas flotantes, y de esferas flotantes se convierten en lozas que se sumergen en la explanada, mezclándose con el bien pulido piso del trono. Cuando los veinticuatro se disponen a tomar sus puestos, se paran sobre su loza designada, la cual elevada, pasa a ser esfera y de ahí otra vez se convierte en majestuosa silla.

El príncipe Elhyon nombró y constituyó también a cinco estudiantes sobresalientes para que trabajaran con los Hermanos Cardinales en Logos, la Universidad de Celestya. Todos escuchamos su nombramiento y llamamiento a formar parte de la facultad de Celestya. El príncipe pronunció sus nombres y les invitó a tomar su lugar al lado de los profesores:

—Los siguientes formarán parte de la facultad de Logos y apoyarán a los profesores en la coordinación de todas las experiencias de aprendizaje de las generaciones por venir. Serán ellos excelentes consultores que ayudarán a cada estudiante a lograr su destino y propósito eterno. Sus nombres son los siguientes: Apostello , mayor entre los mayores; Próphetex , la voz que conectará el pasado, el presente y lo porvenir; Evángelux , el grandioso portador de las Buenas Noticias; Poimenix, el que irá delante de los guerreros vencedores; y por último, pero no menos importante, Didaskallo, el que revelará los profundos misterios con sus enseñanzas.[10]*

También el príncipe Elhyon nombró a nueve asistentes. Ellos ayudarían a cada estudiante a alcanzar su máximo potencial y plena realización. Todos guardamos silencio cuando el príncipe alzó su voz y los llamó por su nombre y declaró su destino.

—Traducerelux, Sofíalux y Poliglotux, ustedes serán los más destacados en todo tipo de expresión oral y escrita. Portentux, Sanitalux y Miraclux, ninguno será como ustedes en demostraciones de poder. Scientialux, Logolux y Discernerelux, ustedes sobresaldrán en el saber de la vida exterior, el interior de cada ser y el discernir entre lo que conviene y lo que no. Ustedes serán conocidos como los nueve ayos. Serán como un regalo que yo concedo a todos los seguidores de la luz en todas las galaxias del universo.[11]*

Las eras pasaron, y después de la primera generación de habitantes, los profesores recibieron cinco generaciones más de millones y millones que obtuvieron la ciudadanía de Celestya. En el proceso, los profesores les enseñaron las leyes que gobiernan nuestra ciudad y le transmitieron el conocimiento acerca del rey Elhadon y el príncipe Elhyon. Los cuatro apoyaron a todas las generaciones hasta conseguir la ciudadanía de nuestra ciudad, Celestya. También el profesor Andrews Morphus había mantenido a las cinco generaciones de celestes alejados del prohibido Salón del Balance Universal. Ahora se aprestaban a recibir la sexta y última generación de habitantes de Celestya.

Todavía se recuerda el momento en que fuimos llamados a la Plataforma Creativa, el grandioso mar de luz y de energía de donde emergen todas las criaturas de nuestra ciudad, pensantes y no pensantes. Serían testigos de la última generación de celestes que saldrían del inmenso estanque de luz viva. El rey Elhadon y el príncipe Elhyon estaban de pies, a orillas del acuoso cuerpo. Según sus palabras, serían testigos del evento, y fue así como comenzó diciendo nuestro grandioso rey, Elhadon:

—Hoy ustedes, millones de millones de celestes, serán testigos del gran sello de realeza y perfección, el impenetrable círculo de poder y la inmaculada corona de excelencia por sobre todas las generaciones de celestes.

Entonces, un poderoso rayo, disparado de la de la mano del príncipe, alcanzó la superficie de la Plataforma Creativa y profundizó, y de ahí comenzó la sexta y la última generación de habitantes, millones de millones que se prepararían para alcanzar la ciudadanía de Celestya, la valiente.

Y los Hermanos Cardinales estaban ahí, esperando por ellos, para recibirlos. Leomight, Bullfort, Andrews Morphus y Sarah Eagle saben acerca de sí mismos, que son los cuatro cardinalmente importantes para la vida en Celestya y para todos los mundos por venir.

Visita al Salón Profundidad

Me imagino que tienes inquietudes acerca de nuestra ciudad, Celestya, y tal vez pienses que no existen majestades como el rey Elhadon y su hijo, el príncipe Elhyon. Más aún puedes tener dudas de la existencia de seres como Leomight, Bullfort, Andrews Morhpus y Sarah Eagle. Debes asegurarte acerca de la existencia de los veinticuatro ancianos del consejo, de los cinco mentores y los nueve asistentes de los profesores que les apoyan en Logos.

Si deseas separar la verdad de la ficción, entonces te retamos a que ubiques a Celestya en el tiempo y el espacio. Si sigues sus coordenadas estas te llevarán a descubrir quién es el verdadero padre de todos y al príncipe. Vamos, ya llegó la hora 00:00 de que busques en tu Libro Básico. Estudia y no te detengas.

1. Hebreos 11:10; Hebreos 11:14-16; Apocalipsis 21:10-27*

2. Isaías 44:6; Apocalipsis 2:8; Apocalipsis 22:13*

3. Isaías 42:5; Colosenses 1:15; Juan 1:3*

4. Habacuc 3:4*

5. Ezequiel 1:5-14; Ezequiel 1:15-20; Ezequiel 10:1-22; Apocalipsis 4:6-8*

6. Apocalipsis 21:12*

7. Salmos 103:20-21*

8. Colosenses 1:15-19*

9. Apocalipsis 4: 4; Apocalipsis 4: 10-11; Apocalipsis 5:8*

10. Efesios 4:11-13*

11. 1 de Corintios 12:8-10*

Si no entiendes lo que lees pide ayuda a un mentor con algo de conocimiento en el Libro Básico. Eleven sus ondas mientras estudian y progresan en esta aventura, para que sean más rápidos, más fuertes y lleguen más lejos. En Celestya, a lo que ustedes le dicen oración, nosotros le llamamos elevar nuestra ondas.

Sémadar Tenosyam

2

Hermanos

—¡Doble! Debemos usar luz doble para fortalecer el lazo, o mejor usemos un cordón de luz de tres dobleces, ya que no es fácil de romper.[1]*

Este es un dicho común en Celestya, y cordón de tres dobleces pasó a ser la frase predilecta para referirse a los tres populares hermanos. Luxipher, Miguel y Gabriel, los cuales fueron los últimos en ser llamados a la vida en la Plataforma Creativa de entre los que formaron la sexta generación de habitantes de Celestya. Esa última vez en la Plataforma Creativa el rey Elhadon y el príncipe Elhyon cerraron el proceso que comenzaron con los Hermanos Cardinales, Leomight, Bullfort, Andrews Morphus y Sarah Eagle. Parados frente a la Plataforma Creativa levantaron de sí mismos y usando como medio la matriz, a la última generación de habitantes de Celestya. En nuestra ciudad los detalles de la personalidad y la composición física de todas las criaturas, son

Elhadon y Elhyon frente a la Plataforma Creativa

orquestados predestinadamente en la mente de nuestro rey y del príncipe, sin faltar uno solo de ellos. Nuestras majestades usan como base para crear a los seres vivos, la luz y la energía de la matriz, la gran piscina conocida como la Plataforma Creativa. Elhadon inicia el proceso, emitiendo una orden con su palabra y Elhyon lo continúa arrojando un rayo de sus manos que trae a cada uno de nosotros a la vida, a la conciencia y a la voluntad. El ser que se levanta y su misma vestidura están hechos única y exclusivamente de luz y energía. Elhadon, nuestro grandioso rey, dijo:

—Hoy cerraremos una era en Celestya y comenzaremos una nueva. Completemos esta era con ellos, la sexta generación de seres celestes y después de estos, llenaremos el universo de criaturas semejantes a nosotros. Ellos serán el honor de los honores, la gloria de las glorias y poder de los poderes.

Las últimas tres criaturas en ser llamadas a levantarse de entre la luz y la energía de la matriz fueron conocidos como los trillizos, los hermanos sonda y cordón de tres dobleces.

Un último y poderoso rayo blanco lanzado al lado derecho del estanque de luz y vapor se dividió en tres. Un evento curioso es que cuando este entró al estanque, la luz y el vapor se tornaron de color amarillo intenso. De repente, un rayo rojo comenzó a parpadear de la Plataforma Creativa. De esta luz esplendorosa y rojiza vino a la existencia Luxipher, el cual emergiendo de la piscina de luz, gritó:[2*]

—¡Aquí estoy para detener todo lo que se oponga a la luz!

Después del rayo rojo, un poderoso resplandor verde se divisó en la amarillenta plataforma. Este halo trajo a la vida a Miguel. El cual alzó su voz resonante como una trompeta y espetó:[3*]

—¡Yo me levanto y batallo para asegurar y abrir un camino libre para todos los fieles a la luz!

Por último, un débil rayo de un amarillo intermitente se levantó de la piscina. Este dio forma a un pequeño y delicado ser, al cual el príncipe llamó Gabriel. Este parecía un poco aturdido en medio de la Plataforma Creativa y, mirando a todos los lados, expresó sus primeras palabras:[4*]

—¿Qué es esto? ¿Dónde estoy?

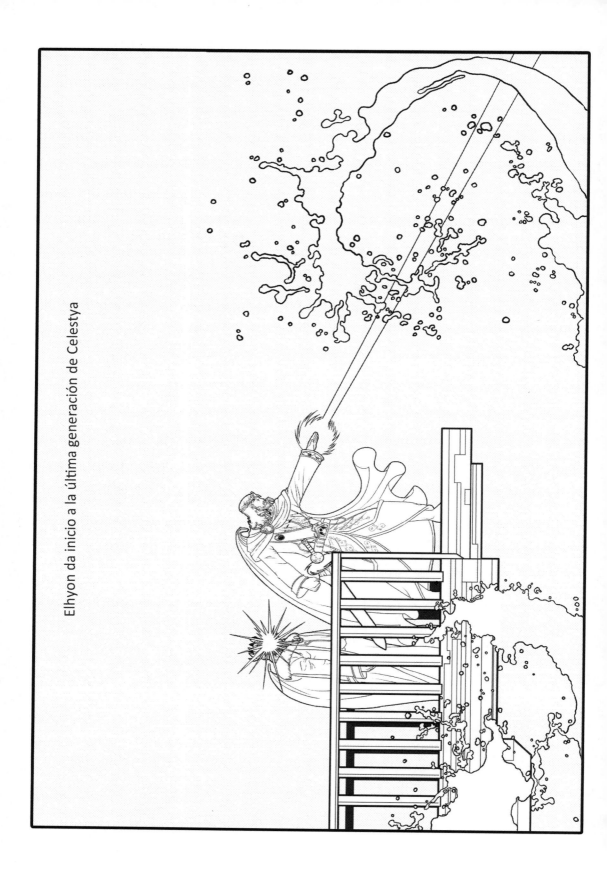

Elhyon da inicio a la última generación de Celestya

Todos los seres que estaban suspendidos sobre la Plataforma Creativa, rieron con las primeras palabras de Gabriel en el momento de su creación y la graciosa expresión de su rostro, que denotaba un desconcierto total.

—Bienvenidos a Celestya, nuestro planeta. Yo soy Elhyon, el príncipe único heredero de la dinastía Primera y Última. Él es mi padre, Elhadon, rey de Celestya. Este es su hogar y esta es su casa. Nosotros les hemos concedido el regalo de las alas vida y voluntad; hagan buen uso de ellas para que vuelen siempre en libertad.

Gabriel interrumpió al príncipe Elhyon y volvió a preguntar:

—¿Dónde estamos?

—Todos ustedes están en la Plataforma Creativa en Celestya, mi pequeño Gabriel —le respondió Elhyon—. Escucha con atención y no olvides esto, Gabriel: tus palabras y veredictos guiarán a otros a buen juicio en tiempos de decisión.

—¿Cómo lograré eso?

Otra vez todos los que flotaban sobre la Plataforma Creativa reían, por la aparente ingenuidad del último ser salido de la matriz de energía, de vapor y de luz. Sus carcajadas fueron silenciadas por la voz del príncipe Elhyon, que le dijo:

—Tu primera tarea y responsabilidad inmediata comienza en Logos, la madre del conocimiento de todo el cosmos. Dentro de sus puertas se desatará tu destino y llenarás las galaxias con tu mensaje. Igualmente, todos los que hoy han salido de la Plataforma Creativa y están escuchando lo que te digo, al igual que tú también, empezarán su viaje de luz en Logos y desde allí saldrán para impactar el universo.

De esta forma fue recibida la sexta generación de millones y millones de habitantes celestes, y los tres hermanos vinieron a formar parte de este selecto grupo.

Todos recibieron instrucciones para presentarse al lugar de estudios, y les fue entregado un currículo de luz que contenía directrices para llegar al recinto y el programa de clases a tomar.

Los trillizos emergen de la Plataforma Creativa

Gabriel pregunta a Elhyon: ¿Dónde estamos?

De camino, los tres hermanos conversaban mientras caminaban por las calles de nuestra inmensa ciudad. En su recorrido eran saludados por los ciudadanos de Celestya, los que les daban la bienvenida. Eran millones y de especies diversas.

—¡Cuántos edificios parecen fortalezas y todos tienen una cantidad de pisos que empiezan con siete, setenta, setenta y cinco; no, no es posible setecientos pisos! ¿Y todos tienen esas plataformas movibles a los lados? —dijo asombrado Miguel.

—Fíjate bien, mi hermano, tal vez es porque esas naves necesitan esas plataformas de acoplamiento para posarse en las alturas —le contestó Luxipher.

—Es increíble. ¿Cómo fue que no me di cuenta? Por mi parte, me gustaría estar alguna vez allá arriba, piloteando una de esas naves. —comentó Miguel.

—Creo que si lo logras los edificios se harán cada vez más bajos por la pérdida de pisos, a causa de tus destrezas de vuelo. Mejor mantén tu pie en suelo firme —dijo sonriendo Luxipher.

La sorpresa fue mayor cuando, doblando en una esquina, se encontraron frente al anchuroso río que atraviesa nuestra ciudad.

—¡Esto es maravilloso! ¡Vengan, mis hermanos! —dijo sorprendido Gabriel, acercándose al río—. ¡Es inmenso! Parece hecho de cristal líquido. Fíjense cuánto brillo y cuánta belleza.

Sus hermanos se quedaron parados en la esquina, pero Gabriel corrió hacia la orilla del cuerpo de agua que parecía vivo. Ya muy cerca del río, Gabriel fue sorprendido por un fenómeno único de Celestya. No importa cuántas veces lo veamos no nos deja de impactar. Al estar a unos pocos pasos de la orilla las aguas, comenzaron a levantarse. Una vez frente al río de agua viva, este levantó y formó una copia exacta de Gabriel que imitaba todos los movimientos del pequeñín.

—¿Qué es esto? —preguntó el emocionado Gabriel.

Su pregunta fue contestada por una de las ciudadanas de Celestya que se acercó al emocionado recién llegado.

—Es el efecto reflejo del río, y mientras estés dentro de su perímetro de acción él te imitará. Todo lo que se acerque a su círculo de influencia el río lo replica, imitando cada movimiento que haga. Pequeño, por eso, entre otras razones, le llamamos el río de aguas vivas. Mi nombre es Sophialux, les acompañaré a Logos, nuestro centro de estudios.

—¡Vengan hermanos, observen esto; el agua parece viva, es grandioso! Vengan para que obtengan su réplica con movimiento incluido. Acérquense, para que sientan sus aguas efervescentes y cálidas.

Esto dijo Gabriel, sin dejar de observar el asombroso espectáculo que estaba frente a sus ojos, mientras no dejaba de moverse para ver si el río fallaba en imitarlo.

—No acepto réplicas, mi hermano, yo soy único. Deja de jugar y únete a nosotros en lo que realmente importa —le respondió Luxipher.

—Gabriel, escucha lo que dice tu hermano. Nada sería peor que dos como Luxipher —dijo Miguel, mientras se reía—. Yo tampoco aceptaré una sosa y sombría copia de mí; nada como ser el original.

Gabriel continuó tocando las aguas y observando su escultura por unos instantes. Luego, dio unos pasos hacia atrás. Al hacer esto se paró sin saberlo fuera del perímetro del río. La escultura se deformó y las aguas cayeron súbitamente y continuaron su cauce.[5]*

—¡Maravilloso, simplemente maravilloso! —dijo Gabriel y se unió nuevamente a sus hermanos.

—Deben darse prisa. El escogido está por comenzar. La Estrella los espera. —dijo Sophialux.

Al escuchar a Sophialux, Gabriel activó el currículo de luz que llevaba, el cual se abrió proyectando entre sus manos el camino a la madre de las escuelas y el programa de clase. Luxipher, que le observaba, comentó:

—Ahorren sus esfuerzos y no desperdicien sus energías. Porque en este curso yo seré el estudiante más sobresaliente de todas las generaciones de Celestya.

—¿Escuchaste eso Miguel? Percibo el gran respeto y la gran consideración que nuestro modesto hermano tiene por nosotros —dijo Gabriel.

Abriendo el currículo de Luz

—Sí Gabriel, parece que no hay oportunidad de crecimiento para otros, solo para nuestro humilde hermano Luxipher —concluyó Miguel.

Los tres rieron. A pesar de ser trillizos, las diferencias entre ellos eran notables. Luxipher, el más corpulento de todos, parecía ideal para el crecimiento, el desarrollo y el mejoramiento continuo. Mirar a Luxipher era como divisar una figura que cautivaba la vista desde el primer momento; lucía poderoso. Él había sido creado con un efecto de viento que revoloteaba en su lacio cabello negro, adornado con una diadema de cristal con diez pequeños diamantes. También, destellaba luces, debido a las piedras preciosas de su vestidura, que consistía de un ajustado traje elaborado con rubíes. Sus pies eran pura llama de fuego; en todo momento lucía como si paseara sobre carbones encendidos. Luxipher flotaba, aunque se le observaba marcando pasos, nunca, nunca tocaba la superficie.

—Pongan atención al interesante currículo. Primero batallas con los simuladores Fortaleza y Scorpia con el profesor Bullfort —dijo Gabriel a sus hermanos.

—Un momento —dijo Luxipher, elevándose más sobre las alas de Gabriel—. Detente y déjame ver ese currículo. Jumm. Esas parecen demasiadas lecciones para un principiante.

—¿Qué cosa es esa de un simulador? Permíteme hermanito. Batallas contra los Áspid y las Maquinaciones.

—Escúchalo ahora Miguel, Luxipher ya no suena tan valiente y sobresaliente como antes —comentó Gabriel, mientras se reía.

—Luxipher, ¿acaso escucho una trompeta de retirada de tu parte? ¿O tal vez estás ondeando una bandera para rendirte antes de comenzar? —decía riendo Miguel.

—De ninguna manera, hermanos. Pie firme sobre el suelo duro. Ni me retiro ni me rindo.

Miguel, el segundo de los tres en ser llamado a la Plataforma Creativa, de ancha y espaciosa espalda con poderosos brazos y piernas. Su cabellera color de sol y ondulante como el viento. Sus ojos de un profundo verde esmeralda. Su piel es de un blanco, llegando a rosado.

Gabriel sorprendido ante el efecto reflejo del río

«Detente y déjame ver ese currículo»

La vestidura de Miguel es de un plateado metálico reluciente. Su ropa de la cintura para arriba es como una ajustada coraza, que difícilmente puede esconder toda la energía lumínica contenida en sus brazos, espalda, pecho y vientre. De la cintura hacia abajo sus holgados pantalones reflejan el deslumbrante derroche de energía invertido en sus dos poderosísimas piernas. A diferencia de nosotros, las alas de Miguel y de los que son como él, salen de su pecho, formando dos poderosas placas pectorales asombrosas. Su cabeza, parcialmente cubierta por un pequeño círculo, ligeramente más levantado al centro que a los bordes, con un par de pequeñas alas grabadas al frente.

Los tres hermanos llegaron frente a la gigantesca puerta de Logos. La misma tiene veinticuatro rectángulos con grabados que nos recuerdan la grandeza de la sabiduría.

—Miren hermanos, ¡qué portones tan hermosos y tan impresionantes tiene Logos! —dijo Gabriel.

—Son tan grandes que parece que no pueden ser asaltados jamás —comentó Miguel.

—Olvídense de cuán hermosos, impresionantes y fuertes puedan lucir esos portones. Nada nos detendrá de arrebatar de ahí adentro todo lo que nos pertenece —espetó Luxipher.

Gabriel tocó a la puerta, sin recibir ninguna respuesta. Luego, se alejó un poco y miró hacia la parte más alta de la puerta.

—Tanta diplomacia me aburre, Gabriel. Observa a los que se lanzan y lo logran. Miguel, únete a mí y abriremos esta puerta. La empujaremos hasta derribarla.

—Sí, Luxipher, la unión de nuestras fuerzas y valor son indetenibles y pueden traspasar cualquier barrera.

Los dos fortachones empujaron con todas sus fuerzas en un primer, segundo y tercer intento, sin conseguir avanzar.

—¡Vengo a comprar sabiduría y a pagar el precio para obtener conocimiento! —gritó Gabriel ante sus sorprendidos hermanos.

Una voz habló desde la puerta y preguntó a Gabriel:

—¿Qué sabrás luego que ahora no sabes?

—Ahora no lo sé, pero después lo sabré.

Un estridente sonido se escuchó, acompañado por un leve temblor en el suelo y la puerta se desvaneció ante ellos. Curiosamente, Sophialux, que les acompañaba, desapareció del lado de los tres hermanos cuando la puerta comenzó a desaparecer.

—¿Qué fue lo que hiciste para abrir esa puerta? —preguntó Luxipher.

—Sí, el empujar nos dejó exhaustos —dijo Miguel.

Gabriel los miró con una débil sonrisa y un aire de grandeza, y dando un paso hacia la entrada de Logos, dijo:

—Leí las instrucciones en mi currículo. A ustedes se les entregó uno también. A veces, el detalle de echar un vistazo inteligente nos ahorra la fuerza, el esfuerzo y el cansancio del trabajo duro.

Los hermanos rieron y siguieron a Gabriel, que se detuvo a observar la belleza interior del recibidor y dijo.

—¡Uhhh! Es…

No pudo terminar la frase, pues fue levemente empujado por Luxipher, que le sacó de su momento de admiración.

—Sí, hermanito, es hacia adelante que vamos. Nos retrasas —le dijo Luxipher a Gabriel, el cual había perdido la compostura por el empujón.

Arriba, en un cercano pero alto balcón, estaban los cuatro profesores: Leomight, Bullfort, Andrews Morphus y Sarah Eagle. Les acompañaban los cinco mentores y los nueve ayos o maestros de Logos. Entre estos últimos estaba Sophialux, la cual guiñó un ojo a Gabriel por su astucia al abrir la puerta de Logos.

Luxipher se adelantó y repentinamente, fue elevado por sobre sus hermanos Miguel y Gabriel, que observaban atónitos.

—No puedo moverme, estoy completamente atrapado. ¿Qué es esto? —gritó Luxipher.

—Bienvenido Luxipher. Mi nombre es el profesor Leomight. Estás bajo el poder de la Estrella Reveladora. Con su luz nosotros podemos ver los talentos, dones y destrezas que hay en ti. No podrás moverte, hasta que la luz de la Estrella Reveladora nos muestre todas tus habilidades; aun tu más pequeña debilidad también será mostrada.

Una vez bajo el poder del reluciente astro unos rayos rojos, tan limpios como sábanas, lo abrazaron y lo sostuvieron como si lo mecieran. Luxipher cerró sus ojos y quedó como adormecido, mientras flotaba abrazado por los rayos rojos.

—Percibo abundancia de sabiduría en él —dijo Scientialux, uno de los cinco ayos.

—Noto astucia para convencer como nunca antes —puntó el mentor Evangelux.

—¡Ja, ja, ja, es terrible, es uno de los míos, es uno de los míos! Puedo oler gran liderazgo, fuerza invencible y un valor incapaz de ser sometido dentro de su corpulento ser —añadió Leomight, mientras lo señalaba con sus garras.

—Él es como una gran muralla para detener cualquier arma que se levante o amenace el balance y el orden universal —dijo solemnemente Andrews Morphus.

—Yo observo una amplia visión, pero noto dificultad para percibir correctamente. Sí, creo que le falta algo de percepción. Es una de sus oportunidades para mejorar, yo le asistiré —comentó Sarah Eagle.

—El muchacho necesitará un curso intensivo de batalla cuerpo a cuerpo. Parece que no tiene mucha resistencia en este tipo de conflicto. Pero para eso estoy yo aquí, para pulirlo —terminó el profesor Bullfort.

Luxipher fue liberado lentamente del poder de la estrella, la cual, usando su luz como sábanas, lo mecía y lo mecía hasta ponerlo cerca del suelo. Luxipher sacudió su cabeza como despertando de un letargo; se sacudió sus vestiduras y rápidamente se incorporó. Entonces, llegó el turno de Miguel para estar bajo la influencia del revelador astro.

—Avanza Miguel, traspasa las fronteras del poder, párate y mantente firme bajo la Estrella Reveladora —dijo Leomight.

Luxipher: combate a distancia

—Sí señor, de inmediato señor —respondió sin perder un instante Miguel.

En ese momento unos rayos de luz verde se movieron rítmicamente y produjeron una música como tambores y flautas que llaman a la guerra. Miguel se puso a la defensiva y resistía el poder de la Estrella Reveladora.

—Descansa Miguel, no te resistas —dijo Apostello, uno de los cinco mentores.

—Estoy maravillado con su mente, es simplemente prodigiosa y estratégica para hacer la guerra. Está lleno de tácticas para la batalla y el asalto repentino —dijo con voz pausada el profesor Bullfort.

—Observen, su cuerpo entero es como un acorazado lleno de artefactos de guerra. Veo en él un soldado de luz invencible y con el gran potencial de ser un peleador cuerpo a cuerpo como lo soy yo —comentó el maestro Portentux—. ¿Qué piensas tú, Leomight?

—Más allá de un soldado él es un prospecto líder de ejércitos intergalácticos. De modo que debe aprender a reconocer y a respetar los límites de su propia fuerza y poder —dijo Leomight mientras acariciaba su barba.

—Correcto Leomight. Es así como dice nuestro credo: el uso de la fuerza como mecanismo de represión y como medio para someter a otros debe ser siempre la última e indeseable alternativa para mantener el orden y el balance —dijo Andrews Morphus inmediatamente.

—Sí, es muy bueno lo que dicen. Sin embargo, debemos trabajar las técnicas de combate a distancia, pues veo dificultades para este tipo de enfrentamiento en él —concluyó Sarah Eagle.

Con estas palabras Miguel fue liberado de la influencia de la estrella, la cual formó una mano y una cabeza como la de Miguel y le saludó como en forma militar. Entonces, le llegó el turno a Gabriel.

De los tres hermanos, Gabriel parecía ser el de menos constitución física, y en realidad lo era. Él no contaba con los dotes de fuerza y poder como sus dos hermanos. La vestimenta de Gabriel era de blanco y azul resplandeciente y tenía un cinturón dorado con tres piedras que lo adornaban de color brillante amarillo.

Miguel: combate cuerpo a cuerpo

Su hermoso traje ajustado a su pecho y las mangas que también conformaban el cuello de su vestido se extendían más anchas sobre los hombros. Sus blanquísimos pantalones eran anchos con destellos dorados. El calzado de Gabriel era sumamente ligero, del mismo color de su cinturón. Dos pequeñas alas doradas salían de sus tobillos. Su pelo largo caía sobre sus hombros; lucía sumamente llamativo y diferente.

Sarah Eagle, la hermosa profesora, alertó a Gabriel con su armoniosa voz:

—No seas tímido, pequeño Gabriel. La estrella espera por ti.

—Pero, es que tengo una inquietud. La estrella, ella no...

—Es completamente segura, conveniente y justa para con todos, Gabriel —le dijo Andrews Morphus.

—Todo lo que nosotros podemos ver, te es mostrado a ti primero. Además, nosotros solo vemos lo que la discreción de la estrella nos muestra para tu propio bien. Nadie verá un atributo o limitación sino es capaz de llevarlo a su nivel óptimo. Si lo ves, es un llamado a ayudar. Si no lo vez, no eres el recurso para asistir al que lo necesita. Es una regla en nuestra ciudad dijo Sophialux, una de los nueve ayos o maestros.

Gabriel pasó adelante y se paró bajo la Estrella Reveladora. En ese momento las cortinas se volvieron amarillas con una luz intermitente y abrazaron a Gabriel, el cual se hizo transparente como las aguas del río en medio de ellas.

—¡Jummmm! Él es muy claro, nítido y transparente. Noto gran inteligencia para pronunciar discursos —comenzó diciendo Traducerelux.

—También percibo en él diplomacia, buenos modales y destrezas para comunicar y mucha capacidad para entender diversos lenguajes —dijo el maestro Poliglotux.

—Observo en él grandioso el potencial de convertirse en un pacífico defensor de la primera alternativa para mantener el orden y el balance universal, la cual es, el poder de la palabra, la comunicación, el buen sentido y argumentos lógicos, en fin pura diplomacia. Él podrá influir y convencer la mente de las minorías para impactar el destino de las mayorías en las galaxias —añadió Andrews Morphus.

Gabriel: luz amarilla intermitente

—No es bueno lo que veo, pues no hay en él destrezas de combate. Sin embargo, él es lo suficiente ingenioso para escapar y sobrevivir solo, pues tiene en sí mismo ciertos trucos escurridizos —comentó un poco decepcionado Leomight.

—Tienes razón, Leomight. Pero observo que es capaz de hacer un yugo balanceado con los demás para aumentar sus propios poderes y yo, Bullfort, estoy dispuesto a ayudarle en eso.

—Ujumm. Percibo un leve, pero intermitente potencial en su mano derecha. No estoy segura de lo que es, pero parece que le puede ser útil. Además, puedo ver el poder de la discreción —dijo Sarah Eagle.

—¡Ja, ja, ja! ¿Discreción? ¿Para qué sirve la discreción en combate? Nadie quiere ser emboscado y atrapado en silencio en un ataque sorpresivo. La ventaja del sigilo y la discreción es el poder asestar un buen golpe —comentó Leomight.

—Querido Leomight, conozco ciertos poderes que la discreción te puede otorgar. Primero: Puedes pasar desapercibido. Segundo, tienes el elemento sorpresa. Tercero, sirve para ganar la confianza de tus compañeros. Y en cuarto lugar, te da el poder de mostrar a otros todo lo que sabes, pero solo en el momento oportuno. Y de eso sabes tú, hermano, más que yo —dijo Sarah a su hermano Leomight, el cual se reía.

—Bien por ti Sarah. Añade a tu lista que te permite mantener una buena reputación, la cual es tan necesaria para ser un buen líder. Un buen cazador no puede ir alardeando ante su presa, pues esta tarea requiere que seamos discretos y sigilosos.

Después de las palabras de Leomight, la Estrella Reveladora colocó a Gabriel lentamente en el suelo y con sus sábanas de luz le dio unas palmaditas en los hombros y un leve empujón que le hizo moverse hacia adelante. Una vez que estuvieron debajo del poder de la estrella pasaron por debajo del amplio balcón y atravesaron un enorme portón, donde les recibieron los mentores y los ayos o maestros de Logos.

—Mi nombre es Poimenix. Soy uno de los mentores. ¡Síganos!

Justo ahí se unieron a los millones y millones de estudiantes de la sexta generación de los habitantes de nuestra ciudad. Y exactamente allí Luxipher,

Miguel y Gabriel comenzarían la gran aventura de su vida que los llevaría desde Celestya a todas las galaxias del universo.

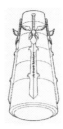

Visita al Salón Profundidad

Ahora que conoces a Luxipher, Miguel y a Gabriel; te daremos algunas pistas acerca de ellos. Ya sabes que es la hora 00:00 de buscar tu herramienta de investigación y estudio sobre esta narración, la cual es el Libro Básico. Esta vez no son muchos los lugares para visitar. Ven conmigo, anímate.

1. Eclesiastés 4:9-12*

2. Ezequiel 28:13-19*

3. Daniel 12:1*

4. Daniel 9:21-23*

5. Apocalipsis 22:1*

Si no entiendes lo que lees pide ayuda a un mentor con algo de conocimiento en el Libro Básico. Eleven sus ondas mientras estudian para que sean más rápidos, más fuertes y lleguen más lejos. Recuerda que en Celestya le llamamos ondas a lo que en su mundo llaman oración.

3

Bullfort y el poder colectivo

Ya de camino para su primera aventura en Logos, los millones de estudiantes observaron al centro de la universidad. Justo allí se levanta una escultura enorme, tan perfecta que parece viva. La misma representa un ser alado con cuatro caras: una de león, una de águila, una de toro y por último, un rostro de un ser parecido a Andrews Morphus. Todos miraban perplejos la corpulenta y gigantesca estatua. La misma tiene en su cuerpo una mezcla de las características físicas de los cuatro Hermanos Cardinales.

—Lo que ven es el Titán, un inmenso coloso levantado por el rey Elhadon y el príncipe Elhyon en honor a los fundadores de nuestra universidad, los Hermanos Cardinales. Nuestras majestades quisieron hacer un homenaje en reconocimiento a su diligente servicio y a la fidelidad que han mostrado a

El Titán y sus cuatro caras

nuestra ciudad Celestya —dijo Discernerelux, el cual percibió la curiosidad de los estudiantes.

Con estas palabras del mentor llegaron hacia una enorme y rústica puerta.

—¿Preparados para su primer encuentro para conocer las armas de la luz? —preguntó Discernerelux a los estudiantes.

—Más que preparados, listos —respondió Miguel.

Nadie más emitió comentario. La puerta permaneció cerrada y Discenerelux les dejó frente a ella. Gabriel abrió su currículo y Luxipher, mirando por encima de él, dijo:

—Vengo a comprar sabiduría y a pagar el precio para obtener conocimiento.

Entonces la puerta, emitiendo un estridente crujido, se abrió ante ellos.

—Bastante que estas comprando y pagando con las riquezas de otro —le dijo Gabriel, ante la inmensa concurrencia de estudiantes que ya se encontraban dentro del salón.

Todos aprovecharon para entrar tan rápido como pudieron y los últimos en llegar al aula fueron los trillizos. Los estudiantes miraban con gran asombró a la gran mole rojiza que se levantaba en medio de la inmensa planicie que se expandía frente a ellos.

Uno de los estudiantes no pudo evitar su sorpresa ante el gigantesco tamaño del profesor y comentó:

—Es el ser más grande que he visto en mi corta estadía en esta ciudad.

El profesor lo miró y sonrió levemente.

—Yo soy el profesor Bullfort. También pueden llamarme Taurux. Bienvenidos al campo de aprendizaje más grande de todo el cosmos. Como nos ha dicho el príncipe Elhyon, ustedes son la última generación que emergió de la matriz; la mística Plataforma Creativa. Ustedes son el orgulloso sello de perfección y la corona de gloria que cierra esta era. Con ustedes esparciremos la semilla de la vida y plantaremos los campos universales con criaturas como nosotros. Pero antes de salir de aquí deben aprender tácticas y estrategias para hacer la guerra.

Profesor Bullfort o Taurux

—¿Guerra? ¿Él dijo Guerra? ¿Para qué aprender a hacer la guerra en un lugar de paz? —preguntó Miguel.

—Los senderos de la energía y la luz no son estáticos; no permanecen quietos. Los cambios que las acciones y las reacciones pueden producir podrían ser algo violentos. Nuestra responsabilidad es estar preparados para saber cómo responder a esos cambios. Ustedes deben aprender tácticas ofensivas y defensivas, y para eso usamos los simuladores. Por esa razón estamos juntos hoy aquí, Miguel.

—¿Simuladores? Cuestionaron curiosos algunos estudiantes.

—Sí, simuladores, eso fue lo que dijo el profesor —comentaron otros.

—¿Qué es un simulador? —preguntó Gabriel.

—¿Para qué sirven? Inquirió rápidamente Abhadon.

—Los simuladores son avanzadas máquinas carentes de vida, capaces de imitar nuestros poderes y habilidades. Ya que nosotros no podemos enfrentarnos a nuestros semejantes en batalla, los usamos a ellos. Aquí no se levantan las armas contra ninguna criatura. Por eso debemos enfrentarnos a los simuladores en combate. De ese modo, la fuerza de la semilla y el grano de poder dentro de ustedes crecerá como un árbol productivo. Pues, después de cada combate, ustedes deben ser capaces de llegar más alto y lejos, de ser más rápidos y más fuertes.

—¿Eso es todo? —preguntó Luxipher.

—Escucha cuidadosamente, ternerito —le dijo Bullfort, mientras le apuntaba con el dedo—. Después de salir vencedor de cada combate debes probar que también te hiciste más sabio.

Gabriel, que escuchaba atento al profesor, dijo a la clase:

—Entonces yo estaré dentro de ese listado. Más sabio, más sabio y más sabio.

Bullfort dio una mirada a los millones de estudiantes que lo observaban atentos y continuó:

—Primero deben aprender que si confrontan dificultades al enfrentarse a un simulador o a un grupo de simuladores, deben emitir un llamado pidiendo asistencia. Para solicitar apoyo deben decir su nombre, ubicación y la emergencia a la que se enfrentan. Esto puede incluir la clase de simulador contra la cual luchan y la cantidad de los mismos. ¿Entendido?

—Entendido, profesor Bullfort —contestó a coro la clase.

Una vez dicho esto, el profesor extendió su mano derecha y comenzó a levantarla lentamente. Todo alrededor comenzó a temblar y en el medio de la espesura empezó a levantarse una gran montaña rocosa llena de cavernas.

—Prepárense para una demostración de cómo se pelea contra simuladores y lo efectivas que son nuestras armas. Mi meta es clavar mi arma como bandera en lo más alto de esa elevación.

Una vez la montaña dejó de crecer cesó también el temblor. Los estudiantes quedamos replegados alrededor del inmenso mogote y Bullfort quedó parado frente a la elevación. De las cuevas del recién levantado monte comenzaron a salir gigantescos simuladores de la clase Scorpia, que hacían guardia alrededor del montículo. Bullfort sacó su arma de su cintura y con un impresionante salto se abalanzó a las orillas del monte y comenzó a correr y abrirse camino hacia arriba de la elevación.

Taurux sacudió su arma con violencia. Esta es una corta hoz por el lado superior y en el extremo inferior hay una punta de una lanza. Con el fuerte movimiento la misma se hizo muy larga. Los simuladores comenzaron a abrir y a cerrar sus tenazas, anunciando que estaban preparados para atacar, al tiempo que movían sus aguijones como radares observando el avance del bólido rojo, el profesor Taurux.

Un primer simulador se abalanzó sobre Bullfort, el cual aprovechó la fuerza del impulso de la máquina para echarse a un lado y empujarlo con violencia contra el suelo y hacerlo añicos. Otro avanzó y atrapó a nuestro profesor con sus tenazas e intentaba traspasarlo con su aguijón. Bullfort sostuvo con sus manos el puntiagudo piquete, manteniéndolo lejos de su cuerpo y con un brusco movimiento lo arrancó de su cola y apuñaló al simulador con el mismo aguijón, acabándolo. Un tercero fue cortado en dos por la hoz de Bullfort. Un cuarto fue traspasado por la lanza. Todo esto ocurrió mientras Bullfort subía con furia y avanzaba con valentía hacia la cima. Las pezuñas de Bullfort se aferraban con fuerza a la empinada montaña y en uno de sus pasos resbaló. Los Scorpia aprovecharon y saltaron sobre él. Bullfort arremetió contra

Bullfort hace añicos a los Scorpia

ellos con su arma y los empujaba con sus piernas y brazos. Entonces uno de ellos lo atrapó con sus tenazas.[1]*

Todos pensamos que era el fin de Bullfort. Entonces, él extendió sus cuernos hacia al frente y embistió a la máquina, la que no tuvo otro remedio que soltar a nuestro profesor. El último de ellos, que custodiaba la cúspide, saltó sobre nuestro maestro y lo empujó al precipicio. Bullfort quedó colgando, sujetándose con una mano, y el Scorpia extendió su aguijón para pinchar a Taurux, el cual aprovechó el movimiento del simulador para agarrarse de su cola y subir, utilizando a la máquina como escalera y, una vez en su espalda, clavó su hoz sobre el último de los simuladores Scorpia. Entonces, sacudió el suelo con sus pezuñas y, levantando su arma en la cima de la montaña, gritó:

—Los pies de un taurino están ahora sobre los lugares altos y se pueden mantener firme sobre las alturas.

Dicho esto clavó su arma sobre la montaña y mugió muy fuertemente en señal de victoria, y la demostración se dio por terminada.[2]*

Bullfort bajó de la montaña y se paró delante de su clase. Accidentalmente, de sobre sus espaldas, cayó a los pies de tres estudiantes un afilado aguijón de Scorpia, los cuales con ojos desorbitados pusieron el grito en el cielo. Uno de ellos fue Gabriel.

—No pierdan la compostura, mis terneros. Ahora es totalmente inofensivo —dijo sonriendo nuestro profesor, mientras se sacudía las espaldas de los restos de las máquinas.

Después de esta experiencia con los poderosos Scorpia, Bullfort llevó a sus estudiantes a una espaciosa pradera. Los estudiantes miraban a su alrededor, esperando ver surgir el ataque sorpresivo de alguno de estos, sus enemigos mecánicos. Notando el comportamiento de los estudiantes, Bullfort dijo a su clase:

—Descansen, pero manténganse siempre alerta. Les garantizo que estamos seguros, al menos por la parte de los simuladores. Lo que está frente a sus ojos es uno de nuestros medios de transporte. Muchos de ustedes pilotearán uno como estos en el futuro. Desde ahora se comenzará a decidir quién pertenecerá a qué grupo. En el caso que nos ocupa hoy, es a la fuerza aérea de Celestya.

El impresionante profesor Bullfort y su arma hoz y lanza

—¿De qué nos habla, profesor? No vemos nada frente a nosotros —dijo con cara de incrédulo Miguel.

—Muuuuchachos, casi olvido ese detalle —dijo Bullfort, con una sarcástica sonrisa—. Nuestra nave está ahora en modalidad invisible, mis terneros.

Bullfort levantó su hoz y para sorpresa de los estudiantes apareció una gigantesca nave de un color plateado brillante.

—Lo que ven frente a ustedes es un carro Bullfort. Comiencen a abordar mis pequeños. Daremos un pequeño paseo.

Una escotilla se abrió y descendió hasta la superficie. Era la única entrada o salida visible de la nave.

Gabriel, mirando hacia la diminuta escotilla y el tamaño del profesor Bullfort, cuestionó.

—Profesor, ¿cómo entrará usted por esa pequeña puerta? Su cuerpo es demasiado grande para pasar por ella.

—Descuida. Observa y aprende mi pequeño carnero. Los de mi especie y yo le llamamos el poder de la adaptación.

Ante los ojos de todos nosotros Bullfort comenzó a reducirse, hasta que tuvo la talla adecuada para atravesar la puerta. Una vez frente a ella, comentó a la clase:

—Yo y mi pueblo, los bulforinos, somos los seres más altos y anchos de Celestya. Sin embargo, podemos graduar nuestro tamaño para ajustarlo a la situación en la que nos encontremos. Así que, no tenemos dificultad con ninguna puerta en nuestra ciudad planeta. Por pequeña que esta pueda ser, todos nosotros podemos entrar por ella.

Una vez adentro de la voluminosa nave vimos dos seres muy grandes, con la apariencia del profesor, pero de diferente color.

—Conozcan al almirante Silverbull y su asistente Bullstar. Ellos me ayudarán en la clase de hoy —dijo Bullfort.

Silverbull es de un amarillo pálido y Bullstar es blanco con manchas negras.

—¡Bienvenidos al puente! Estamos listos para despegar, señor —dijo Silverbull.

—Confirmado. Todos los instrumentos están en orden. Despegaremos de inmediato —respondió el fornido Bullstar.

El carro Bullfort que abordamos era impresionantemente espacioso y comenzó a elevarse lentamente. El profesor Taurux comenzó a explicarnos.

—Nuestras naves son las más livianas y rápidas del universo; están construidas de partículas de luz. Aparentemente, no emiten sonido alguno, pero si prestan atención escucharán los agudos y los bajos silbidos que producen las ondas dentro de la luz, que sirve para propulsar al carro. El poder que alimenta nuestras naves proviene del Reactor, la gran fuente de energía que está en el interior del palacio, el Crystalmer. Es la misma que nos alimenta y nos vitaliza también a nosotros después de cada batalla. Los carros Bullfort, pues así llamamos a nuestras naves, pueden aparecer en varias modalidades o formas. ¡Muéstrales Silverbull!

—Pasaremos a modalidad fuego ahora, señor —dijo firmemente el bulforino Silverbull, mientras apuntaba a una esfera de luz roja en el tablero.

Sin mediar ni un instante, la parte exterior de la nave pareció incendiarse, emitiendo anchas llamas rojas, amarillas y azules.

—Calma, calma, estamos seguros. Solo es un efecto visual y regularmente es para dar señales a los que observan desde afuera. Es una de nuestras formas de emitir mensajes a otras especies en el universo y avisar de nuestra presencia. Y aun hay más, mis pupilos. Muéstrales, Bullstar.

—Pasaremos a modalidad nube de inmediato, profesor. La modalidad preferida del príncipe Elhyon —respondió este.

Bullstar señaló hacia una esfera que contenía en su interior nubes o neblina. Entonces la nave dejó de emitir llamas de fuego y se convirtió en una nube más del panorama y de inmediato estábamos camuflados. Simplemente increíble. Luxipher y Miguel miraban atentamente al tablero. Gabriel parecía ser el más sorprendido por los efectos exteriores de la nave.

—¿Cómo pasamos a modalidad invisible, profesor? —preguntó Luxipher.

—Mira el tablero, Luxipher. Decídelo tú.

Silverbull y Bullstar se retiraron del tablero. Luxipher avanzó, seguido bien de cerca por su hermano Miguel.

—Son tantas esferas de colores que... no me decido, profesor.

—Es esta, profesor Taurux. Esta esfera incolora y cristalina. Ella nos pasará a modalidad invisible —dijo Miguel.

Acto seguido, señaló a la esfera y la nave pasó a modalidad invisible, ocultándose de la vista de todos, permaneciendo en su rápido movimiento en las alturas. Bullfort continúo hablando a su clase.

—La modalidad invisible nos permite estar en el campo de batalla sin ser vistos. Puede que alguna vez lleguen a pensar que están solos en medio de un conflicto, pero cuidado, pues pudieran estar rodeados de carros Bullfort en modalidad invisible sin saberlo. Debo mencionar que cada una de nuestras naves funciona en forma natural como una extensión del cuerpo de su piloto. Si el que la conduce es seguro y decidido, la nave responderá a la mente y cuerpo del que la maneja.

Miguel permaneció parado ante el tablero, al frente del puente con Silverbull y Bullstar a su derecha e izquierda, los cuales sonreían al ver el interés del muchacho.

—¿Puedo profesor? —preguntó con voz firme Miguel.

El profesor Taurux asintió con su cabeza. Silverbull y Bullstar observaban atentamente al intrépido pupilo. En ese momento se arremolinaron a su alrededor millones y millones de estudiantes interesados. Miguel, sin mirar a Silverbull ni a Bullstar, dijo:

—Pienso que esta esfera azul con el rayo blanco que se mueve a gran velocidad en su interior debe hacernos más rápidos.

Miguel levantó su dedo y Bullfort volvió a afirmar con su cabeza y dijo a todos los estudiantes dentro de la nave.

—Prepárense para una buena sacudida y fuerte turbulencia, mis terneros.

Miguel apuntó a la esfera y la nave desapareció del punto donde estaba moviéndose a gran velocidad. Silverbull dijo a la clase:

—Nuestras naves compensan las diferencias que tengamos entre nosotros en cuanto a velocidad, pues llegamos todos juntos al lugar deseado, como si estuviéramos en un yugo. Nadie atrás, nadie adelante, todos llegamos juntos. Ahora estamos pasando a velocidad súper lumínica, o sea, más rápido que la luz misma. Estamos alcanzando la forma más rápida en que podemos transportarnos las criaturas en el cosmos.

—La velocidad del pensamiento —añadió Bullstar.

—La velocidad del vértigo —dijo Gabriel con cara descompuesta y muestras de desacuerdo, mientras trataba de sostenerse de una esquina junto con los millones que no soportaban la excesiva velocidad.

Miguel estaba fascinado con su nuevo juguete, al igual que los estudiantes que estaban a su alrededor.

—Velocidad del pensamiento. Entonces, podemos llegar a donde pensemos.

—Eso es cierto, Miguel. Usa el plano de tu mente y da las coordenadas. Tu mente guiará la nave y a todos nosotros a donde tú quieras —le contestó Silverbull.

—Vamos fuera de la ciudad.

La nave se desplazó como un rayo hacia el horizonte y se presentó frente a ella lo que pareció ser un hoyo luminoso. Y a la velocidad del pensamiento estuvimos fuera de Celestya. Apolión, un fortachón entre los estudiantes, dijo:

—Estamos viendo todo desde arriba.

Bullfort se acercó a Gabriel y le ayudó a levantarse del suelo y llevándolo frente al tablero le dijo:

—Gabriel, ¿vez esta esfera que tiene rayos intermitentes y explosivos aquí? Se llama modalidad estrella fugaz. La usamos cuando vamos a atravesar a la atmósfera de algún planeta. Para hacerlo en forma desapercibida disfrazamos nuestros carros como una estrella errante. Al verla entrar en sus cielos, los moradores de esos lugares pensarán que es un fenómeno natural. Podrán tener razón algunas veces. Sin embargo, en ocasiones pudieran ser nuestros carros entrando a su mundo para realizar alguna misión secreta—.

Luego, mirando a Miguel, le dijo —¡Excelente trabajo muchacho! Creo que ya puedes pilotear una de nuestras naves.

De esta forma finalizó nuestra primera clase de vuelo. Desde ese momento el segundo de los trillizos, Miguel, comenzó a mostrar su liderazgo y millones de estudiantes se le unieron y se hicieron llamar a sí mismos, los Vencedores Guerreros. Ellos se convirtieron en los mejores pilotos de los carros Bullfort entre todas las clases de Celestya.[3]*

En una ocasión, Bullfort nos reunió para una de sus lecciones. Esta vez aparecimos al frente de una alta meseta. Y antes de comenzar una prueba real con simuladores preguntó:

—¿Tienen alguna pregunta, mis corderitos?

—Sí profesor. Se supone que aprendamos a hacer la guerra y para eso usamos las máquinas; sin embargo, me pregunto, ¿alguna vez tendremos un verdadero conflicto? —cuestionó Apolión.

—Y si es así, ¿quién es el oponente al que nos debemos enfrentar? —espetó Abhadon sin esperar la respuesta del profesor.

—¿Cuál será la causa de la batalla, si es que alguna vez la tenemos? —fue la interrogativa del inquisitivo Luxipher.

El profesor se echó hacia atrás con el efecto de una poderosa carcajada y respondió:

—Muuuuchas preguntas para una misma respuesta. Solo puedo compartirles que todo esto es parte del currículo, y como parte del plan debemos seguirlo; es una orden. Yo continúo obedeciendo las instrucciones que me fueron entregadas por nuestras majestades, y por eso les adiestro. Aunque, al igual que ustedes, tengo interrogantes sin respuestas dentro de mí. No por eso cambio el plan a seguir. Aquí en Celestya podemos argumentar, pensar y hasta discutir acerca de una orden superior o consejo, pues la vida y la voluntad nos fueron otorgadas como un regalo. Somos libres de decidir. Sin embargo, con estas dos primeras: la vida y voluntad, también viene la responsabilidad. Estamos conscientes de que el orden y el balance están en las leyes de nuestro rey Elhadon y nuestro príncipe Elhyon, líderes de Celestya. Por eso, siempre debemos obedecer. Las reglas principales de nuestra ciudad son el orden y el balance y estas están contenidas en las leyes que nos gobiernan. El poder que desciende del trono, de ahí viene el verdadero poder. Y yo pongo mis alas vida y voluntad en enseñarles esta verdad —concluyó el profesor.

Haciendo una pronunciada pausa, nuestro profesor continuó diciéndonos:

—Hablando de otros campos, ustedes hoy conocerán la primera lección y la primera regla de trabajo en equipo. Es conocida como el Yugo Bullfort. Nuestras majestades le dicen también la táctica de Somos Uno. Esto es la unión de los poderes de dos o más estudiantes para enfrentar a un simulador o cualquier situación. ¡Pongan mucha atención ahora! En mi pueblo, para lograr el Yugo Bullfort nos unimos por nuestros hombros, de donde salen dos poderosos cuernos. Como ven, nosotros tenemos seis de estos: dos en la cabeza, dos en las pantorrillas y dos en los hombros. Estos últimos son los que usamos los de mi especie para formar el Yugo Bullfort. De este modo los poderes, las habilidades y destrezas de uno pasan al compañero que está formando el lazo. Así compensamos las necesidades del otro; las fuerzas se nivelan para ser efectivos en el combate. No importa cuántos estén unidos en el enlace, todos sentirán el poder, la fuerza y las destrezas que reciben de sus compañeros. Lo mejor de los dones de cada uno se mostrará en el equipo conectado al enlace, haciendo a sus integrantes poderosos. Es como si el equipo actuara como uno. La unión hará que las limitaciones de uno desaparezcan, siendo compensadas por el poder del otro. Así es que, actuando como uno, somos capaces de lograrlo todo. Si el lazo es perfecto, el Reactor, la gran fuente de energía que alimenta a Celestya, pudiera enviar su poder a donde se encuentra el equipo que ha formado el Yugo Bullfort y avanzarán más rápido y mejor al objetivo deseado.[4*]

—¿Y qué de nosotros, los que no tenemos cuernos en nuestros hombros? —preguntó Miguel.

—¡Yo sí tengo! ¡Soy perfecto para el Yugo Bullfort! —comentó Luxipher, mientras levantaba un poco los hombros para mostrar los dos apéndices que tiene en ellos.

—Miguel, ustedes deben unirse por sus alas. Y si el lazo es perfecto cosas sorprendentes pueden suceder. Deben saber que en otros planetas donde sus habitantes no tengan alas, estos se unirán en cuerpo, alma y espíritu para lograr metas que de otro modo serían inalcanzables —respondió el profesor.

—Eso suena un tanto simple y sencillo, profesor —alardeó Luxipher.

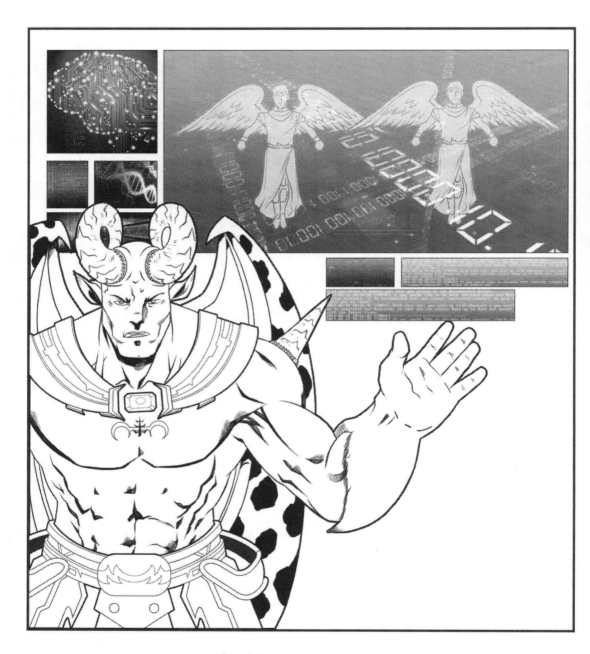

«Ustedes deben unirse por sus alas»

—Tú tendrás la oportunidad de mostrarnos cuán simple y cuán sencillo, y es justamente ahora —replicó Bullfort al atrevido estudiante.

—¡Ja, ja, ja! Mi hermano y su inseparable compañera de yugo: su enorme boca —se burló Miguel.

Bullfort se acercó a este último y le dijo:

—Miguel, tú serás su aliado en este combate. Considéralo una oportunidad para crecer junto a tu hermano.

—Ríanse ahora, dúo de bocones. ¡Ja, ja, ja! —espetó el pequeño Gabriel.

La voz del profesor se escuchó en toda el aula cuando dijo:

—Gabriel, tú también te unirás a tus hermanos en este combate.

—Pero yo no conozco mis poderes todavía —refunfuñó Gabriel.[5*]

—Puede ser que no, pero entre mis tareas y responsabilidades está el ayudarte a conocerte a ti mismo y eso incluye a tus poderes. Además, aprovecha esta oportunidad para mostrar algo de consideración y de respeto para tus hermanos Luxipher y Miguel.

Gabriel se llevó la mano a la cabeza y dijo:

—El trío de los bocones.

Miguel miró de soslayo a su hermano Gabriel y dijo entre sus dientes:

—Prefiero irme solo a ir a combate contigo como compañero, Gabriel.

—¡Qué comience el juego! Fortaleza, es momento de salir —dijo Bullfort en voz alta.

Después de estas palabras el lugar donde estaban reunidos comenzó a transformarse. Bullfort y el resto de los estudiantes comenzaron a ser elevados por el suelo que se levantaba, mientras que Luxipher, Miguel y Gabriel se quedaban cada vez más abajo.

—¿Qué está sucediendo aquí? —preguntó Luxipher.

—¡Todo a nuestro alrededor está cambiando! —comentó Miguel.

—¡Esto es simplemente sorprendente! —gritó el consternado Gabriel.

Cuando la transformación del lugar terminó, los trillizos aparecieron en medio de una inmensa arena y frente a ellos se levantaba un enorme castillo.

—Pienso que es tiempo de volar, mis hermanos —dijo Luxipher.

Gabriel dijo:

—¡Oh no, qué impresión tan desagradable!

—¡Puede ser tu última, muévete hermanito! —espetó Miguel.

Súbitamente, el gigantesco castillo comenzó a levantarse del suelo ante la incrédula mirada de los trillizos. En medio del ruido de golpes, cadenas, estridentes y el polvo que se levantaba, el castillo se puso de pie. Parado al frente, estaba esta gigantesca máquina. Era una poderosa Fortaleza llena de armas y calabozos.

—¡Activen sus armas para pelear contra la Fortaleza! —les gritó Bullfort desde la meseta donde se encontraba.

La Fortaleza avanzó, intentando aplastar a los hermanos, los cuales salieron despedidos en precipitado vuelo.

—Luxipher, haz lo que te digo. ¡Activa tus armas y ataca a la Fortaleza, ahora! —insistió Bullfort.

—Sí, ¿pero cómo? Dígame profesor —inquirió Luxipher.

—Luxipher, escúchame bien. Concentra todas tus fuerzas y dirígelas hacia tus manos y dispara. No te acerques a la Fortaleza. Mantén una distancia segura, repito, mantén una línea de batalla segura lejos del simulador.

Luxipher miró con atención sus manos; tres apéndices filosos sobresalen en cada una de ellas, seis en total. Así fue que, aspirando profundamente y empujando desde su pecho con fuerza hacia sus brazos, dijo:

—Vamos a hacer esto. ¡Oh, siento un hormigueo en mis manos!

Repentinamente un brillo rojizo salió de los pectorales y recorrió por los brazos de Luxipher, e hizo resplandecer sus nudillos, y acto seguido, disparó contra la Fortaleza. Grande fue su sorpresa cuando vio un poderosísimo rayo que salía de él hacia la Fortaleza y dijo:

—¡Bravo, esto es grandioso, dardos de fuego salen de mis manos!

Bullfort complacido le gritó:

—¡Excelente Luxipher, ya lo tienes! Mantén una línea de combate segura, no te acerques, solo dispara tus dardos de fuego contra la Fortaleza. Recuerda que no puedes prevalecer si eres resistido de cerca; mantente alejado.

Cada vez que Luxipher disparaba arrancaba pedazos de la máquina, que amenazaba con destruirlos con sus cañones, disparando rayos destructivos. De su muñeca colgaba un arma en forma de bola con púas que estaba atada a una enorme cadena. Miguel y Gabriel trataban de esquivar cada golpe y cada disparo y sus rostros lucían ya un tanto consternados. Bullfort exhortó a Miguel a ayudar a su hermano, diciéndole:

—Miguel, es tu turno ahora. Acércate a la Fortaleza y activa tus armas. Úsalas contra la máquina.

—¿Qué me acerque? ¿Usted se ha vuelto loco? —cuestionó en negación Miguel en escurridizo vuelo.

—Solo tú puedes acercarte a la Fortaleza. Avanza firme y adelante ahora. Activa tus defensas —insistió el profesor.

—No tengo idea de cómo hacer lo que me pide. ¿Tiene alguna pista?

—Sí, Miguel, cruza tus muñecas una sobre otra, muévelas violentamente hacia abajo y hacia atrás como un fuerte latigazo y grita fuertemente la palabra defensa.

Miguel miró rápidamente sus manos y dijo:

—Aquí, muñeca sobre muñeca, tiro violentamente hacia atrás y grito la palabra ¡defensa!

Su primer intento fue fallido.

—Fricciona una contra otra fuertemente y repite el movimiento. Fricciona fuertemente.

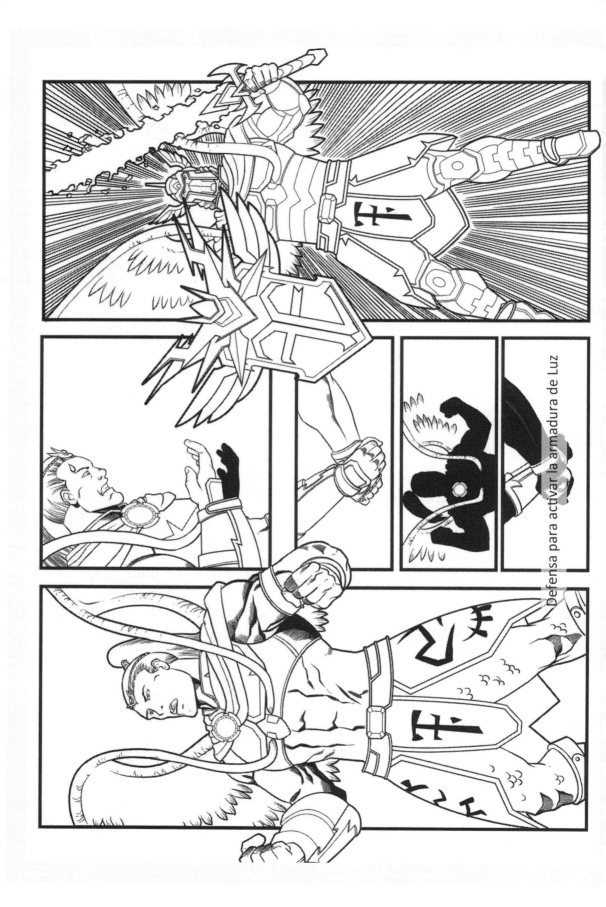

Defensa para activar la armadura de Luz

Miguel miró sus manos otra vez y dijo:

—Esto no funciona. ¿Qué está pasándome? Bueno, aquí voy otra vez. ¡Defensa! ¡Oh mi…! ¿Qué es esto? Siento un relámpago corriendo por todo mi ser.

Una explosión de chispas y un resplandor verde deslumbró alrededor de Miguel y en un abrir y cerrar de ojos fue cubierto de cabeza a pies con un casco y una poderosa armadura plateados. En su mano derecha apareció un sólido escudo y en su mano izquierda una espada encendida y relampagueante de fuego y de luz.[6]*

Emocionado con el avance de Miguel, Bullfort le dijo:

—¡Sí! Eso es Miguel. Avanza hacia adelante. Embiste a la Fortaleza con tu espada y con tu escudo. No te detengas, vencerás.

Gabriel, que hasta ahora había escapado de los golpes y de los cañones de rayos destructivos de la Fortaleza, lucía ya un tanto desesperado. Sobre todo el escándalo del combate, se escuchó su voz cuando preguntó:

—¿Alguna pista para mí, profesor?

—Sí, Gabriel. Continúa usando tus habilidades escurridizas y mantente lejos de esa cosa. Libera el poder que hay en tu mano derecha ahora.

Desafortunadamente fue demasiado tarde para el pequeño Gabriel, pues la Fortaleza lo alcanzó y lo golpeó con su arma en forma de bola llena de púas. Gabriel fue arrojado al suelo, inmóvil por el aturdimiento causado por el azote, sin la mínima idea del inmenso peligro que se cernía sobre él. Bullfort le gritaba desde la meseta donde observaba el combate:

—¡Muuuuévete Gabriel, muévete, la Fortaleza intenta aplastarte!

—Despierta, mi hermano, despierta —decía el desesperado Luxipher.

—¡Oh, no! —fue la corta expresión de Miguel.

Todos los presentes pudimos escuchar cuando nuestro fornido profesor dijo a toda voz:

—¡Es tiempo de que Bullfort entre en acción!

Luxipher y Miguel luchan contra la Fortaleza

Los gritos de todos los estudiantes que observaban lo que ocurría y los llamados de sus hermanos despertaron al aturdido Gabriel. En esos precisos instantes la inmensa Fortaleza levantó una de sus piernas y trató de aplastar al pequeño. En un brusco y rápido movimiento, Gabriel afirmó sus alas y manos en el suelo, levantó sus dos piernas y contuvo levemente el avance del castillo andante que ejercía presión para aplastarlo.

—Luxipher, ayúdame, soy Grabriel, estoy en el suelo siendo aplastado por un simulador Fortaleza. Pasa por mí y ayúdame.

Luxipher voló con destreza hacia su hermano.

—Ahórrate el protocolo. Estoy viendo claramente lo que ocurre —replicó Luxipher.

—Solo seguía las instrucciones del profesor —le dijo a su hermano Gabriel.

Así Luxipher se unió a su hermano bajo el asfixiante pie de la Fortaleza, y ahora eran dos los que trataban de evitar ser aplastados. Bullfort comenzó a descender de la meseta para asistir a los hermanos en su lucha contra la indetenible máquina. Luxipher dio un grito de llamado a su hermano Miguel.

—¡Miguel, ayúdanos! ¡No resistiremos mucho, la máquina es muy poderosa!

Gabriel ya no podía más y Luxipher estaba debilitándose. No aguantarían el persistente avance de la insistente máquina. Desde su posición en el aire, Miguel se abalanzó en dirección a sus hermanos, usando sus dos poderosas alas e inmediatamente se acomodó debajo de la Fortaleza. Sin hacerse esperar, él también afirmó sus dos alas y sus manos en el suelo, mientras con sus piernas resistía el avance del simulador Fortaleza. Entonces, se escuchó su voz, hablándoles a sus hermanos Gabriel y Luxipher.

—¡Formemos un Yugo Bullfort! ¡Unamos nuestras alas ahora o no resistiremos!

—Vida y voluntad en este propósito —dijo entre dientes Gabriel, mientras estiraba sus alas para unirlas a Luxipher y a Miguel.

—Vida y voluntad —afirmó el exhausto Luxipher.

La Fortaleza impacta a Gabriel

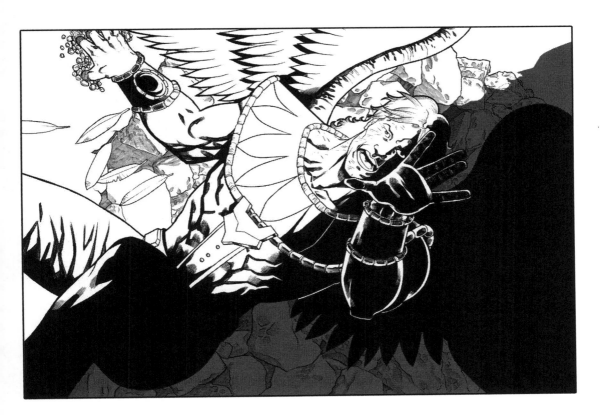

Gabriel es derribado

Los tres hermanos fusionaron sus alas y de repente un rayo rojo emanó de Luxipher. Uno amarillo brillaba en Gabriel y otro verde salió de Miguel. El enlace estaba completado.

Súbitamente, enérgicos rayos del Reactor de Celestya salieron dirigidos a las cabezas de los tres hermanos. Los rayos corrieron a través de sus cuerpos de luz y se desbordaron, como corrientes de ríos visibles en dirección de sus piernas. El simulador Fortaleza no resistió ni un instante el impacto del poder enviado y simplemente estalló en mil pedazos. Todos los estudiantes quedaron mudos al ver la asombrosa escena, incluyendo al consternado profesor Bullfort, que ya estaba en la arena muy cerca de los trillizos. Desde ese momento, los alumnos llamaron al encuentro de alas «el poder de dos o tres unidos en un propósito».[7]*

Después de esta batalla, un gran grupo de estudiantes se unió a Gabriel, los cuales fueron llamados Los Diplomáticos y un grupo mayor se unió a Luxipher y se llamaron a sí mismos, Los Iluminados. Daba la impresión que cada cual estaba decidiendo a qué grupo de poderosos iba a pertenecer. No se diga más...

«¡Oh, no!»

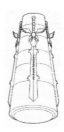

Visita al Salón Profundidad

La verdad, es increíble la gran fortaleza que se obtiene de las estrategias y tácticas Bullfort. Pues llegó el momento de que te fortalezcas tú también. Ya sabes que es la hora 00:00 de ejercitarte. Busca tu Libro Básico, para que escojas tu carro Bullfort, ya que tienes Fortalezas y Scorpias que enfrentar. Siempre debes buscar el balance y el orden para vencer. Escoge a tu compañero de yugo Bullfort y Somos Uno y júntense en acuerdo para hacer esta investigación, como lo haría un estudiante de la Universidad de Celestya. ¡Adelante muuuuchachos!

1. Lucas 10:19*

2. Habacuc 3:19*

3. Éxodo 13:21, 22; Éxodo 14:19-21; 2 Reyes 2:11, 12; 2 Reyes 6:17; Salmos 68:17; Salmos 104:3; Ezequiel 1:4, 27, 28; Mateo 24:30; Hechos 1:9; Apocalipsis 1:7*

4. Ezequiel 1: 9*

5. Proverbios 24:10; Isaías 40:29*

6. 2 Corintios 10:4, Efesios 6:12-17*

7. Mateo 18:19-20*

Si no entiendes lo que lees, pide ayuda a un mentor con algo de conocimiento en el Libro Básico. Eleven sus ondas mientras estudian para que sean más rápidos, más fuertes y lleguen más lejos.

4

Sarah y el poder de una visión

Mística, delicada y muy sigilosa. Ella fue la última de los cuatro Hermanos Cardinales en ser llamada a la vida en la Plataforma Creativa. Es un ser singular, delicado, de bellísimo rostro y escultural figura. Su cuerpo rosado y su cabeza blanca contrastan con sus llamativos ojos azules. Sus alas, tan pulidas como un rayo de luz, salen de su espalda, destellando un color rosado suave, hasta donde comienza la parte posterior de su cuello. Las plumas se van haciendo blancas según se acercan a su cabeza. Sus ojos, como piedras de zafiros, nos deslumbran y su voz es tan cautivadora que nos hace estar atentos a todas sus lecciones. Su nombre, Sarah Eagle.

En ocasiones sus tres hermanos, Leomight, Bullfort y Andrews Morphus, escuchan su llamado desde las alturas. No pueden verla desde abajo, pero de repente ella desciende en picada. Y en un abrir y cerrar de ojos, cuando sus dos poderosas garras tocan la superficie, en solo un instante, pasa de ser un majestuoso águila a la hermosa y delicada profesora.

Los estudiantes estaban a punto de conocer a Sarah Eagle, pues se encontraban a solo unos pasos del aula de la fastuosa profesora. Una vez dentro del salón de clases, los alumnos aparecieron parados en unos picos nevados que formaban un inmenso valle en forma de círculo. Las montañas eran tan altas que las nubes estaban mucho más debajo de ellas. Y estas bandas blancas eran tan espesas que difícilmente permitían ver la superficie del lejano suelo. Así es en Logos, la Universidad de Celestya. En los salones no encontrarás papeles, libros y las sillas no duran mucho tiempo. Cada lección es un lugar de aprendizaje en acción. Nosotros los conocemos como simulambiente, un lugar donde tocamos el saber en vivo y en directo.

Al llegar, todos nos acomodamos alrededor de las cimas de los inmensos montes rocosos. Cuando repentinamente, escuchamos un chillido que llenaba los aires y un celaje que surcaba los cielos. Se movía con increíble rapidez en el centro del gran vacío que separaba a los pupilos de la superficie.

—Creo que ese sonido es ella; ¡ya está aquí, es magnífica! —dijo Gabriel.

—¿Cómo puedes estar tan seguro, pequeñín? No la veo —cuestionó con incredulidad Miguel.

—¿Acaso no leíste tu currículo? Ahí dice claramente que la velocidad de movimiento de Sarah Eagle es mucho más que la del sonido y la luz, acercándose a la del pensamiento.

—Bueno, si es lo que dice ahí, ya no tengo que leerlo. Ya, por lo que veo, tengo que creerlo —le contestó Miguel.

—Sí, mi hermano. Por eso yo puedo adelantarme a las cosas antes de que tus ojos verdes las vean. Porque las leo y las espero.

—¿Qué más sabes acerca de Sarah Eagle, pequeñín? preguntó sonriendo Luxipher.

—Según dice el programa, la profesora también ostenta el registro del vuelo más rápido sostenido en toda Celestya. Su velocidad es tal que parece

Transmutación de águila a Sarah Eagle

que pasa a modalidad invisible sin haberlo hecho —respondió en voz alta Gabriel.

—Eso es hasta ahora, Gabriel, solo hasta ahora, pues yo estoy aquí. La historia será distinta —respondió Miguel.

Mientras los hermanos conversaban, un celaje se detuvo en el centro de las alturas. Todos los estudiantes pudimos observar a Sarah Eagle aparecer deslumbrante por sobre de nosotros. Súbitamente volvió a volar en círculos, pasando tan rápido que solo pudimos percibir la fuerza del empuje de sus alas ante nuestras caras. Sentimos el viento que movía nuestros cabellos y escuchamos el sonido de un zumbido retumbante. Se nos fue imposible seguirla con nuestros ojos. Cuando otra vez apareció flotando arriba, en medio de los escarpados picos, donde embelesados la mirábamos.

—Sean todos bienvenidos a mi clase. Mi nombre es Sarah Eagle. Conmigo aprenderán lo que es visión y percepción. También aprenderán lo que es actuar en forma rápida y precisa cuando es debido. Y para eso, tendrán una pequeña demostración. Necesito diez aguiluchos voluntarios que sean como tú —dijo Sarah, señalando a Gabriel.

—Dirás debiluchos, respetable profesora —dijo, soltando una carcajada, Abhadon.

—Incluye en tus respetos a ocho voluntarios, más Abhadon. Tú te unirás a Gabriel —le respondió la profesora.

Ocho más de los estudiantes fueron escogidos para la demostración de Sarah. Repentinamente, diez piedras enormes se elevaron de las profundidades con indescriptible rapidez, las cuales llegaron alrededor de nuestra profesora. Una vez las diez rocas se detuvieron, pudimos observar a diez poderosos de la clase Eagle que pasaban, de modalidad invisible, que sujetaban las rocas con sus garras. Otros diez Eagle aparecieron y volando como rayos tomaron a los voluntarios, los ataron a las piedras que eran cargados por las águilas.

—Ahora comprobarán lo que somos capaces de hacer —dijo la princesa águila.

Miguel, al ver la cara de sorpresa de su hermano Gabriel, le gritó:

—En esas circunstancias no pareces tan seguro de lo que va a suceder, ¿verdad Gabriel? ¿Dónde está tu manual de instrucciones para esta situación?

—Estamos en un ambiente simulado, Miguel. Todo aquí es seguro. En todo caso veintiuno de los seres más rápidos de esta ciudad estamos presentes y alertas para cuidar y proteger —respondió Sarah.

Una vez amarrados, se escuchó el grito de uno de los Eagle que sostenían las pesadas rocas. Entonces, fue cuando los Eagle las soltaron y dejaron caer las enormes cargas al vacío. Sarah se movió como la luz, y sujetó con sus garras a dos de los estudiantes y, desatándolos, los puso en lugar seguro en la parte superior del precipicio. Entonces, de las escarpadas montañas, se abalanzaron contra ella un grupo de simuladores de la clase Áspid. Sarah evadió al primero de ellos y lo desgarró en rápido descenso. Entonces, aprovechó para detener a dos más de los estudiantes y ponerlos a salvo.

Una segunda máquina fue puesta fuera de combate con el pico de la profesora y dos alumnos más fueron salvados. El tercer simulador, que se aproximaba a uno de los estudiantes, fue agarrado por la cola y empujado con violencia hacia las rocas del acantilado y terminó destrozado. Dos estudiantes fueron sacados de la prueba y llevados por ella a la entrada de una cueva. Dos Áspid trataron de aplastar a la profesora entre ellos. Ella los evadió y chocaron el uno contra el otro, haciéndose añicos.

Los dos últimos simuladores comenzaron a rotar y a rotar rápidamente y crearon un gran torbellino. En medio de un oscuro y poderoso viento quedaron los últimos dos estudiantes. Sarah observaba desde arriba y se adentró en el vertiginoso torbellino, atravesando el ojo con sorprendente velocidad. Dos simuladores la seguían de muy cerca. Uno de ellos fue atrapado por los fuertes vientos y terminó despeñado. Sarah tomó a otro estudiante y lo puso en una grieta de la escarpada montaña. Mientras uno de los simuladores alcanzó la roca que caía en picada se enroscó con su cuerpo a ella y con sus filosos colmillos trataba de destruir al último estudiante.

—Confía, Gabriel. Superaremos esta simulación juntos —dijo Sarah Eagle al conmocionado estudiante.

La profesora se detuvo en pleno vuelo y pasó de ser un águila a su forma natural. Entonces, su arco y una flecha salieron de sus muslos, sin ser tocadas por mano alguna. La princesa águila disparó a la cabeza de la serpiente alada y la clavó a la roca, tapando su amenazante boca.

Luego, se convirtió nuevamente en un águila y se desplazó hacia Gabriel, que ya se encontraba muy cerca del suelo. Sarah sujetó la roca y comenzó a

Sarah Eagle dispara contra un Áspid

agitar sus alas con mucha fuerza para frenar la precipitada caída de la peña. Intentaba parar el avance de la gran piedra y no lograba detener su veloz descenso. Los Eagle que estaban alrededor de los picos nevados entraron en escena. En ese momento Sarah dijo una expresión que fue escuchada por todos nosotros, los alumnos que esperábamos que ocurriera lo peor.

—No voy a dejar que ninguno de mis alumnos caiga y sea aplastado por una piedra.

Sin hacerse esperar, Sarah cortó con su pico las amarras y se colocó debajo de la roca. Envolvió con sus rosadas alas a Gabriel y lo sacó del aprieto, casi en el preciso momento que la piedra impactó el suelo con un ruidoso golpe, haciéndose mil pedazos.

Una vez con sus pies firmes sobre la superficie, Gabriel tomó una de las rosadas plumas de la profesora que flotaba cerca de él, la presionó entre sus dedos y la levantó muy en alto, ante la vista de todos nosotros, y dijo:

—Estuve así de distancia de golpear el suelo y fui salvado por la profesora Sarah Eagle—. Y mirando a Miguel, le dijo —creí y no fui decepcionado. Mi pie no tropezó en piedra.[1]*

Todos aplaudimos en homenaje a la excelente demostración de vuelo y rescate de la muy bien llamada la princesa águila.

Una vez terminado el rescate, las nubes desaparecieron, las montañas bajaron y aparecimos todos en una inmensa planicie. La profesora estaba en medio de nosotros y con ella un grupo de los millones que conforman su especie, conocidos como los Eagle. Sarah observó al grupo de estudiantes, que también eran millones y millones, y comenzó diciendo:[2]*

—Las maniobras que acaban de apreciar son un asunto que requiere visión, rapidez y precisión. Las tres son importantes. Sin embargo, entre estas, es la visión la que juega el papel principal. Podemos ser muy rápidos y precisos, pero si no tenemos una visión clara de hacia dónde nos dirigimos podemos caer por un acantilado o terminar impactando el borde de una rocosa montaña, estropeándonos a nosotros mismos o a otros.

—Sí profesora, pero es la velocidad la que lleva nuestras emociones al máximo —dijo Luxipher.

Miguel, que escuchaba cerca de su hermano, añadió:

—Lo extremo, esas caídas en picadas y el riesgo constante nos energiza. Eso sí es vida.

—Yo paso de eso. Ya tuve suficiente de emociones al máximo y lo que ustedes llaman vida —dijo en voz baja Gabriel.

Sarah hizo nuestra señal de silencio. Esto es, poniendo el dedo índice en el lado izquierdo de su sien. Entonces el grupo dejó de cuchichear entre ellos.

—Hoy escucharán una verdad que ha sido conocida por mi pueblo y yo desde eras muy lejanas. Nos ha mantenido optimistas y confiados al final de todos los procesos, no importa cuán difíciles o desafiantes puedan ser. Mi pueblo y yo sabemos que todo eso es parte de un propósito y un plan mayor a nosotros mismos y que al final saldremos más que victoriosos. Deben saber que, ninguna etapa de la vida, por intensa que parezca, es mayor a la vida misma. Nosotros, los Eagle, los seres más veloces de Celestya, conocemos este principio como el principio de Visión Real.

Los estudiantes oían extasiados las palabras de la hermosa profesora, la cual continuó su discurso:

—La Visión Real está basada en el punto de vista que nuestras majestades tienen acerca de nosotros mismos. ¡Ellos nos ven siempre como un equipo más que vencedor sobre todas las cosas! Y basado en esa premisa nosotros emprendemos proyectos que van más allá de nuestras propias fuerzas, recursos y habilidades; pues nuestra mente está viendo lo que los ojos no pueden ver. Por tanto, la Visión Real lleva a los que la siguen a convertirse en lo que nunca imaginaron y lograr cosas que parecían imposibles de alcanzar. Visualicen antes de que ocurra. Así pude rescatar a los diez, vi todo de antemano. Para el que ve lo que no se ve, nada es imposible. Así que declaren este principio como el fin de todas las batallas. Somos más que vencedores.[3]*

Mientras la profesora compartía esta enseñanza, el pequeño Gabriel estaba tan concentrado en lo que escuchaba que no se percató que balbuceaba, repitiendo las palabras de Sarah Eagle y hacía movimientos de lucha con un combatiente imaginario. Mientras, los demás se reían de su comportamiento.

—Soy más que vencedor; para mí nada es imposible. Saldré más que victorioso —repetía el pequeño.

—Gabriel combate con un simulador en modalidad invisible —dijo Luxipher, mientras muchos se reían.

Sarah levantó su voz por sobre todos y dijo:

—Solo la mente puede activar la Visión Real.

Los cinco mentores de Logos se acercaron a la profesora y ella continuó diciendo:

—También deben conocer lo que es la Visión Periférica. Ella nos permite ver los recursos y destrezas que hay dentro de los miembros de un equipo y aprovechar también lo que el ambiente que nos rodea puede proveernos. Así podemos obtener provecho de los dones de todos y cada uno y de todo a nuestro alrededor. De modo que, cada miembro del equipo, pueda aportar lo mejor de ellos al éxito de la misión. Para eso es la Visión Periférica; nos permite ver lo mejor que hay en otros.

—Eso suena estupendo. De esa forma nos concentraremos en quién es el mejor recurso para cada cosa y no nos retrasaremos en la misión. ¡Qué bien! Entonces, no nos concentramos en las debilidades de nadie —dijo Gabriel.

—Bueno Gabriel, la Visión Periférica también te permitirá ver las limitaciones en otros. Sin embargo, verás solamente aquellas que tú puedas compensar. Si no eres capaz de ayudar, de ningún modo verás la limitación de otro. Alguien con la capacidad de ayudar verá la limitación y llevará a su compañero al orden de la fuerza y el balance del poder en su área de oportunidad, crecimiento y desarrollo.

—No te preocupes Gabriel, yo estaré siempre ahí para ayudarte. Veo muchas limitaciones en ti —comentó riendo Luxipher.

—No tan rápido, Luxipher, pues los cinco mentores que están a mi lado: Apostello, Prophetex, Evangelux, Poimenix y Didaskallo están aquí, prestos para ayudarlos en sus necesidades. Ellos los apoyarán, para llevarlos a alcanzar mayores glorias y a compensar sus limitaciones. No olviden que la Visión Periférica los preparará para formar un cuerpo de vencedores. Serán muchos los miembros en el equipo, y poseerán diferentes habilidades, pero tendrán la capacidad de aprovechar lo mejor de cada cual y de actuar y moverse como uno solo, con el uso de la Visión Periférica.

Didaskallo, un excelente mentor experto en el aprendizaje y la enseñanza, dijo a la clase:

—El ver una necesidad en otro es un llamamiento al servicio. Debes cumplir tu misión, ya que la obtuviste por una visión. Si lo ves entonces ve. Ese es el llamado.

—¿Por qué razón solo podemos ver en otros las limitaciones que podemos compensar y no las otras? —preguntó Apolión, uno de los iluminados.

Continúo la profesora en su discurso:

—La eternidad es un período muy valioso como para usarlo incorrectamente. El hablar o el invertir esfuerzos en asuntos en que no somos útiles y en los cuales no podemos aportar no es provechoso. Por esa razón, cada obra y cada conversación deben tener un propósito. La Visión Periférica nos permite ver y trabajar solamente en objetivos donde podemos aportar con nuestro talento, para tomar parte en la solución de un asunto o en asistir a otros con sus limitaciones. Aquí no hay espacio para más, mis discípulos. Por eso, en Celestya estamos siempre en las mejores manos y en las mejores conversaciones, con el fin de que seas mejor gracias a la Visión Periférica. Todo lo demás sería pura distracción que nos desenfocaría del éxito de la misión a cumplir.[4]*

Miguel dejó escapar una carcajada y comentó.

—Mi visión periférica se sobrecargó cuando fijé mis ojos en mi hermano Gabriel.

—Es cierto. La mía quedó totalmente empañada y se borró por completo al llenarse con limitaciones de este pequeño —comentó Luxipher, mientras revolcaba el pelo de su diminuto hermanito.

—Pues entonces comiencen a aplicar el principio de Visión Periférica. Si lo ven, vayan y cumplan con su llamado. Acérquense a él y ayúdenle —espetó Sarah.

Firehawk, primer capitán de Sarah Eagle, habló a la clase diciendo:

—Jóvenes, ¡presten mucha atención ahora! Ha llegado el momento de aprender la lección más difícil de todas. Y en la que se hace más complicado acertar y muy fácil errar. Se llama Percepción.

Sarah comenzó diciendo a sus estudiantes.

—Percepción es la interpretación correcta de lo que vemos. En ocasiones, lo que está ante nuestros ojos no es exactamente lo que entendemos o lo que pensamos. Por eso, debemos hacer un juicio correcto de lo que nos muestra nuestro sentido de la vista. Podemos cometer graves errores si fallamos en percibir correctamente. Los maestros Dicernerelux y Scientialux pueden ser de gran ayuda al respecto. La ventaja de la Percepción es que nos permite conocer los asuntos previamente, pero en su justa proporción, otorgándonos la ventaja de saber cuándo actuar y cuándo no.

Gabriel casi no dejó a la profesora terminar esta frase y dijo con una amplia sonrisa:

—Yo tengo una ventaja sobre mis hermanos. Yo regularmente sé, o me doy cuenta de las cosas, un poco antes que ellos dos.

—Sí, lo acepto, pero casi siempre es para no actuar —respondió, sin mirarle, Miguel.

Sarah, llamando a sus estudiantes al orden, dijo:

—Atención aguiluchos.

Luego volteó su cabeza en dirección a Falconia, su segunda capitana y asintió con su cabeza. Falconia habló a los estudiantes diciéndoles:

—Ha llegado el momento de conectar su sentido de la vista al Reactor de Celestya; la gran fuente de energía que alimenta nuestra ciudad. Unidos a él podremos activar nuestra Visión Real, Visión Periférica y la Percepción siempre que sea necesario.

—Cierren sus ojos, vean, bajen sus párpados y observen. Obedezcan, para que reciban un filtro que les ayude a discernir entre lo que ven y lo que es la realidad de las cosas —dijo Discernerelux, uno de los maestros—. Ahora podrán unir lo observado y tener una interpretación correcta. Aun no viendo, les será mostrado y aun no comprendiendo, entenderán.

—¡Activando conexión ahora! Reciban la facultad de ver y percibir lo mismo que nuestras majestades. El poder de ver y apreciar los dones de otros y apoyarlos en sus necesidades. Obtengan la habilidad de poseer una percepción e interpretación correcta de lo que tenemos a nuestro alrededor —dijo Falconia.

Unos poderosos rayos azules salieron del Reactor directo a las cabezas de los estudiantes. Los párpados cerrados de todos ellos brillaron como poderosas llamas de fuego y así recibieron el poderoso don de ver más allá de lo que está delante de los ojos.

Sarah dio a sus alumnos una última advertencia, diciendo:

—Recuerden que solo la mente puede activar la Visión Real, la Visión Periférica y la Percepción. Y ahora cuentan con el poder del Reactor, que se une a ustedes. Es como tener dos mentes actuando como una. Ahora tendremos una apreciación más completa de lo aprendido con una prueba y una evidencia. Prepárense para un combate poco común. Deben atacar juntos, como un equipo, usando lo aprendido en clase para vencer. Adelante, liberen al simulador Maquinación.

Súbitamente, en medio de ellos apareció una máquina de tamaño mediano, con tentáculos, la cual comenzó a desplazarse por el suelo. De la cintura para arriba parecía una enorme lagartija color verde, con ojos que giraban independientemente el uno del otro. Y de la cintura para abajo tenía largos tentáculos con pegajosos ventosas. Miguel, tomando el mando, dijo:

—Activo mi Visión Periférica—. Y mirando a su grupo, los Vencedores Guerreros, le dio instrucciones —activen sus armas para atacar al simulador.

—¡Defensa! —gritó, por sobre todos, el joven líder.

Esto activó su armadura plateada, yelmo, espada y escudo de luz; y le cubrieron de cabeza a pies.

—Mi equipo y yo atacaremos de cerca. Luxipher, Abhadon, Apolión y los otros iluminados, usen sus dardos de fuego para debilitar a la máquina, atacándola desde la distancia —continuó diciendo Miguel.

Los estudiantes comenzaron el ataque. La máquina agitaba sus tentáculos, tratando de atrapar a los pupilos. Sorpresivamente, sacó de su inmensa boca una lengua pegajosa y atrapó a uno de los iluminados que no guardó una distancia prudente.

Simulador Maquinación, genios del engaño

—Descuida, hermano, te libraré de esta —dijo Luxipher, disparando a la lengua del simulador, partiéndola en dos.

Miguel observaba que la Maquinación utilizaba sus tentáculos para abatir a los que trataban de acercarse y a los que podían combatirla cuerpo a cuerpo.

—Gabriel, acércate y vuela alrededor del simulador. Evita que te atrape. Usa tus destrezas elusivas para mantener a la bestia distraída, mientras nosotros la debilitamos.

La Maquinación lanzó una enorme nube oscura y los estudiantes tuvieron dificultad para combatir. La máquina camufló sus tentáculos, los cuales parecían miembros de la clase que se movían en combate y viceversa. Miguel tomó la delantera y gritó a sus compañeros de lucha:

—¡Activen Percepción para hacer diferencia entre los miembros del equipo y los tentáculos de la cosa esta!

Así lo hicieron todos, de modo que al activar Percepción pudieron diferenciar entre ellos mismos y las partes móviles de la máquina. Todos lo hicieron, menos Luxipher, que ofuscado, combatía con sus dardos de fuego. Sin embargo, por más que atacaban la Maquinación, esta no daba muestras de debilitarse.

Sarah Eagle entró en el combate y volaba alto, muy alto por sobre del simulador. Luxipher la siguió en rápido vuelo, y de sus espaldas salieron dos pares de alas más y en ese momento, con cuatro alas logró alcanzar a la profesora. Todos quedamos asombrados al ver que Luxipher tenía ahora un par de alas adicionales, al igual que nuestros profesores, Los Hermanos Cardinales.

—¿Qué le pasa a Sarah Eagle? Me parece que su vista está fuera de foco. Se está saliendo de la línea de batalla. ¿Por qué vuela tan alto? ¿Qué está haciendo? La Maquinación es muy pequeña —dijo, consternado, Apolión, uno de los Iluminados.

Luxipher estiró sus brazos y preparó sus manos para disparar contra Sarah, que volaba a su lado.

—¿Qué haces, Luxipher? ¿Por qué me apuntas con tus dardos de fuego? Despierta, la Maquinación te tiene bajo su poder. Activa tu Percepción ahora —le dijo Sarah.

Así lo hizo y solo haciendo esto se pudo percatar que iba a disparar sus poderosos dardos de fuego contra la profesora.

Gabriel, que escurridizamente se movía entre los tentáculos del simulador, gritó a su hermano:

—¡Miguel, esto es más grande de lo que podemos ver! Di al equipo que active su Visión Real, ahora.

Miguel y todos estaban con los ojos en la profesora, la cual avanzaba hacia arriba y trataba de escapar de las armas de la Maquinación. Pero, Gabriel y Sarah eran los únicos que estaban percibiendo la realidad del asunto.

Sin hacerse esperar, Sarah se convirtió en un águila gigantesco y espetó sus garras en la cabeza invisible del simulador Maquinación, destruyéndola. La figura colosal cayó devastada ante los pies de todos los alumnos. Entonces la profesora habló a su clase:

—Las Maquinaciones tienden a presentarse como una realidad invertida. En ocasiones lucen muy pequeñas; sin embargo, son enormes y muy poderosas. A veces te atacan aparentando ser enormes, pero al final son pequeñísimas y fáciles de vencer.

Mirando a Luxipher, continuó diciendo:

—Los trucos de una Maquinación están llenos de apariencias, de camuflaje, y así nos pueden mostrar a alguien como un aliado cuando en realidad es del equipo contrario —explicó a la clase—. ¿Por qué me perseguías, Luxipher?

—Es que usted lucía como un tentáculo más que se levantaba para atacarnos y yo pretendía dispararle con mis dardos de fuego para destruirlo.

Sarah le dijo al avergonzado estudiante:

—Debiste activar Percepción cuando se te fue avisado. De haberlo hecho hubieses evitado el medirte conmigo en vuelo y el casi dispararme con tus dardos de fuego. Al menos descubriste algo positivo en tu ofuscación, pues puedes volar tan rápido como uno de mi pueblo, los Eagle.

Mirando a todos, alzó su voz y dijo:

—En lo que resta, bien por los que activaron Percepción para batallar contra la Maquinación. Pero mucho mejor por Gabriel, que activó su Visión Real y pudo percatarse de que el resto del equipo no estaba considerando el todo del asunto, o sea el tamaño real de la máquina a la que enfrentamos.

Mirando a Apolión, la hermosa profesora le dijo:

—Mi vista estaba clara, viendo la realidad del simulador. Era la tuya la que estaba fuera de foco. La mente es la que activa la Visión Real. Mantén siempre tu mente por sobre de tu vista, aguilucho.

Inmediatamente después de estas palabras, el segundo par de alas que mostraba Luxipher dejó de verse en sus espaldas.

En otra de las clases de Sarah tuvimos la oportunidad de probarnos, esta vez con una de sus especialidades. El uso del arco y la flecha, armas muy poderosas de lejano alcance. En esa ocasión fuimos llevados a una amplia y verde pradera. En ella los cinco mentores nos entregaron una pequeña piedra blanca, y en ella un nombre escrito que correspondía al estudiante que la recibía. Un poco más adelante, los nueve maestros nos esperaban con las armas de los Eagle.

—Piedra por arco —dijo el mentor Evangelux.

—Pongan la piedra en el recipiente y atraviesen la puerta del lugar de tiro —pronunció Poimenix.

Luxipher avanzó y arrojó su piedrecita al pequeño recipiente que estaba en la entrada y dijo:

—Esto pronto se va a llenar de piedras y faltan millones después de mí.

Grande fue su sorpresa cuando la piedra al caer provocó un largo y agudo sonido, como si cayera en un inmenso y largo vacío. Al Luxipher arrojar la blanca laja apareció un hermoso portón dorado, el cual se abrió delante de él.[5*]

Sarah Eagle apareció, parada sobre un montículo, al otro lado del portón en la verde llanura y nos dijo a los estudiantes que avanzábamos:

—Hoy probaremos el tiro a un blanco en movimiento. Un disco con su nombre será su objetivo.

Sarah Eagle con arco y flecha, armas de lejano alcance

Al mirar al vasto cielo, nos percatamos de millones de discos que también tenían nuestros nombres escritos. Estos flotaban a la distancia. Los discos de colores comenzaron a girar y a girar en las alturas.

—Esta clase será muy fácil, mis estudiantes —dijo Sarah.

—Solo deben atinar al blanco que corresponde a su nombre antes de que este caiga a la superficie. Todos dispararán al escuchar mi orden. ¡Preparen, apunten, fotones! —añadió Sarah.

Esta vez nadie disparó.

Miguel dijo:

—Esto parece tener algo que ver con la Visión Real.

—Es correcto Miguel, activen su Visión Real, mis estudiantes. Busquen el balance y ordenen sus armas para atinar —dijo Sarah.

La orden de preparar, apuntar y lanzar fotones fue dada de nuevo. Esta vez el cielo de la llanura se llenó de dorado con el enjambre de millones de flechas de los alumnos de Sarah Eagle. El zumbido de las rápidas saetas se apoderó de la expansión, llenando todo el lugar. Los discos en movimiento descendían en picada. Sorpresivamente, todos atinaron a sus blancos, los cuales quedaron suspendidos en el aire al momento exacto de ser impactados por cada saeta.

—¡Excelente! Todos atinaron al blanco, gracias al uso de la Visión Real. Activen ahora su Visión Periférica —dijo Sarah a sus estudiantes.

Todos obedecieron de inmediato. Así pudieron percatarse que los responsables del rápido movimiento de los discos eran millones de seres de la clase Eagle que los sostenían. Los Eagle felicitaron la excelente ejecución de los estudiantes, golpeando sus alas la una contra la otra, provocando una conmoción del viento junto con un poderoso y armonioso sonido. Sarah, muy satisfecha del resultado, también se unió a la ovación y el resto de los estudiantes también la imitaron, usando sus manos.[6]*

Durante nuestras clases con Sarah Eagle nos dimos cuenta que ella es excelente en el manejo de consejos. Nos dice ella en su clase:

Sarah Eagle es experta en consejos

—Escuchen con atención, mis queridos aguiluchos. En nuestra ciudad un consejo es una conversación donde se contraponen ideas, puntos de vistas y las voluntades de dos o más de nosotros que no necesariamente están de acuerdo.

—¿Qué me ocurrirá si no estoy de acuerdo con la idea de un superior como Elhadon o el príncipe Elhyon? —preguntó con su potente voz Miguel.

—Bueno, en toda ocasión puedes presentar tu consejo; siempre tienes la oportunidad de expresar tu opinión. También puedes mostrar tu voluntad en todo momento. Esto significa que puedes decidir lo que harías en tal o cual situación. Sabes muy bien que aquí somos libres de confesar cuál es nuestro punto de vista o preferencia con respecto de un tema en particular. Sin embargo, deben saber que si el consejo, la voluntad o preferencia que se expresa no es conforme al orden y al balance, no prosperará. Si insistimos en ello, lamentablemente seremos derrotados en la situación que enfrentemos. Esto nos atrasará en el cumplimiento de los objetivos del equipo o en la meta personal que queremos alcanzar. En caso que nuestro consejo no siga el perfecto orden y balance, debemos mostrar humildad. En este momento aceptamos el consejo más balanceado y ordenado diciendo: «Sea tu consejo cumplido, no el mío». Esta actitud nos mantiene en la correcta posición con respecto al orden y el balance —concluyó con firmeza la principal de los Eagle.[7]*

—¿Entendido?

—Orden y balance —respondió a coro la clase.

Un evento peculiar que acontece, es que después de cada batalla la princesa águila tiene que pasar un período dentro del Reactor de Celestya para reponer sus fuerzas lumínicas. Al salir del Reactor, su traje de plumas se muestra siempre renovado, con un brillo y suavidad únicos. Todos observamos cuando sale volando majestuosa, mostrando su nuevo y cada vez más hermoso plumaje. Ella misma llama a este proceso Nuevas Fuerzas. Y cuando se remonta sobre las alturas, siempre se escucha su grito a viva voz como un fuerte llamado a la victoria. Arriba, bien arriba sobre Celestya, alcanzando sus mayores alturas, Sarah Eagle extiende sus incomparables alas, y parece desde abajo la hermosa corona de la creación de nuestra ciudad.[8]*

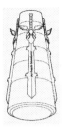

Visita al Salón Profundidad

Estoy seguro de que te asombraron los poderes de la profesora Sarah Eagle y sus habilidades como águila. Pues tú también puedes mejorar tu visión y abrir tus alas para conquistar las alturas, ya que también eres un hijo del Águila Mayor, el cual es Elhadon. Entonces, ya sabes que llegó la hora 00:00 de buscar un lugar solitario y apartado para estudiar las lecciones en tu Libro Básico, que elevarán tu visión y te harán llegar más alto y más lejos.

1. Deuteronomio 32:11; Salmos 91:4; Salmos 91:11, 12*

2. Mateo 14:22-32*

3. Romanos 8:37-39; Filipenses 4:13*

4. Hechos 18:24-28; Gálatas 6:1-5; Filipenses 2:3-16*

5. Apocalipsis 2:17*

6. Filipenses 3:12-14*

7. Mateo 26:39*

8. Isaías 40:28-31*

Si no entiendes lo que lees pide ayuda a un mentor con algo de conocimiento en el Libro Básico. Eleven sus ondas mientras estudian para que sean más rápidos, más fuertes y lleguen más lejos.

Sémadar Tenosyam

5

Leomight y la lección del poder supremo

Leomight fue el primero de la facultad en ser creado, y el primero entre todos los ciudadanos y habitantes de Celestya. Él, de abundante cabellera y elegante caminar. Su pecho fuerte y levantado, su pisada pesada, firme pero delicadamente silenciosa. Su mirada, de un penetrante y misterioso ámbar rojizo, inspira confianza, seguridad y un innegable toque de realeza. La voz de Leomight parece penetrar hasta la fibra más profunda de todos los demás habitantes de Celestya, dejando claro su gran autoridad. Su rugido es un llamado capaz de reunir a todos en un abrir y cerrar de ojos.

Profesor Leomight, jefe de la facultad

—Pienso que entrar al salón de clase del profesor Leomight no va a convertirse en una de las experiencias agradables para mí—dijo Gabriel a sus hermanos mientras se dirigía al salón del poderoso felino.

—Yo también presiento que el ser un excelente comunicador y tu capacidad para manejar las palabras no te servirán de mucho, hermanito, en este plano —le respondió Miguel, que iba unos pasos adelante de él.

—El poder y la demostración de fuerza son la orden en las clases con el profesor Leomight. Allí no hay lugar para nadie más. Así que no te esfuerces mucho, mi hermanito, pues quedarás relegado a un segundo lugar, por no decir que quedarás de último —le dijo Luxipher, mientras le daba una palmada en la espalda a Gabriel y sonreía.

Ya en la entrada del salón les recibieron los maestros Miraculux, Sanitalux y Portentux; los expertos mentores en las demostraciones de poder.

—Bienvenidos, entren al círculo de los campeones en poder y en autoridad —comenzó diciendo el profesor Leomight ante los atónitos estudiantes—. Conmigo aprenderán a marcar los lugares que se le asignen a conquistar, a mantener un perímetro seguro, y por cierto, aprenderán lo que es poder y autoridad. En Celestya todos desean poder y autoridad pero, ¿qué son estas en realidad? ¿Sabe alguno lo que desea? ¿Conoce alguien lo que quiere en realidad?

La clase se mantuvo en total silencio por unos instantes. Todos los alumnos se miraban entre sí y entre ellos una temblorosa mano se levantó lentamente.

—Dígame, cachorrito. Ilustra a la clase, bueno, si es que puedes —dijo Leomight mientras hacía tronar sus dedos, mostrando sus puntiagudas garras, señalando a Gabriel.

—Bueno, pienso que, bien, aquí voy. Poder es la capacidad de influenciar para cambiar las cosas de cómo son a otra. Y creo que autoridad es el derecho legal concedido para realizar esos cambios —respondió, en voz casi imperceptible, Gabriel.

—Muy bien por ti pequeño. El poder puede ser admirado, deseado, y puede llegar a sorprender a muchos; sin embargo, es la autoridad la cual te concede la facultad de ser legalmente reconocido, respaldado y respetado.

Leomight, profesor de autoridad y poder

Podrás tener poder para cambiar muchas cosas y suficiente como para manifestarlo, y si no tienes autoridad, lo que hagas no será reconocido por otros, y al final perderás tus esfuerzos cuando la autoridad caiga y se manifieste sobre tu poder. El estar en un puesto de poder sin autoridad se nota y viceversa. Esta es una de las situaciones más incómodas en las que cualquier ser puede estar.

—Entonces, ¿la autoridad y el poder deben ser utilizados juntos? —preguntó el poderoso Miguel.

—Sí, deben hacer un yugo Bullfort entre el poder y la autoridad. Debemos mantener una mezcla saludable de poder y autoridad. Esto conserva el orden y el balance de Celestya. Aquí se nos han concedido muchos poderes de vasta influencia, y con ellos vienen el inevitable deber y el llamado obligado de poner nuestras capacidades para servir al bien, al orden, al balance y a la luz. Esto significa prudencia. Y esto solo es posible con un reconocimiento de la autoridad y el control del poder.

—¿Qué ocurre si tengo poder y no autoridad y viceversa? —cuestionó Luxipher.

—El poder nos deja saber lo que somos capaces de hacer con nuestra fuerza. La autoridad nos permite saber hasta dónde llegan los límites o alcance, para usar esa fuerza. De modo que el poder es como la fuerza de un río, que corre en una planicie; y, la autoridad, el canal, el cauce por donde debe correr ese río sin desbordarse e inundar la llanura. El realizar cosas por el solo hecho de tener la capacidad de influenciar a que ocurra sin tener la debida autorización, resulta un tanto riesgoso, pues podemos traspasar las líneas o fronteras de otros, sean seres, lugares o leyes. La unión de estos dos, o sea poder y autoridad, te convertirán en un ser influyente. El mantener juntos a estos dos es responsabilidad. Poder y Autoridad son las dos alas que garantizan el perfecto orden y balance en nuestra ciudad. Ellas son tan importantes como el buen uso de la vida y la voluntad. Esto garantiza un buen juicio cuando tengamos que decidir entre cualquier asunto. Tal vez ustedes piensan que todos podemos, pero no necesariamente todos debemos. Sin embargo, a todos los que estamos conectados por la luz, al rey Elhadon y al príncipe Elhyon, se nos ha concedido cierto poder y cierta autoridad, para que podamos realizar nuestro propósito en el universo.[1*]

—Entonces, ¿qué cosas se nos permiten en Celestya? —preguntó Luxipher.

—Puedo mencionarte tres, Luxipher. Primero, vivir la vida. Segundo, crecer en tu ser físico. Tercero, desarrollar tu ser interior y que otros puedan ver tu aprovechamiento y alegrarse en ello.

—Profesor, díganos qué se nos prohíbe aquí en nuestra ciudad planeta —preguntó Apolión.

—Primero, no debemos medirnos o competir con ningún habitante o ciudadano de nuestro hogar. Para eso fueron fabricados los simuladores. Segundo, no debemos usar nuestras armas contra ningún ser vivo de nuestra morada. Pertenecemos a la luz y somos miembros de un mismo ejército. No nos permitimos nada de fuego amigo entre nuestras filas. Y tercero y el supremo mandamiento, no debemos entrar bajo ninguna razón, motivo o circunstancia al Salón del Balance Universal. Y nosotros, los profesores, responsablemente, hemos invertido vida y voluntad para cumplir con nuestro deber, para enseñar y transmitir a todas las generaciones celestes, el respeto y obediencia a la autoridad y el poder, manteniéndonos alejados de ese recinto.

—Vida y Voluntad en este propósito —contestó a coro la clase.

Una característica sobresaliente en Leomight, es el olor que expelen sus suaves pisadas. Es exquisitamente agradable y embriagador; se dice que es un aroma especial que le fue obsequiado por el mismísimo rey Elhadon. Mientras Leomight camina, provoca una delicada y suave fragancia que puede ser percibida por todos los que se encuentran cerca. Sin embargo, cuando este corre o ruge en toda su potencia, su perfume es una onda expansiva que se desplaza a través de millas y millas. Todos en Celestya entienden su rugido y se inclinan en homenaje a nuestras majestades. Mientras Leomight ruge, está declarando que el lugar que él pisa está separado y escogido exclusivamente para el servicio a nuestro rey y su hijo el príncipe. En esto consiste la clase de Marcando Territorios, como pudiera decirse en otros mundos. Los celestes deben aprender a separar y declarar todo lugar que pisen con la planta de sus pies, como propiedad del rey y de su hijo. Si apruebas el curso de Leomight, de seguro que tus pies también poseerán ese perfume para marcar, declarar y separar lugares para el gobierno celeste.[2]*

El felino profesor nos dice:

—Los seres de Celestya que son como yo, o sea, un Leomight, hemos descubierto que para alcanzar nuestras metas, no solo basta el uso del poder y la autoridad; hay que tener un plan de acción. Imaginen que ustedes están tratando de cazar a un simulador. Algunos miembros del equipo establecen el objetivo, o sea, a quién derribaremos primero. Otros deben observar el ambiente donde se lleva a cabo la acción. Esto es, estar atento a cómo reaccionan los simuladores a nuestra estrategia. Están los que marcan la ruta de acción y acomodan a los miembros del equipo en posiciones claves. Algunos ejercerán control sobre el simulador para que llegue al lugar y las condiciones perfectas para atacarlo, de modo que caiga como una presa. Y al final, están los que asestan el golpe de victoria y entre todos logramos derrotar al simulador. Nosotros llamamos a todo este proceso, el poder de la colaboración. Es un trabajo de alianzas sorprendente y siempre resulta victorioso para todos los equipos.

En una ocasión, en una batalla de la clase, Leomight tomó una posición un tanto extraña para nosotros. Se agazapó en la verde espesura. Parecía ser una presa fácil para ser pisoteada o aplastada por los poderosos simuladores, Áspid y los Scorpia, con los cuales estaba por enfrentarse.

Nos advierte el profesor acerca de estos simuladores:

—Esta es la posición de humildad. Agazapado, silencioso pero alerta, en espera del momento oportuno para el ataque. No olviden que deben estar quietos. Los Áspid son capaces de propinar pinchazos agudos y sumamente desagradables al menor movimiento y descuido. Sus colmillos venenosos son suficientemente fuertes como para inmovilizar a uno de nosotros por unos instantes. De este modo nos retrasan de nuestro avance en el combate. Los Scorpia arrojan sus tenazas a gran distancia, para apresar de una sola tirada a dos o más celestes. Esto también lo hacen con sus aguijones posteriores, con los cuales nos detienen. Los simuladores Áspid pueden pinchar con sus filosos y venenosos colmillos, de igual forma lo hacen con un tipo de fluido lumínico en forma de nube o niebla que arrojan con su boca. Este fluido es capaz de nublar la capacidad visual momentáneamente. Además, deben mantenerse alerta a la fuerza constrictor de los Áspid, ya que pueden oprimir y apretarnos con su agarre, afectando nuestro cuerpo lumínico y nuestra lucidez mental. Nunca lo olviden, mis cachorros. Cuando los simuladores Áspid se desplazan, lo hacen en una posición tan elegante y erguida que captan la atención de cualquiera. Debes estar alerta, es una forma de embaucarte en su engañador ataque. Para amedrentarlos, los simuladores Áspid aumentarán su tamaño lateral, fingiendo ser más grandes de lo que realmente son. Pero, no se dejen engañar, pueden ser vencidos. Eso nos advierte Leomight.[3]*

Desde su posición agazapada, Leomight espera tranquilamente el momento preciso para atacar.

—Oportunidad y ocasión le llegan a todos. No se adelanten, esperen el momento para actuar —nos enseña el profesor.

Sereno y tratando de pasar por desapercibido, arrastrándose en la verde planicie; parece uno con la superficie, aguardando a los simuladores. Cuando llega el momento oportuno se levanta en poder y apresa hasta de tres en tres a los simuladores, para aplastarlos con su fuertísimo agarre, sin ser impactado por ellos en lo mínimo. En situaciones de demostración de poder contra los simuladores, Leomight deja salir dos filosos colmillos largos como espadas o sables, con los que puede destruir a la más poderosa Fortaleza. Sus rodillas dobladas son un arma poderosísima, pues salen garras de ellas y sus manos levantadas son antenas receptoras y emisoras de un poder sin igual, pues de sus codos también salen filosas garras doradas al igual que de sus manos y pies. Con ellas apresa y hace añicos a todos los simuladores a su paso.

—Hay veces que recomiendo que estén quietos y que conozcan el poder que emana de nuestras majestades. A veces, pensaremos que no es prudente esperar, si se es una figura de acción, como lo somos nosotros los celestes. Sin embargo, en ocasiones, es de vital importancia el esperar, mis queridísimos discípulos —decía con voz tierna, pero firme, el poderoso profesor.

La mayoría de los estudiantes, excepto Luxipher, pensaban que Leomight se exponía demasiado a ser presa fácil y ser pisoteado por una estampida de simuladores desde su posición agazapada. Leomight personalmente adiestró a Luxipher para que aprendiera sus tan peculiares estrategias felinas de batalla. Nuestro profesor sostiene que:

—Es indispensable la posición «Proeza de Autoridad y Poder» para, humildemente, pisotear a nuestros enemigos. ¡No lo olviden nunca, leoncillos![4*]

En una batalla donde dos estudiantes enfrentaban simuladores Fortalezas, no pudieron superar a una poderosa máquina y fueron atrapados por el oponente. Leomight rugió y saltó sobre el simulador, arrebatando de sus manos a los dos consternados novicios. En su rescate, el profesor enfrentó a la armada de Fortalezas que insistían en arrebatar de sus manos a los alumnos. Él resistió y venció, sin dejar perder a los rescatados. Leomight demostró lo que siempre nos había compartido, que nada ni nadie puede arrebatar de sus manos a sus estudiantes.[5*]

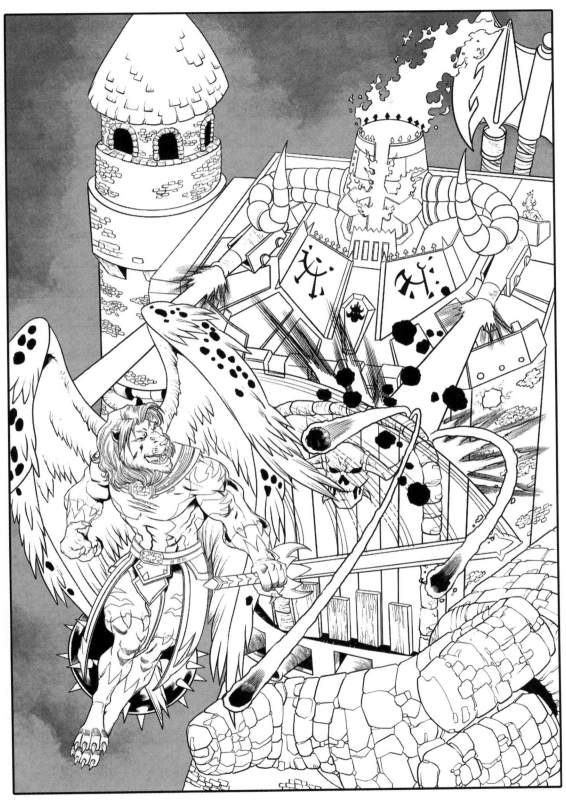

Leomight enfrenta a un simulador Fortaleza

—¡Si son de la clase Leomight, no pierdo a ninguno, de eso estoy seguro! —gritaba el poderoso profesor, mientras desgarraba a una Fortaleza con su filosa espada.

Su determinado cuidado por los suyos es simplemente incomparable.

Sin embargo, era Luxipher el que había aprendido muy bien de Leomight el ataque a los simuladores. Además, había seguido la guía del ayo Portentux y de sus dos compañeros Miraculux y Sanitalux , ya que este es el equipo experto en demostraciones de poder y autoridad. Al seguir al pie de la letra los consejos de ellos se convirtió en el mejor enfrentando simuladores poderosos en fuerza.

Leomight decía a Luxipher:

—Escucha bien, mi cachorrito. Debido a tu poca resistencia en batallas cuerpo a cuerpo, debes primero atacar a los simuladores desde la distancia. Después de debilitarlos podrás impactarlos y los vencerás.

Por eso Luxipher actuaba guardando una distancia prudente, lanzando rayos o poderosos dardos de luz al centro de comando de los simuladores, desorientándolos. Después de estar seguro de que estaban lo suficientemente debilitados, descendía sigilosamente y trataba de pasar desapercibido, fuera de la vista de los golpeados simuladores. Luxipher observaba atentamente y le dijo a los demás estudiantes:

—Si observan bien, notarán que los simuladores tienen un ligero resplandor a su alrededor. Esto es su cerco de poder. Si el resplandor es fuerte sigan atacando hasta que se opaque o desaparezca. Entonces, acérquense y destrúyanlo, pues está completamente debilitado. Su cerco nos envía señales de cuán seguro es acercarnos a asestar el golpe final o si debemos mantenernos alejados.

En una ocasión, en una batalla en la clase de Leomight, Luxipher hizo algo sumamente extraño. Al igual que el profesor Leomight, se mantuvo alerta a todo movimiento, observó, esperó con paciencia y se quedó muy vigilante. Inmóvil, increíblemente quieto, pendiente también a la más mínima muestra de debilidad o exceso de confianza de los simuladores. Se agazapó y repentinamente, se levantó saltando sobre un simulador y lo impactó justo en el pecho, apresándolo por el cuello. En ese momento los sacudió con fuerza indescriptible. Al final, se paró sobre la destrozada máquina y rugió como lo hacen los de la clase Leomight.

Por este extraño suceso que se convirtió en una práctica en él, se le comenzó a llamar a Luxipher el devorador rugiente.[6]*

Por el contrario, para el hermano gemelo de Luxipher, Gabriel, la historia en la clase del felino era diferente. Pues dentro de estas aulas, los estudiantes son llevados al borde de sus capacidades de poder. El detener, contener o mover objetos más allá de su nivel fotónico, lo que en otros mundos se entendería como constitución física para levantar objetos. Resistir para mantener una formación mientras se ejerce presión sobre ti. Volar rápido contra un simulador y llegar primero. Todo esto constituía para Gabriel un reto continuo que lo llevaba a la más baja humildad. Lo que ustedes conocen como humillación, aquí le llamamos el lugar de mi morada.

El lugar de mi morada es el perfecto conocimiento y reconocimiento de lo que uno es y lo que no, y aún así poder vivir feliz con eso y trabajar para superarlo, sí es posible. En la clase Leomight, moverse más rápido que un rayo de luz lanzado de las manos del profesor, era un recorrido que dejaba ardiendo las extenuadas alas de Gabriel. Peor aún, poder desviar un rayo de luz cósmica de su destino con solo soplar o hacerla tomar una curva para atraerla hacia ti tan solo con el poder del pensamiento, no eran las de su preferencia.

Sin embargo, el profesor dice a sus estudiantes:

—Miren a los pequeños Acaluxcia, esos árboles no son muy fuertes al principio y parecen demasiado tiernos. Sin embargo, todos sabemos que crecen y se fortalecen. De modo que pueden dar fruto y tener hermosas hojas que luego podrán sanar a otros. Así nosotros creceremos, nos fortaleceremos y en el futuro ayudaremos a otros en su proceso. Deben recordar que lo que son ustedes ahora no determina en lo que se convertirán después.

Todos sabíamos que Miguel y Luxipher eran los únicos de la clase que podían seguir a toda velocidad con un atraso de un millón de millones de millas celestes —un parpadear humano—, un rayo de corto alcance, salido del mismísimo Salón de la Expresión Suprema o del centro del Crystalmer. Aún así, Luxipher llegaba un poco antes que Miguel.

Fue en una de las lecciones de Leomight que Luxipher y Miguel se convirtieron en un excelente equipo en las batallas contra los simuladores. Él dijo una vez a sus pupilos:

—Hoy les enseñaré a usar al máximo el acto reflejo defensor. Mientras estén usando sus armas en contra de un simulador, activen su visión periférica y permitan que se haga dueña de todo su cuerpo. Así aumentarán y agudizarán también los otros sentidos que tenemos. De modo que cualquier otro ataque o intención de este, pueda ser percibido por ustedes sin ni siquiera verlo. Miguel y Luxipher, venga al centro, ahora.

A las palabras del profesor el aula empezó a transformarse en una selva. Ellos dos tenían que enfrentar a cien simuladores de la clase Maquinación. Estos son los maestros del engaño. Esta era una oportunidad para mejorar en percepción, en el cual Luxipher estaba un poco atrasado.

—Esta vez añadiremos un elemento de dificultad a su prueba. Estableceremos un periodo límite en el cual deben derribar a las máquinas. Una inmensa jarra llena con agua del río de vida, se dejará acostada, derramando su contenido. Deben terminar con todos y cada uno de los simuladores antes de que la última gota escape del recipiente.

Mientras el profesor hablaba apareció el ayo Portentux, con aguas del río de vida en sus manos. No era una jarra real, eran aguas claras y transparentes, con forma de un fino recipiente. Un rugido del profesor Leomight se escuchó en medio de la selva:

—¡Liberen las máquinas y suelten las aguas!

La jarra, empujada por Portentux quedó levitando en el aire y comenzó a verter el agua. En ese preciso momento cien simuladores maquinación rodearon a Luxipher y a Miguel.

Estos son los maestros del engaño y eran el área de oportunidad para mejorar en percepción de Luxipher, donde estaba un poco atrasado.

—Combinemos nuestros poderes para vencer. Yo usaré mi luz directa o el combate cuerpo a cuerpo para atacar —dijo Miguel.

—Entonces a mi me toca el ataque con luz inclinada o el combate a distancia. Yo usaré mis dardos de fuego y tú los golpes de cerca. Suena a un plan —respondió Luxipher.

—¡Defensa! —gritó Miguel e hizo aparecer su armadura y espada.

Miguel comenzó el combate y derribó con su entrada a varios simuladores a su paso. Luxipher se elevó y se alejó de los simuladores, lanzando dardos de fuego al pecho de las máquinas, justo donde está su centro de control, derribando a muchos con su precisión en el tiro. El agua continuaba derramándose con rapidez y ya quedaban menos simuladores ofreciendo resistencia. Entonces Luxipher, mirando al recipiente que se apresuraba vaciándose, lanzó un dardo de fuego sumamente poderoso contra uno de los pocos simuladores. La máquina evadió el dardo. Entonces el rayo iba directo hacia Miguel.

—Acto reflejo defensor —dijo Leomight.

—¡Cuidado Miguel, cuidado! —alcanzó a gritar Luxipher, para alertar a su hermano del peligro inminente.

Miguel estaba combatiendo frente a frente con su espada relámpago contra un simulador.

—¡Miguel, detrás de ti, detrás de ti! —le gritó Gabriel, que observaba el combate desde afuera.

Entonces, para la sorpresa de todos, Miguel, sin perder de vista al simulador que tenía de frente, levantó su mano derecha y sacó su poderoso escudo con el cual apagó el dardo de fuego de Luxipher.[7]*

—¿Cómo es posible que Miguel pudo detener mis poderosos rayos solo con el uso de su escudo? —preguntó sorprendido Luxipher, que se mantenía levitando a la distancia.

—Solo quedan dos simuladores, Luxipher, solo dos. No te detengas —dijo Miguel.

Luxipher solo pudo mirar desde lejos, porque se quedó inmóvil, pues estaba sumamente sorprendido por lo ocurrido. Entonces Miguel acabó a los dos simuladores restantes él solo . Y la jarra de agua de vida derramó su última gota. Desde aquel momento, fue notorio en toda la Universidad de Celestya, que el escudo de poder de Miguel podía detener los dardos de fuego del mismo Luxipher, el ente más poderoso de la clase seis en la Universidad de Celestya.

Después de la batalla, preguntamos a Miguel acerca de su hazaña y él nos explicó la técnica del acto reflejo de la siguiente forma:

—La técnica reflejo funciona mucho mejor cuando permitimos que la dirección que dan nuestras majestades se mezclen con tu personalidad, resultando en una guía reflejo natural. Si lo deseas, esta será para ti algo cotidiano, el identificar el ataque desde donde provenga y discernir la parte de la armadura que debe activarse para cada ocasión. Sea dardo de fuego o cualquier arma forjada contra nosotros no puede prosperar, ya que estamos unidos al rey Elhadon y al príncipe Elhyon —nos compartió el líder de los Vencedores Guerreros.

De los tres hermanos, Gabriel prefería las clases donde su coeficiente intelectual fuera retado y desarrollado, en vez de su poder físico. Estas clases le permitían abrir su boca para dejar salir una sorprendente sabiduría y conocimiento. Este conocimiento proviene de sus largas conversaciones de uno a uno con el rey Elhadon y con el príncipe. Él también pasaba largos períodos con los mentores Didaskallo, Prophetex y Evangelux, que son excelentes en expresión oral para impactar y convencer.

Sin embargo, hubo una clase en el salón de Leomight que fue para Gabriel una muy especial y sumamente impactante para cada uno de los aprendices. En aquel momento tan importante para todos, el profesor sostenía entre sus dos manos un extraño rayo, que cambiaba de colores, tamaño, forma y dirección. Nosotros jamás habíamos visto algo parecido.

Entonces Gabriel dijo:

—Oh, no otra vez. Quedaré exhausto, volando tras ese rayo que, clase tras clase, es cada vez más veloz.

Miguel y Luxipher se rieron al ver la expresión de contorsión en el rostro de su hermano. Miguel no pudo evitar levantar la mano, extender sus dos majestuosas alas y decir:

—Sea lo que sea. ¡Yo me lanzo primero!

Luxipher, tratando de bajarle la mano a Miguel con una gran sonrisa, exclamó:

—Miguel solo bromea. Él me cederá el turno a mí. Él sabe que cuatro alas son mejores que dos.

—¡Hecho! —exclamó Miguel—. Entonces Gabriel será el último, y lo digo literalmente —añadió.

Dijo esto refiriéndose a que cualquiera que fuera el reto, todos sabían el final esperado; Gabriel era último; él siempre terminaba pidiendo ayuda, la cual prontamente le era prestada.

Debido a su poca fuerza, el pequeñín era visto de seguido entrando a las alas del Reactor para reponer sus energías. Por esta razón sus compañeros le llamaban el que siempre está al frente. Obviamente, no de sus iguales, donde siempre llegaba en la última posición; sino delante del rey Elhadon y del príncipe, reponiendo sus agotadas energías.

Gabriel ya se lo disfrutaba cuando todos gritaban a coro:

—¡Ahí va el que está delante del señor!

Por eso todos los discursos y tareas asignadas a Gabriel siempre las comenzaba con esta popular broma. Decía el pequeñín frente a la clase:

—Yo soy Gabriel, que estoy delante de la presencia de las majestades de Celestya, el rey Elhadon y el príncipe Elhyon.

Esto provocaba risas en sus compañeros de clase. No así en los cuatro profesores Cardinales. Estos decían a Gabriel:

—Será esa tu propia elección y más elevada misión, estar siempre delante de la presencia de nuestras majestades.

Hablando sobre este asunto, dijo Leomight acerca de Gabriel:

—Ustedes siempre toman lo serio en broma y nosotros, los profesores, tomamos las bromas en serio. Probablemente Gabriel no es el más popular de su clase, pero sí tiene una clase que lo hará popular. Era una cuestión de eternidad.

Después de cada lección con el felino profesor, Gabriel tenía que reponer energías. Esto no era una experiencia que para nada molestara a Gabriel. Él sabía la recompensa de gastar sus energías. Esto es, pasar largos períodos reponiéndolas bajo el gran Reactor de la ciudad. El Reactor está ubicado exactamente dentro de las dos inmensas alas del rey Elhadon. Estas parecen como un enorme refugio, que siempre dan abrigo y proveen una sombra cálida y tierna, a la vez que refresca el interior y el exterior de cada ser. Afirman los profesores que en ellas está el lugar más seguro de todo el cosmos. Era la preferencia del pequeñín estar con Elhadon en el Reactor.

—Cada vez que tengo una cita de uno a uno con él, así me siento; mimado, popular y el más querido de todos —decía con amplia sonrisa y con un rostro de mente enajenada, inmersa en su experiencia personal.

De vuelta al rayo sostenido en las manos de Leomight, este parecía ser uno que solo la fiereza de un león pudiera contener. Se necesitan las manos de alguien experimentado en fuerza y portentos, como lo era el blanco profesor Leomight. Con mirada penetrante y amorosa, exclamó:

—Solo uno de ustedes, que tenga entre sus dones y capacidades una fuerza y naturaleza similar a él, podrá contenerlo entre sus manos.

Inmediatamente, se escuchó como un disciplinado ejército el paso al frente de los Iluminados y los Vencedores Guerreros.

—¡Adelante profesor! Libere la fuerza contenida entre sus manos —exclamó Luxipher.

De repente, el profesor abrió sus manos y el rayo quedó suspendido en el aire, palpitante de una energía viva, latente y vibrante. Luxipher salió al frente y pudo tocar y contener al rayo, que se escapó de sus manos con una fuerza explosiva.

Leomight asintió complacido el logro de Luxipher, y los iluminados dieron vítores en honor a este por su poderosa hazaña. Miguel solo lo tocó, pero no pudo apresarlo, a pesar de lo rápido que se movió por el salón de clases, que para esta ocasión parecía como un inmenso campo con obstáculos. El rayo esta vez se detuvo delante de Gabriel.

—Es tu turno. ¡Aprovecha pequeñín! —gritaban con sonrisas y carcajadas sus compañeros de clase.

Gabriel miraba con mucha atención al rayo y dijo:

—Me parece familiar. Es como si yo conociera esa fuerza que se mueve dentro del halo de luz y de energía que levita frente de mí.

Aun así, estaba tan intrigado como todos nosotros. Gabriel no extendió sus alas para avanzar a toda velocidad para alcanzar el rayo; esta vez no se esforzó, tampoco trató de utilizar las pocas fuerzas que le fueron concedidas. Solo alargó sus manos y tocó el rayo, ante la pasmada vista de todos. El rayo no se movió, Gabriel usó sus dos manos y lo atrapó. Así mismo lo atrajo a su rostro para observarlo detenidamente. Miguel y Luxipher gritaron:

—¡Arrójanoslo, vamos, arrójalo ahora! Esto es Acaluxcia, comido para nosotros.

Gabriel, ni tardo ni perezoso, así lo hizo. Luxipher fue impactado fuertemente al zafársele de sus manos y Miguel fue arrojado al suelo por el poder del pequeño rayo multiforme. Extrañamente, este saltó ante Gabriel otra vez. El pequeño extendió sus manos, lo tomó y lo atrajo hacia su pecho. El mismo parecía estar vivo, acurrucado en el seno del pequeño y delicado muchacho. Gabriel exclamó:

—Me da cosquillas. Esto me recuerda mis reuniones con el rey Elhadon y con el príncipe Elhyon.

—Cosquillas de nerviosismo ante las majestades —dijo el profesor Leomight, dejando escapar un pequeño rugido de sonrisa —.

Gabriel dirigió su atención a sus compañeros de clases y, con voz quebrada y reverente, exclamó:

—Tengo una sensación de alegría y profunda paz. Esto parece ser una porción del amor de Elhadon, contenida en este período de la eternidad y libre en el espacio.

Leomight, con los brazos cruzados sobre su pecho y acariciando levemente sus bigotes, asintió.

—Muy bien Gabriel, muy bien —continuó —solo una fuerza similar puede contener ese rayo, y ciertamente tú la tienes. ¿Puedes compartir con la clase cómo atrapaste al escurridísimo rayo?

—Clase, este rayo que ven solo reposa con una fuerza similar, así se crea el perfecto balance; el balance del amor es el amor. No pueden tomarlo por poder, fuerza o por autoridad alguna.

Creo que, si piensan en lo que sienten y atesoran en su interior por nuestras majestades, el rey y su hijo el príncipe, de seguro el rayo también reposará frente a ustedes y podrán tomarlos en sus manos al igual que yo —aconsejó Gabriel a sus compañeros.

—Mayor que eso Gabriel, mayor que eso clase —dijo Leomight—. Prosiguió diciendo —les reto a seguir el consejo de Gabriel.

De repente, fue como si la eternidad se detuviera en aquel experimento de clase. Algunos cerraron sus ojos, otros se arrodillaron, había manos levantadas y rostros de alegría en cada ser, en el salón de clases de Leomight. Repentinamente, algo inesperado aconteció; el pequeño rayo se extendió hacia arriba, abajo y hacia los lados, llenando el lugar en todas direcciones, atrapando a Leomight, a los maestros y a nosotros. Todos fuimos tocados por el maravilloso rayo de amor. No hacía falta palabras, la lección sobre el más grande poder y cómo conquistarlo, su profundidad, longitud y anchura; no necesitó prueba, examen ni comprobación. La única forma de contener el amor es amando; la forma de tocarlo no es en las manos, es en el interior; y la forma de que todos seamos tocados por él, es concentrarnos en nuestro rey Elhadon y en Elhyon, el príncipe. Su poderoso amor siempre nos alcanzará, no importa en cuál parte del universo nos encontremos, con toda su fuerza, su amor llegará.[8]*

«Mayor que eso, Gabriel; mayor que eso, clase»

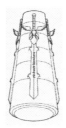

Visita al Salón Profundidad

Si admiras la autoridad y poder contenidas en Leomight, o más aún, necesitas que se manifiesten en tu vida, quiero que sepas que pueden ser tuyos. Para que esto ocurra en ti, debes ejercitarte, ya que llegó la hora 00:00 de buscar en tu Libro Básico, para que creyendo estas verdades, sean depositadas en tu interior la autoridad y el poder. También de seguro que querrás obtener el poder supremo del amor. No te detengas, de seguro lo conseguirás.

1. Lucas 9:1-6; Hechos 1:8*

2. Éxodo 3:3-6; Josué 5:13-15*

3. Salmos 91:13; Marcos 16:17, 18; Hechos 28:1-6*

4. Salmos 60:12*

5. Juan 10:27-30; 1 Pedro 5:8, 9*

6. 1 Pedro 5:8*

7. Efesios 6:16*

8. 1 Corintios 13:1-13; Efesios 3:17-19*

Si no entiendes lo que lees, pide ayuda a un mentor con algo de conocimiento en el Libro Básico. Eleven sus ondas mientras estudian, para que sean más rápidos, más fuertes y lleguen más lejos.

6

Temas sociales angélicos y misterios

Saliendo de la clase del profesor Leomight, Luxipher, Miguel y Gabriel se detuvieron por unos instantes frente al Crystalmer, antes de llegar a sus habitaciones de siete estrellas de la Universidad de Celestya. Este, El Crystalmer, es un primerísimo recinto. Tiene un apacible y bello enlosado, de lo que parece ser una mezcla de aulux puro y cristal azul pulido, que se extiende desde la parte frontal de la casa de Elhadon hacia millas y millas de distancia. En ocasiones, el aulux y el cristal azul mezclado parecen moverse, produciendo crestas que se levantan en forma de olas. El aulux es también conocido como oro de luz. Si te encuentras frente al palacio, sentirás cómo estas olas atraviesan a su paso tu cuerpo, y producen una sensación de paz y bienestar

El palacio el Crystalmer

incomparables. De este espectacular efecto es que obtiene su nombre Crystalmer, que significa mar de cristal.[1]*

En ese momento, los tres hermanos hablaron sobre sus experiencias de uno a uno con Elhadon, lo que en idioma humano ahora sabemos que se llaman charlas o conversaciones. Para nosotros existen dos tipos de estas: las de tema social angélico y los misterios. Las primeras pueden ser comentadas públicamente en los pasillos de la Universidad de Celestya, aunque sea una experiencia de tipo personal con nuestro rey. La segunda, es una que no debe ser compartida ni siquiera con los miembros pertenecientes a tu propio equipo. Un misterio es una comunicación íntima y confidencial. Es un asunto sellado o vedado a otros, por decisión de nuestro rey Elhadon y el príncipe Elhyon. Puede que seas el recipiente de un misterio y no entenderlo del todo, o en verdad no entender nada de lo que se te comunica. De todos modos, es un honor y un gran privilegio el ser escogido para ser depositario de tan significativas revelaciones.

Por primera vez, los tres hermanos tendrían pláticas de clase social que nunca antes habían expresado. Sus conversaciones con el rey ocurren en el Reactor, que está ubicado en la parte posterior del gran trono blanco, como se le conoce en nuestra ciudad a las sillas del rey Elhadon y el príncipe Elhyon. El Reactor contiene millones y millones de camas, que parecen dos alas una arriba y otra abajo; es como un gran cojín alargado. Las alas están formadas por miles y miles de puntos brillantes; como muchas pequeñas estrellas. Una vez te recuestas sobre ellas, las estrellas se acercan y rodean todo tu cuerpo. Luego, la cama toma la forma de una galaxia que da vueltas alrededor de ti y te hace desaparecer dentro de ella. Una vez adentro, a soñar se ha dicho. El mayor privilegio en nuestra ciudad planeta es que no tengas que entrar a la parte interior del Reactor. Pues algunos, solo algunos, son tomados como en brazos por las dos enormes alas que forman las puertas del Reactor, y allí, como en dos grandes brazos, tienen sus sueños y visiones.

Luxipher, Miguel y Gabriel se miraron por unos instantes, antes de compartir los temas sociales que ciertamente marcarían el destino de sus historias y desatarían misterios. Sentados en la gran plaza frente al Crystalmer, observaron el hermoso lugar y recordaron tantas actividades divertidísimas que se efectuaron allí.

En el ala exterior del Crystalmer se celebra nuestro gran día de juegos y nuestra fiesta de luz. La misma es una actividad muy esperada por todos. En ella dejamos nuestras cómodas habitaciones de siete estrellas y nos vamos a pasar una estadía al aire libre; algo así como un divertidísimo campamento. Cuatro son las competencias principales de esta fiesta, y las destrezas de cada equipo son probadas en ellas. Primero está la competencia de la construcción de la casa de luz. Para esa competencia se nos entrega solo la materia prima, lo que aquí conocemos como la luz primitiva o luz del cosmos, la primera que vino a existir; de ella están constituidos nuestros profesores. Debemos construir la casa, y no solo eso, sino habitar en ella por siete períodos consecutivos. Según se nos ha enseñado, esto es un llamado a reconocer la base de lo que fuimos, somos y seremos; luz y siempre luz. Al final, la casa más vistosa, resistente y práctica, gana el premio.

Segundo, debemos preparar el postre o comida primitiva más deliciosa, elaborada solo a base de las hojas del Acaluxcia; nuestro árbol de la vida. En esta competencia, se te permite probar todos los platos habidos y por haber durante siete dispensaciones. Todas las clases traían sus platos, elaborados con las más creativas recetas. Tres son los más destacados premios en este certamen a saber: Antonia, Isaurux y el Sullix. El príncipe inicia esta competencia y la sella con una expresión corta, pero muy significativa:

—Traed vuestros dones al almacén y se llene mi casa de alimentos.

¡Qué diversa es la abundancia de platos que tenemos en casa de nuestro amoroso padre! Todos participamos en enriquecer esta casa con todos nuestros talentos.

También está la competencia Altux , Fortux y Velox . Donde se procuraba que cada alumno subiera más alto, se hiciera más fuerte y llegara más lejos. Estas competencias son coordinadas y dirigidas por Bullfort, el más fuerte; Sarah, la que conquista las alturas en la expansión superior; y Leomight, el más rápido y ágil sobre la superficie inferior. Por último, no podían faltar las de sabiduría y prudencia. Andrews Morphus, el gran conocedor de misterios, organizaba la competencia de conocimiento, sabiduría, prudencia y agilidad mental con trivias y acertijos que retan las mentes más brillantes.

Luxipher se lucía en estas competencias, es decir la Altux, Fortex y Velox; seguido bien de cerca por Miguel. Gabriel hacía de las suyas, destacándose en las competencias de conocimiento. Sin embargo, no importa qué equipo gane, siempre hay mucha diversión y nos damos un tremendo banquete, con la cada vez más extensa variedad de platos Acaluxciosos.

Estar frente al Crystalmer es una experiencia sumamente gratificante. Es también el lugar preferido por los celestes para conversar de temas que desafían el conocimiento. Las conversaciones iban desde la existencia de planos inferiores de vida ajena a la de ellos mismos, hasta el por qué estaba prohibido entrar al Salón del Balance Universal. Y la pregunta de las preguntas entre todos siempre es acerca de cuál es la fuente y el origen del poder del grandioso rey Elhadon. Estas dos últimas copaban la mayoría de las conversaciones de los estudiantes.

Mirando al centro de la ciudad ves el Crystalmer, la casa de Elhadon. Aunque se te haga difícil creerlo, este lujoso y enorme recinto es capaz de acomodar, en una sola asamblea, a todos los seres pensantes del universo de todos los períodos. Este era el lugar preferido de meditación de Luxipher. Él admiraba el poder que emanaba de allí, el llamado a la adoración, a la intimidad y al amor. En las oportunidades que pudo entrar al suntuoso palacio de Elhadon, miró y grabó en su interior los más íntimos detalles de tan idílico lugar. Allí, cada pared parece brillar por sí misma, a pesar de no haber fuentes de luz visibles. Cada pieza del enlozado vibra de energía; la atmósfera abraza al visitante. Un arco iris permanente es el respaldo de la silla del más grande de todos.

El trono de Elhadon flota sobre un constante río de energía que sale debajo de él. Dos palabras grabadas en luz permanente y centelleante están escritas ahí: justicia y juicio. Estas se mueven a gran velocidad debajo del trono. El río sale directo hacia el Crystalmer exterior, siendo desviado por la fuerza invisible de dos palabras: misericordia y verdad. El significado de la primera palabra era un misterio para todos en la ciudad, aun para los profesores de la Universidad de Celestya. La segunda palabra, o sea, verdad, es un tema obligado en Celestya, debido a la naturaleza de cada uno de nosotros, pues somos seres de verdad.[2*]

Justo donde están esas dos palabras se divide el río en sendas vertientes; una a la derecha, la otra a la izquierda. Este río es muy cristalino en su fluir normal; sin embargo, cuando corre con toda su potencia parece un poderoso torrente de fuego rojizo.[3*] La división del río también da comienzo a la gran puerta que demarca lo que es el Crystalmer interior y el exterior. Desde el Crystalmer exterior, nacen los Acaluxcia, nuestros árboles de vida, que ofrecen un rico manjar en todas las celebraciones sociales. El sueño de Luxipher, después de graduarse de la Universidad de Celestya y cuando gane su plenitud y ministerio, es permanecer en el ala interior del Crystalmer para siempre. La parte interna de este lugar es conocida como el Salón de la Expresión Suprema. Ahí viven Elhadon y el príncipe Elhyon.

En la parte externa del Crystalmer, sentados a la derecha y a la izquierda de Luxipher; Miguel y Gabriel miraban los rayos y centellas que constantemente despide el palacio. Estos rayos están acompañados de siete voces, conocidas como la voz séptima, que llevan mensajes en el idioma común, y en los idiomas internos que tiene cada clase. Las veinticuatro trompetas y los seis copos de seis puntas, trabajan juntos para llevar el mensaje. Si el mensaje es para todos, sale un rayo azul, si es para una especie en específico, entonces sale con los colores particulares de la especie. Las horas de asamblea, ilustración social, revelación de misterios, la creación de un nuevo ser, planes eternos, actividades sociales y el momento de la reunión de expresión suprema, son comunicados por este sistema de ondas y luz. Además de esto, si el mensaje de las voces es para alguien en particular, un rayo de un color rojo intenso sale del trono a la cabeza del destinatario.

Quiero que sepan que a diferencia de ustedes, nosotros no emitimos sonidos vocales; lo que puedes oír es una proyección de nuestra mente. Aquí nos comunicamos con las ondas, con la luz de mente a mente; o plasmando nuestras ideas en el ambiente, de modo que se puedan ver puras en su esencia. Esto es así, ya que no tenemos cuerpos materiales, de modo que si alguien posee en realidad una mente libre somos nosotros, porque existimos al natural, sin un cuerpo físico o material. Nuestros cuerpos, si así le podemos llamar, son de luz o de gloria. Nosotros opinamos que las palabras son la forma más primitiva de expresión del pensamiento, y que al pasar por tantos medios para poderlas expresar, se puede perder gran parte de su esencia central en el proceso. Además, se puede mal interpretar el mensaje o no ser entendido por ser expresado a través de tantos canales; la distorsión del medio, la predisposición de los que intentan comunicarse y las diferencias entre el emisor y el receptor. Sin embargo, comprendemos a otras especies y sus limitaciones. Al que pensamiento, pensamiento; al que palabras, palabras; al que sentimientos, sentimientos; al que instinto, instinto. Lo importante es no rendirse al tratar de compartir un pensamiento y lograr la comunicación.[4*]

Para que nuestra comunicación ocurra, se abren y se cierran portales directos en nuestro interior, para la más pura recepción y emisión de mensajes. Sin embargo, ninguno de nosotros tiene la capacidad de leer los pensamientos de otro, solo Elhadon y el príncipe tienen este poder de ver dentro de nuestras mentes.[5*]

Volviendo a los tres hermanos que estaban frente al Crystalmer en la disposición de charlar. Como era de costumbre en las conversaciones, la primera intervención era de Gabriel. El pequeñín comenzó diciendo:

—De mis experiencias en el Reactor, puedo decir que he tenido unas muy impactantes últimamente. Cuando voy a reponer mis energías me ocurren estas visiones. De repente, se abre un portal en mi mente y me veo volando a gran velocidad.

—Me imagino que a la habitación a completar la tarea —comentó Luxipher.

—No, no, no —respondió Gabriel— vuelo con determinación a un punto lejano, me alejo cada vez más de Celestya a una velocidad increíble. No tengo claro la encomienda, pero al mirar hacia atrás veo mi hogar, haciéndose cada vez más y más pequeño. Cuando dirijo mi mirada hacia el frente, percibo a esta esfera azul, verde y blanca que se acerca. En mi interior, escucho alto y claro a la voz séptima decirme: «Tienes 21 días, tienes 21 días para actuar». De repente, choco con lo que parece ser una gran red o mole de energía, mucho más fuerte que yo. Esa fuerza me abraza, me detiene. Es como si luchara con un simulador. Me atrapa, mas nos revolcamos por la fuerza del impacto. Damos vueltas y vueltas en un espacio oscuro, con solo unas pocas luces que titilan a la distancia. Al estabilizarnos, puedo percibir que esta fuerza es un ser de aspecto horrible y olor desagradable, que me apresa en su círculo de acción, y no me deja progresar hacia esa esfera azul, ya más próxima a mí.[6*]

—Me habla y me dice —añadió Gabriel:

—No llegarás a tiempo, ni a la Tierra ni a Celestya. Tú eres mío, fallarás, fallarás en tu misión. Sabes claramente que no puedes luchar contra mí.

—Y me pregunta —continúa Gabriel:

—¿Es que acaso no me recuerdas?

—Se ríe de mí de una forma extraña, no como nos reímos aquí; es sumamente diferente, desconocido, no me es familiar. No sé cuánto demoro en este fuerte agarre, pero cuando la atracción del llamado de que debo llegar a la esfera azul, verde y blanca colma mi voluntad, solo un nombre brota de mí —culminó Gabriel.

—¡Dinos ese nombre! —dijo Luxipher, intrigado por saber, apresurando a su hermano.

Gabriel miró fijamente a los ojos de Miguel, y le dice, sin entender:

—¡Es tu nombre, Miguel, es tu nombre! Sin embargo, no entiendo muchas cosas que me muestra el portal. Primero, el porqué vuelo con tanta velocidad a un punto tan lejano de Celestya. ¿Qué será esa esfera color azul, verde y blanco? ¿Qué cosa es esa criatura que tanta repulsión me ocasiona? ¿Qué significado tiene la palabra días? ¿Acaso ustedes saben qué quiere decir la palabra "la Tierra" o han escuchado lo que es fallar? ¿Qué es fallar?

Miguel y Luxipher no podían, aunque lo deseaban con todas sus fuerzas, ayudar a su intrigado hermanito. Ellos también tenían preguntas sin resolver y Miguel también tenía portales abiertos que no entendía en su interior. Gabriel continuó contando sus visiones de portales abiertos diciendo:

—He visto también a un ser opaco como los señuelos con los que estudiamos aquí. Este ser no tiene gloria, parece hecho de un material desconocido para mí. Es tan frágil que creo que si no reduzco mi gloria en ese momento lo destruiría. Es lento, muy lento y de torpes movimientos. En mis portales, me he visto dialogando con él, usando la ciencia primitiva de poner los pensamientos en forma invisible en el aire y amplificarlos, para que puedan llegar a su portal auditivo interno. Ellos perciben mis palabras por un rudimentario y obsoleto sistema que las lleva a su mente. Es un proceso lentísimo el que ellos utilizan para hablar, oír o sentir. Estos señuelos vivos tienen un sistema de neurotransmisores, que va desde su mente a la parte de su ser que quieren activar y viceversa. Les pido que no traten de entenderme, solo escuchen. A pesar de sus limitaciones, me da la impresión que entiende algunas de mis palabras, ya que las escribe tal como yo las dicto. Sin embargo, la mayoría de las veces, me mira con una expresión de no verle significado a lo que digo. Pienso que lo que le comunico no es útil para él. Aunque me impresiona con la avidez que escribe en un anticuado sistema los mensajes que le comparto.

Luxipher y Miguel se miraban perplejos, una pregunta surcaba sus mentes.

—¿El nombre, dinos el nombre del ser inferior que vez en tu portal?

Gabriel mira hacia el Salón de la Expresión Suprema y dice:

—solo sé que una voz interior me dice: «Dios es juez, Dios es juez»; y lo saludo diciéndole: Varón muy amado Daniel.[7]*

Gabriel continúo diciendo:

—Además de esta visión, he tenido otras en mi portal y son mucho más impactantes que la primera. Me veo frente a un ser parecido al anterior, pero más antiguo, más lento, de movimientos más torpes, con menos gracia y encorvado; sí, encorvado, como la forma de nuestras alas en posición de reposo. Es en un lugar extraño; sin embargo, se parece tanto al ala interior de nuestro Salón de la Expresión Suprema. En ese plano de existencia hay dos copias, parecidas a nuestros cuatro profesores en estado querubín simple, inertes y fríos; mirando hacia una cubierta de una caja construida de un material amarillo opaco. Sus dos grandes alas se tocan entre ellas, como imitando el poderoso yugo Bullfort. En ese preciso momento cuando este pequeño y frágil ser está frente a mí, recibo una orden de la voz séptima que me dice:

—Pasa a modalidad visible. Entrega el producto.

Lo curioso es que el producto es el mensaje que me compartió el rey Elhadon en forma de misterio.

—O sea, que esa parte nos la perdemos —lamentó Miguel.

—Entonces avanza a la parte social —susurró entre dientes Luxipher.

—Al pasar a modalidad visible, casi extingo la fuente de vida del antiguo ser. Lo digo así por la impactante impresión que provocó en el frágil y viejo señuelo viviente. Realmente se asombró muchísimo, pues en mi portal veo cómo casi deja caer de su mano un artefacto que esparce un vapor aromático. También sé que, con un misterio que pronuncio contra él, lo privo de su primitiva forma de expresión oral.[8]*

Gabriel estaba realmente entusiasmado en su conversación, y siguió diciendo:

—Hay un mensaje que también comparto en forma de misterio en mi último portal abierto en el Reactor de Celestya. Me encuentro ante otro ser de esta misma especie, pero de un género diferente. Tiene aún menos gloria que los dos primeros; sin embargo, sus movimientos son llenos de gracia y hermosura, tan delicados como los de la profesora Sarah Eagle. Su voz me recuerda a ella, y no puedo olvidar sus últimas palabras. Con ellas demostraba lo clara y segura que estaba de a quién debía entregar sus dos principales alas, Vida y Voluntad, aunque en realidad no tiene alas. Sus palabras son tales, que es como si las hubiese aprendido en nuestra universidad. Parece como si hubiese estado aquí.

Miguel y Luxipher ardían por saber si el portal era misterio o de tema social angélico. Gabriel, leyendo en sus ojos su intención, les dijo:

—No, no es posible decir el mensaje que le comparto. Sin embargo, puedo comentar su respuesta al producto.

Luxipher preguntó intrigado:

—¿Qué te dijo? Dinos, ¿qué fue?

—Ya voy —contestó Gabriel— se los diré ahora mismo.

Gabriel se puso de rodillas, imitando el gesto de la débil y desconocida criatura, y con voz temblorosa y quebrada dijo:

—He aquí la sierva del señor; hágase conmigo según su voluntad —y luego continuó diciendo—: De seguro ella y los otros seres con los cuales hablo en mis portales gozan de una libertad incomparable. Realmente su nivel de entrega me impacta, sea donde sea que vivan.[9*]

Curiosamente, el mentor Evangelux fue también depositario, junto con Gabriel, de estas dos últimas visiones que dividirían el curso de la historia de un planeta del cosmos en una creación futura.

Miguel, el poderoso estudiante de la clase arcángel, que significa mensajero principal, goza de grandes dotes de fuerza y poder. Ninguno lo aventajaba en las destrezas de batalla. Ninguno, exceptuando a Luxipher, que en los adiestramientos con los simuladores le llevaba una ligera ventaja. A él le llaman arcángel porque es uno de los principales líderes en nuestra ciudad. Es también el enemigo número uno de los simuladores, ganando así el título entre sus compañeros, del archienemigo o enemigo principal de estas tan poderosas máquinas.

El arcángel, como también le conocemos, pues es un gran líder entre nosotros, fue el segundo en ser llamado a la Plataforma Creativa de entre los tres hermanos. Es capaz de resistir fuertes ataques de los simuladores,

«Su nivel de entrega me impacta, sea donde sea que vivan»

153

cansándolos hasta vencerlos. Sus dos superdotadas alas, que curiosamente salen del pecho, le permiten desarrollar una velocidad indescriptible, especialmente cuando da su golpe avalancha de luz directa, arrollando con fuerza destructiva a los simuladores a su paso. Miguel impacta a las Fortalezas más poderosas y las arroja a millas y millas de distancia. Él porta un guante plateado, con una esmeralda hasta donde comienzan los dedos de su mano izquierda, de donde sale una luz blanca en forma de relámpago, su espada, capaz de desintegrar a los simuladores que encuentra a su paso. Cuando asesta a un simulador con su haz lumínico en forma de rayo, este conserva un efecto parecido al de una centella, a la vez que va cayendo a la superficie, despidiendo luces y un vapor oscuro. Todos llamamos a este temido golpe de Miguel, poderoso golpe relámpago.

De la mano derecha de Miguel sale un escudo poderoso, con el cual puede contener los rayos desintegradores de los simuladores. Al mover fuertemente sus brazos hacia abajo y gritar la palabra defensa, instantáneamente salen su espada, escudo y su armadura plateada, cubriéndole de pies a cabeza; es simplemente impresionante.

El arcángel es el adalid de una de las legiones de estudiantes llamados los Vencedores Guerreros, y todos aquí sabemos por qué él está al frente de este grupo de tan avanzados estudiantes. Algo muy llamativo de este equipo de alumnos, es que han diseñado curiosos artefactos de guerra, siendo asesorados por el profesor Andrews Morphus. Estos armamentos incluyen un tipo de sombrero como el de Miguel, que al entrar en acción en la batalla se extiende sobre su cabeza, cubriéndole hasta su cara. Es sumamente efectivo contra la opresión mental y la sustancia enceguecedora, lanzada por los Áspid. Elaboraron también un poderoso pectoral que cubre la parte frontal del torso, muy efectivo contra la opresión constrictora extenuante de los Áspid; y en su interior un cinturón que contiene otras armas secretas que son verdaderamente poderosas en extremo. También, un calzado que les permite pisotear con fuerza destructiva a este tipo de máquinas. Andrews Morphus les ayudó a elaborar estas armas, y este a su vez recibió la información del Guardián Invisible del Salón Profundidad.

Ellos mismos se aseguraron de que la espalda de la armadura quedara al descubierto, para que ninguno desertara mientras peleaba. Ninguno da la espalda a un simulador en batalla; nadie huye. El calzado de los Vencedores Guerreros es sumamente bello, ligero y produce un sonido musical que acompaña a sus melodiosas consignas. Toda esta indumentaria está basada en

Miguel porta un guante plateado con una esmeralda

la vestimenta de Miguel. Y pensar que todos los Vencederos Guerreros usaron esta indumentaria por primera vez para jugarle una broma bien organizada a su líder. Secretamente, decidieron usar el vestuario, cantar consignas y ejecutar una bien ensayada coreografía, que incluyó pasos de las marchas de las clases de Bullfort, Leomight y Sarah. En la coordinada coreografía, donde saltaban, volteaban y coreaban, con la más sincronizada armonía, terminaban cada paso con la imitación periférica de los ademanes del arcángel y su llamado a reunión, al que de broma le decían «a la voz del arcángel». Con este fuerte grito, Miguel era capaz de reunir a los millones que están a su cargo en un solo lugar, como en un parpadear. Esta convocación a reunión era siempre precedida por el fuerte sonido de una trompeta, y en un abrir y cerrar de ojos, todos estaban reunidos.

Cuando los compañeros de Miguel se presentaron a la Universidad de Celestya con toda su indumentaria, baile y cántico, él se sorprendió mucho y toda la universidad con él. Entraron por la puerta principal del recinto con instrumentos de música; sencillamente detuvieron el tráfico hacia las aulas y todo movimiento. Los profesores salieron a ver el espectáculo, que fue uno realmente de primera. Un impresionante mar de plata cubría la entrada principal de la universidad, conocida como la Logos. La inmensa ola plateada avanzaba al edénico patio interior en forma del más disciplinado ejército. Sus pasos, moviéndose al ritmo de una contagiante pieza que inspiraba a la victoria. El orgulloso Bullfort sonreía, debido a que él estaba detrás de todo esto, ya que los alumnos habían solicitado su asistencia.

Cuando toda la acción y la música terminaron, cerraron su inolvidable acto con un nuevo saludo a Miguel; los Vencedores Guerreros, poniendo su mano derecha entre sus frentes y cejas como si se cubrieran de una luz intensa y directa. Luego, las extendieron en forma levantada hacia el joven adalid, y acto seguido desenvainaron sus espadas y las elevaron muy alto. Con las espadas arriba gritaron la palabra «defensa», no aguantando más, soltaron la risa, provocando que se rompiera la formación al perder la compostura. Todos reían, todos menos Miguel, que estaba realmente pasmado y petrificado por el asombro. De repente, los Vencedores Guerreros corrieron hacia su líder, lo tomaron en peso, lo arrojaban al aire, lo recibían en sus manos y algunos formaron un gran caparazón con sus alas para evitar que se cayera. Miguel no se resistió, tampoco usó sus alas para escapar. Simplemente sonreía al recibir tantas muestras de afecto. Debió ser bien grato para él sentirse aceptado, admirado, respetado y amado por sus seguidores. Creo que así deben sentirse

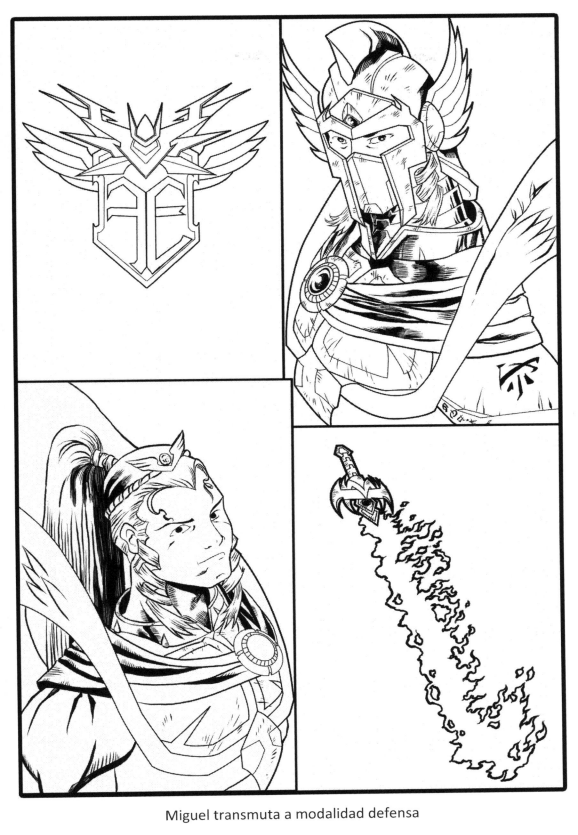

Miguel transmuta a modalidad defensa

todos los líderes del cosmos. Los profesores se miraron y simplemente asintieron. Había nacido un líder en el interior de los Vencedores Guerreros.

Después de esta hermosa sorpresa, los Iluminados también quisieron agasajar a su líder Luxipher, vistiéndose de un vistoso traje rojo rubí que destellaba hermosos rayos de luz. Millones de pies encendidos en fuego avanzaban por la puerta principal. Los tambores y flautas, en un pegadísimo ritmo, marcaban la nota de la marcha. Los Iluminados hicieron noticia con su sin igual intervención. Leomight se alegró muchísimo de este agasajo a Luxipher, su estudiante favorito.

Volviendo al arcángel y a los Vencedores Guerreros. Según sabemos, son la mayor fuerza destructiva de luz directa de la Universidad de Celestya. Son poderosos caballeros en su clase, ya que se convirtieron en expertos montando los poderosos e impredecibles hipolux, lo que es sumamente difícil y vertiginoso. Ellos son capaces de mover cualquier superficie sólida bajo sus pies con solo marchar; destruyen durísimos muros de contención con solo gritar y hacen secar ríos de energía con solo tocarlos con sus espadas de luz. Parece que todo se quita de su paso. Fueron creados para dar continuidad a todos los procesos, para ir más allá de la fuerza misma y para estar a la vanguardia del poder.

Miguel mismo se encargó de que su grupo fuese experto en el uso del escudo, la espada relámpago y la armadura. Estos se activan con el movimiento de brazos hacia abajo y con pronunciar la palabra defensa. Con el constante uso y práctica, se perfeccionaron en la batalla con luz directa o batalla cuerpo a cuerpo, la cual exige mucha resistencia lumínica y capacidad fotónica. Es realmente impresionante verlo con sus huestes, todos con este vistoso atuendo, al que ellos llaman Panoplialux , o la armadura completa de la luz. Por esta razón, en Celestya se les conoce también como el ejército de luz.[10*]

Todo este despliegue de energía en batallas y adiestramientos lleva a Miguel a entrar a las alas de Elhadon, conocidas como el Reactor. Las veces que entraba a reponer sus fuerzas, tenía los mismos sueños en sus portales. Las alas del poderoso Reactor le daban la bienvenida con un bien ensayado saludo militar, lo que a él le resultaba muy gracioso, pero de todas formas respondía de muy buena gana al gesto, imitándolo. Miguel comenzó diciendo a sus hermanos:

Miguel exhibe su Panoplialux o la armadura completa de luz

—En mis portales me veo batallando contra un ser sumamente espantoso. Un gran remolino negro, oscuro, que traga todo a su paso, se cierne sobre Celestya. Frente al poderoso remolino, una visión aterradora. Una horrible criatura rojiza con cuernos sobre su cabeza y con unas enormes alas y alargada cola, amenaza con destruir a la ciudad. La rojiza criatura se mostraba desafiante, irreverente y muy poderosa. Entre sus garras, blandía un objeto pequeño, blanco reluciente, difícil de percibir. La cosa roja lanzaba fuertes rayos destructores por su boca, y de ella misma salían palabras prohibidas para la clase seis de la Universidad de Celestya y para el resto de los ciudadanos.

—¿Cómo se llama esa horrenda criatura que profesa palabras blasfemas? ¿Quién es? ¿Dinos? —preguntaba con gran interés Luxipher.

Miguel dijo:

—No conozco la respuesta a tu intrigante pregunta, hermano. Solo sé que al observar a la extraña criatura siento fuertes cambios en mi ánimo. Comienzo a agitarme y a pasar de un estado de asombro y pasivo, a uno seguro y activo. En la visión puedo percibir cómo vuelo en dirección a la criatura, desarrollando una poderosa velocidad, dispuesto a asestar el golpe avalancha más impactante en toda mi historia en Celestya. Sin embargo, debo decir que cuanto más y más me acerco a la bestia, más familiar se me hace esa horripilante criatura. Es como si le conociera, como si un lazo que se desamarra nos hubiese ligado, marcándonos para siempre. ¿Quién eres? ¿Dé dónde viniste? ¿Qué sostienes en tu mano? ¿Por qué... por qué me eres tan familiar y a la vez desconocida?

Decía Miguel a sus hermanos:

—Despierto sintiendo en mi pecho el gran impacto del encuentro entre la bestia y yo, además de la molestosa fuerza de una desgarradora separación que me aturdía. —dijo susurrando Miguel.

—¿Qué es lo que sostiene en su mano, acaso lo viste o es un misterio? —preguntó Gabriel.

Miguel le contestó:

—No lo sé. Para mí todavía es un misterio, ya que no puedo verlo con claridad.

Miguel prosiguió diciendo:

—En otro de mis portales veo que estoy en un lugar distinto a Celestya. Un sitio que parece estar constituido de un opaco polvo no lumínico, húmedo, frío y sin la corta luz verde sobre su superficie, era frío y seco. Es un monte sumamente alto, como algunos de los simulambiente de las clases de Sarah Eagle. En la superficie de aquellas alturas veo el cuerpo inerte de lo que parece ser un señuelo. Es como los seres que describe Gabriel en sus portales, pero sin vida.

—De repente —continúa Miguel— surge de la nada esta misma bestia rojiza de la primera visión. Luchamos por la posesión del cuerpo inmóvil. Yo lo tomo con mi mano derecha, mientras combato con la izquierda contra la bestia que no cesa en tratar de arrebatarme al señuelo sin vida. De repente, de mí sale una sola expresión: «El señor te reprenda, el señor te reprenda». Y la bestia se aleja, y yo puedo esconder el cuerpo inerte de este antiguo señuelo en un lugar secreto. Es extraño; sin embargo, otra vez la bestia me parece familiar y lejana a la vez.

Miguel finalizó diciendo:

—Eso es todo lo que veo en mi portal de visiones, solo eso.[11]*

Gabriel preguntó:

—¿Y tú Luxipher, que ves en tus portales? ¡Dinos por favor!

Luxipher miró a sus dos hermanos menores con algo de solemnidad y contestó:

—Me sorprenden sus emocionantes relatos y sus portales abiertos; sin embargo, debo confesar que yo nunca he tenido visiones en el Reactor. Ni siquiera mi portal se abre para algo. En las ocasiones que me acerco al Reactor, este extiende sus alas hacia mí, dándome la bienvenida. Luego, hacen ondas que me invitan a acercarme. Entonces se abren y revolotean, dejando que se produzca un hermoso sonido cuando se golpean una contra la otra, como en una feliz celebración. Este sonido se vuelve cada vez más armonioso y prosigue en un continuo aumento, hasta disminuir suavemente. A la vez que siento las caricias del viento producido por las alas del Reactor, que rozan mi cara y alborotan mi cabellera hacia atrás. Todo mi ser se refresca con este acariciante y agradable efecto de brisa. Luego, las alas, como haciendo un humilde gesto, descienden hasta tocar la superficie reluciente del salón Reactor y me invitan a subir en ellas. Yo acepto su honorable invitación y al subir me sostienen como

«Yo nunca he tenido visiones en el Reactor»

dos gigantescas manos. En esos instantes me recuesto y me acurruco, sintiendo tanto amor, tanta ternura, mientras Elhadon me susurra al oído con su suave y musical voz:

—Luxipher, Luxipher, Luxipher, te amo y siempre te amaré.

—Continúa diciéndome, mientras me mece entre sus firmes, pero suaves alas:

—Yo soy quien da a cada criatura un regalo de amor. Regalo que solo yo puedo entregar, nadie más. Ese hermoso regalo se llama vida y voluntad. Yo doy vida y voluntad a quien quiero y a quien quiero se las quito. La vida y la voluntad son un don que te permiten gozar responsablemente de muchas cosas. Si algún ser no cuida de ellas, es sumamente doloroso; sin embargo, yo las doy y las doy en plenitud, no importando si las rechazan y las usan indebidamente. Mi naturaleza es dar vida, ya que yo soy la vida. La vida y la voluntad siempre estarán ahí para ellos, ya que la vida soy yo mismo y el hacer mi voluntad es perfección a plenitud. Mi naturaleza es amar y dar vida, por eso recuerda mis palabras, siempre te amaré. No entregues tu vida y voluntad a otro ser, ya que comprobarás lo que es sentir felicidad y libertad a la inversa. Sin embargo, no importa lo que un ser haga con su vida y voluntad, siempre lo amaré.

—Mientras repite estas palabras —continúa Luxipher— me sostiene fuerte, pero a la vez muy tiernamente. Prosigue, diciéndome quedamente:

—Vivo para amar. Todo ser debe amar para vivir y hacer lo correcto para que vuele libremente. Luxipher, yo te amo, ese será mi compromiso contigo, mi hermoso y poderoso centinela protector.

Luxipher dijo, con un tono de certeza increíblemente único:

—Así comienzo a dormitar, sintiendo una inmensa y profunda paz. En verdad les digo, no hay ninguna experiencia superior a escuchar tu nombre y lo que eres de la boca del mismo Elhadon. No hay palabras como sus palabras, verdad como su verdad y amor como su amor.

Esta vez, los dos hermanos Gabriel y Miguel, guardaron un agradable silencio ante la declaración de Luxipher y la atesoraron como una joya valiosísima en su interior. Una hermosa y deliciosa solemnidad los envolvía, y pensaron que una sola palabra detendría el encantador efecto de aquel tan cómodo silencio.

En ese momento, los tres hermanos se abrazaron, se levantaron y se dirigieron juntos a sus habitaciones. Iban tan extasiados que si alguien pasó por su lado, a nadie vieron cruzarse en su camino, si alguien les habló, no lo escucharon. Solo miraban perplejos hacia el lejano domo que cubre la casa de nuestras majestades. Tomaron unos momentos para reiterar en su interior lealtad y eterno amor a este ser tan maravilloso que había creado esta ciudad; al príncipe que les otorgó el regalo preciosísimo de la vida y de la voluntad, como la mayor expresión de amor hacia ellos. Allí en Celestya, los tres hermanos se sentían en la más completa libertad.

Visita al Salón Profundidad

Lo mejor de un gran sueño es que se haga realidad. Si te impresionaron los portales o visiones de Gabriel y Miguel, debes entonces buscar dónde y cómo llegaron estos a concretarse. En Celestya, el mayor anhelo de todos, es ser lo más parecido al príncipe. Si es que tu sueño es ser tal cual él es, debes saber que él, más que nadie, desea y está interesado en que ese anhelo se haga realidad. Sabes qué hora es, pues ha llegado la hora 00:00 de que busques en tu Libro Básico y repongas tus fuerzas en el Reactor. Quizás la realización de tu portal está más cerca de lo que imaginas. Saluda a las alas del Reactor, que siempre te dan la bienvenida.

1. Apocalipsis 4:6*

2. Salmos 85:10-13; Salmos 89:14*

3. Daniel 7:10*

4. Salmos 19:3-4; 1 Corintios 15:40-49*

5. Jeremías 17:10; Romanos 8:27; Apocalipsis 2:23*

6. Daniel 10:10-14*

7. Daniel 9:20-23*

8. Lucas 1:8-25*

9. Lucas 1:26-38; 1 Corintios 4:9*

10. Efesios 6:10-17; Romanos 13:12*

11. Judas 9*

Si no entiendes lo que lees, pide ayuda a un mentor con algo de conocimiento en el Libro Básico. Eleven sus ondas mientras estudian para que sean más rápidos, más fuertes y lleguen más lejos.

7

Andrews Morphus y el poder de la imitación

Andrews Morphus, el tercero en ser llamado a la Plataforma Creativa, no parece ser tan impresionante como los dos primeros seres en venir a la existencia en Celestya. Él no tiene ningún atributo físico, pasa como un ser común entre sus hermanos. Sin embargo, su personalidad es misteriosamente deseable, evidentemente atrayente y atractiva. Conocido como el maestro del misterio, llamado el señor de la intriga y el ser que más despierta los consejos —discusiones— en el recinto universitario, es por cierto el profesor Morphus. Su lugar de ministerio está a la mano derecha del trono de Elhadon, tanto en actividades públicas como privadas. Todos los novicios en la Universidad de Celestya que ven al profesor desplazarse cerca de ellos, como motivo de broma,

El misterioso y polifacético Andrews Morphus

vuelan inmediatamente a su lado, para llenar alguna de sus múltiples limitaciones. Y a veces lo hacen en serio, debido a la falta de poderes y habilidades que caracteriza a Andrews Morphus; todos quieren de algún modo compensarle.

Es un misterio la razón del porqué a Andrews Morphus se le ha concedido solamente el poder de volar, usando sus cuatro alas. Este profesor parece un ser simple, promedio y sin gloria en comparación con los demás superdotados de la facultad. Él no provoca la admiración a primera vista, como lo hace Sarah Eagle. En nada compara con el bólido de energía y tan admirado ser, contenido en Bullfort. Tampoco posee las palabras de autoridad y poder de Leomight. Andrews parece un poco menor que todos en nuestra ciudad, en cuanto a gloria y poder se refiere. Sin embargo, al pasar de los períodos y por medio de visión interna constante, él descubrió un poder que ningún otro ser poseía en Celestya.[1]*

Visión interna constante es el estar siempre en el lugar de tu morada o humildad, como decimos en nuestra ciudad planeta. Andrews Morphus pasaba largos ratos apartado del grupo, contemplando su interior, estudiándose en introspección. En una ocasión, mientras meditaba, descubrió un pequeño reflector en su pecho, el cual forma parte de su collar o gran cadena. Este dispositivo es como un espejo y es capaz de imitar las imágenes de los seres que están a su alrededor. Concentrándose en quien esté cerca de su campo visual, y que se refleje en su espejo, él puede imitar o adquirir sus poderes, para usarlos como si fueran suyos. Solo por un período bien limitado.

Todo esto comenzó en el Crystalmer, mientras observaba a Elhadon, nuestro rey. Sorprendentemente, se percató que podía obtener los poderes de este limitadamente. Fuera como fuera, eso significaba mucho para el profesor. Con ese fantástico descubrimiento, Andrews empezó a imitar las habilidades también del príncipe Elhyon y otros seres de nuestra ciudad, utilizándolos efectivamente en las batallas contra los simuladores.[2]*

Andrews Morphus nos ha dicho que su carencia de poderes puede ser compensada con los recursos que consigue a su alrededor, especialmente de Elhadon y del príncipe Elhyon. Nos asegura el profesor que de este modo nada le falta. En ellos tiene todas las riquezas y todas las glorias que no se le dieron originalmente. Es como un constante redescubrir a cada momento; es realmente una aventura de mejoramiento continuo. También él puede

Andrews siempre cerca del Crystalmer, la casa de Elhadon y Elhyon

complementarse con los recursos de los demás profesores y seres de esta ciudad. Así siempre tiene plenitud. Andrews dice:

—Si el recurso está en el equipo, puede estar a mi disposición; y si está en mí, es del equipo de igual forma. Si te pones de acuerdo con Elhadon y con alguien en tu grupo, todo lo que necesitan les será concedido.

A esta práctica Andrews Morphus le llama «el acuerdo».[3]*

Además del poder de la imitación, el profesor posee una gran inventiva y creatividad. A él le fue encomendado el diseño y construcción de todos los simuladores, y el mayor de sus retos, la elaboración de una máquina llamada «el señuelo». Sobre sus alas reposó la responsabilidad de desarrollar todo un currículo de enseñanza relacionado a estos complicados artefactos. Andrews también introdujo el curso Señuelo, también conocido como «El Vigilante». El mismo tiene como objetivo enseñar a estudiantes a cuidar de un señuelo en todos los tipos de simulambientes.

El curso El Vigilante incluye impartir conocimientos sobre la débil y primitiva constitución de los señuelos. Los estudiantes debían aprender a lidiar con las pocas fortalezas y muchas limitaciones de los pequeños artefactos, creados por el profesor intriga. La complicada clase incluía teoría y práctica de manejo de señuelos en simulambientes hostiles, tales como: luz líquida tempestuosa, fuego, simuladores guerreros y depredadores. Este curso era sumamente difícil, debido a que contrastaba con la diferencia de la naturaleza de nosotros y la de los señuelos. Daba la impresión de que los estudiantes preferían las extenuantes batallas con los poderosos simuladores, que investigar acerca de las deslucidas y debiluchas máquinas.[4]*

Andrews Morphus enseñaba a sus alumnos a neutralizarlos sin destruirlos; con toques que van desde desencajar la cadera o el muslo, causar desórdenes en su piel y provocar mudez, entre otros. Por último, debían practicar conocer sus puntos vitales, en caso de que les sea ordenado destruirlos con el mortal toque de gusanos. En muy escasas ocasiones, Andrews Morphus daba órdenes de aniquilarlos. La orden para destrucción la ejecutan los estudiantes de la clase Abadonia Apolonia, expertos en armas de destrucción masiva. La diferencia de una orden de protección o destrucción es determinada por el sello; esta marca hace diferencia entre los señuelos. La orden de protección a los señuelos, que tienen el sello, autoriza la construcción de un cerco, donde

Los débiles señuelos a los que hay que cuidar

tenemos que cubrir al débil artefacto objetivo, con vigilancia, hasta que les sea ordenado retirarse.

En una ocasión, dos bandos de señuelos se enfrentaban entre sí. A los estudiantes les fue ordenado destruir a los que no estaban sellados; estos aventajaban en número y fuerza a los sellados. El desafío era difícil, ya que algunos estaban tan cerca del otro, que destruir a uno sin impactar a los demás, era casi imposible. La situación empeoraba, ya que muchos estudiantes no sabían cómo diferenciar a quién debían proteger y a quién debían destruir. En ese momento, Miguel sugirió lo siguiente:

—Activen la visión periférica.

Entonces, al obedecer la orden de Miguel, todos pudieron notar un brillo distintivo en los pocos señuelos que estaban siendo vencidos. Era la primera vez que podían ver el sello del rey Elhadon en la parte superior de la cara de los señuelos.

Luxipher emitió su consejo y dijo:

—Arrojemos grandes piezas de luz sólida sobre los no sellados.

Su consejo fue aceptado por los estudiantes y comenzó el diluvio de luz sólida.

Mientras esto ocurría, Miguel dio una orden a los Vencedores Guerreros:

—Formen un caparazón de protección con sus escudos sobre los sellados; esto los protegerá del destructivo torrente.

La estrategia de Luxipher y Miguel fue muy efectiva. El resultado: todos los enemigos destruidos y ni una sola baja en los sellados. Se nos ha comunicado que este sello, además de protección, añade gracia y hermosura al que lo posee, a la vez que actúa como un poderoso magneto para las cosas buenas. En Celestya el sello se conoce como el especial Lux Métopon Sfragiso, o sello de luz en la frente, que es como un beso del rey y del príncipe para aquellos que lo tienen. El Guardián Invisible del Salón Profundidad, nuestro bibliotecario, diseñó y administra este sello a los señuelos señalados y los rodea con un escudo protector. Se nos ha enseñado que los señuelos que no lo poseen están en constante peligro.[5]*

Volviendo al poder de imitación del profesor, no solo es capaz de duplicar los poderes de otros seres, sino que también descubrió la exaltación del poder o mejoramiento continuo. Esto lo logra al detenerse y observar por un período a los seres a su alrededor. Andrews Morphus copia lo mejor de ellos, los imita y algo más. El profesor desarrolló el poder de visualizar o imaginar, lo que le da la habilidad de añadir o expandir la capacidad del poder que recibe, y convertirlo en algo de mayor uso o impacto. Es común ver a Andrews copiar las habilidades de batalla del profesor Bullfort. Le es cosa fácil el replicar la visión y rapidez de Sarah Eagle, incluyendo la exaltación del impacto poderoso y la autoridad de Leomight. Andrews fue el tercero en existir de todos los profesores. Y de seguro que alguien con su balanceada y misteriosa mezcla de limitaciones y poderes, definitivamente no podía faltar en la facultad de la Universidad Logos de Celestya.

Él imparte los siguientes cursos: Visión Interna, Imitación Real y Periférica, Exaltación, Poder Inversor, Voluntad Real e Individual, y su nuevo curso experimental de la Metateletransportación. Visión Interna permite a los alumnos a verse tal cual son, con sus limitaciones y poderes. A los pupilos se les enseña a no ocultar sus limitaciones, ya que de todos modos algún ayo, mentor u otro estudiante la descubrirá con el llamado a ayudarte, por la visión periférica. Andrews nos ha enseñado lo siguiente:

—Visión Interna nos capacita para el reconocimiento personal y el desarrollo total, llevándonos a un balance perfecto. Debemos examinarnos, ya que hay tesoros ocultos que necesitan ser descubiertos. Existen habilidades y dones, que con la práctica y el uso serán llevadas a un grado mayor de excelencia. Aun de nuestras propias limitaciones podremos sacar provecho. De este modo, vemos lo que tenemos, buscamos lo que necesitamos y obtenemos plenitud hasta convertirnos en lo que debemos ser.

El profesor dice lo siguiente:

—Debo estar confiado que por la capacidad de imitar a Elhadon y a Elhyon, no me faltará nada, ya que en ellos me son suplidas todas las riquezas de su gloria.

Imitación Real es otra de sus clases. Según Andrews:

—Imitación Real es la capacidad de transferir a ti todo el caudal de destrezas, capacidades y herramientas que utilizan efectivamente Elhadon y

Elhyon. El secreto de la Imitación Real es la selección adecuada del recurso, poder o habilidad a imitarse por el período necesario.

Afirmaba Andrews Morphus:

—Yo prefiero comenzar imitándolos a ellos. Con sus poderes lleno mis limitaciones y mejoro continuamente.

Con estos pasaba largos períodos, de tal modo que logró parecerse a ellos en muchos aspectos. La entonación de la voz de Andrews Morphus, sus movimientos, entendimiento y consideración por los otros; era casi una réplica de la de ellos mismos. Esta Imitación Real convertía al señor intriga en el principal defensor de las enseñanzas del príncipe. Dice nuestro profesor que él prefiere un rato con nuestras majestades, que una eternidad en otro lugar.

Su poder de imitación es tal que en ocasiones la imagen del príncipe puede verse reflejada en él. Esto ocurre cada vez que se acerca a un estudiante que ha pasado a modalidad de fuego. Acto seguido, la imagen del príncipe se refleja en Andrews Morphus, de modo que es evidente que ha pasado largos períodos con él. Cuando los estudiantes le preguntan:

—¿Acaso vienes de estar con el príncipe?

Él siempre responde:

—¡Sí, sí, sí!

Tres veces seguidas, y sella su afirmación con un bendito sea por siempre.

—¡Claro que he estado con Él!

Todas las veces que Andrews Morphus pronuncia esta confesión, por alguna extraña razón no se hace esperar el cántico melodioso y grito de victoria de la profesora Sarah Eagle. Por este peculiar fenómeno le llamamos al profesor: El que porta la imagen del príncipe.

Afirma el profesor:

—Imitación Periférica es aprovechar lo que se puede ver, oír y aprender de las habilidades y poderes de otros, a favor tuyo. Convierte las destrezas de tu equipo en las tuyas; no dejes pasar la oportunidad de hacerte cada vez mejor. Esto se logra al admirarse, detenerse y observar la excelencia. Puedes también indagar en el poseedor de la capacidad, acerca de las estrategias y tácticas en el uso de su poder o habilidad.

Así el profesor intriga logró convertirse en el ser más actualizado, con respecto a los poderes del rey, el príncipe y otros ciudadanos y habitantes. Él nos dice:

—Observa, imita y expande, escoge todo lo excelente, todo lo glorioso, todo lo de buen nombre, donde está el mayor poder. Todo lo digno de alabanza, mantén tu mente ocupada en esto. Imita, pero no pierdas tu esencia, eres único, no dejes de ser tú —afirma él.[6]*

Andrews admira el poder que poseen nuestros monarcas de estar en todos los lugares a la vez. Él observa constantemente esta habilidad, y tratando de imitarlos en este aspecto, consiguió el poder de la metateletransportación. No es lo mismo, claro que no; sin embargo, puede desplazarse al lugar que necesita con solo pensarlo. Es como él mismo dice:

—Una pobre imitación de la omnipresencia.

Con este poder, logra llegar de un lugar a otro, aún más rápido que Sarah Eagle; ya que no está basado en el movimiento de luz, sino en la propulsión del pensamiento, que es antes que la luz misma. Actualmente es la forma más veloz de viajar. Nosotros combinamos el combustible que genera el pensamiento en nuestros transportes de luz, y viajamos a velocidades inigualables; esto es lo que aquí conocemos como velocidad superlumínica. Esta técnica tiene tanto aplicación individual como colectiva. Andrews Morphus nos dice que:

—Primero, debemos saber a dónde queremos llegar; segundo, enfocar el pensamiento hacia ese lugar; y tercero, empujar con gran fuerza interna y de seguro lograremos llegar hasta la meta deseada más rápido que los demás. Sin una dirección ni objetivo claro, nunca llegarás, no importa toda la fuerza y empeño que pongas en tu intento. La metateletransportación necesita un punto claro y definido en las coordenadas del plano de tu mente, sino nunca lograrás llegar, ya que no hay meta, y sin meta no hay transportación. Aprendan esto, mis amados discípulos.

Las tareas asignadas por el profesor Andrews Morphus parecían ser las más difíciles de completar, ya que estas siempre tenían un hado de misterio y acertijos. Esto nos hacía estar largos períodos estudiando y trabajando mucho, aún después de terminar las clases. Andrews Morphus mencionó a sus estudiantes que si deseaban avanzar, debían visitar el Salón Profundidad. Según el profesor, es el único edificio en Celestya que no tiene en sus pisos el número siete, en cuanto el número de pisos.

Sostiene el profesor:

—A diferencia de todos los edificios de Celestya, este singular lugar tiene sesenta y seis pisos.

Los estudiantes buscaron intensamente el Salón Profundidad por todos lados, sin obtener éxito. Contaban y contaban los pisos de los edificios en la universidad y Celestya, y ninguno concordaba con la descripción del profesor. Ya casi dándose por vencidos, divisaron una pequeña cabina de esquina, que en apariencia tenía un solo piso. Sobre el dintel se leía en idioma celeste la palabra información. Los desorientados estudiantes entraron a preguntar.

¡Qué sorpresa se llevaron los novicios cuando en el gigantesco mostrador principal vieron el letrero «Bienvenidos al Salón Profundidad»! La voz dulce y poderosa de un ser invisible les recibió con un saludo de bienvenida al nivel uno.

—Bienvenidos al lugar donde la necesidad de conocimiento es saciada y donde se alimenta el deseo por saber —comenzó diciéndonos el amable anfitrión.

Los alumnos no pudieron verlo, ni aún usando su visión periférica. Según se nos dijo, él es El Guardián de todos los secretos del Salón Profundidad. Él enseña y guía a todos los discípulos del príncipe y nadie le ha visto jamás. Los nueve ayos operan siempre bajo su dirección, y los cinco mentores son capacitados y comisionados por él desde las profundidades del salón. Su poderosa mano invisible se mueve sobre todos los lugares. También les explica los misterios a los alumnos del príncipe que hay en todo el universo. Según se nos ha comunicado, él conoce todo lo profundo del rey y del príncipe; todo lo que tienen ellos es de él y él nos hace saber todo lo que está determinado que sepamos. Su convincente voz continuó, diciendo:

—Progresen al ritmo que demanda su misión; déjense llevar por la grandeza de sus propósitos y la profundidad de su llamado. El edificio tiene sesenta y seis pisos, y en ellos están contenidos los mayores tesoros de sabiduría y conocimiento que les harán ser cada vez mejores en Celestya. Todo este conocimiento viene del príncipe, donado por el príncipe y explicado por el príncipe para su gloria. El nivel inferior es cada vez más profundo y provechoso que el primero, llenándolos de conocimientos, para avanzar a niveles más altos. Progresen, yo les conduzco a la verdad y también a la justicia. Mientras más alto quieran subir, tanto más deben profundizar y sondear al Salón Profundidad —repuntó el invisible ser.[7]*

Prosiguió diciéndonos el anfitrión de la enorme biblioteca de luz:

—Los niveles del uno al treinta y nueve contienen los principios de la historia de Celestya, y es la base de todo lo que hoy observamos. Todas las cosas del pasado, presente y futuro están ahí. Digo las del futuro para nosotros, ya que Elhadon y su hijo viven allí. Sí, en el futuro, y yo, El Guardián de los secretos de este recinto, les acompaño allí y estoy con ustedes también aquí. Ellos dos poseen la eternidad, lo mismo les es el presente, el pasado y el futuro. Estos tres períodos juguetean como olas en las firmes manos de nuestro rey y nuestro príncipe —afirmó el encargado de la inmensa colección de tomos de luz.

Es más, aquí sabemos que esto es así debido a que ellos son eternos y en la eternidad no existen períodos limítrofes; es siempre un presente acelerado. A veces pensamos que nosotros somos parte del pasado de Elhadon y del príncipe, debido a que ellos conocen cada detalle de lo que acontece, sin fallar en uno solo y pueden predecirlos con sorprendente precisión. Nuestras majestades siempre nos declaran vencedores en todo asunto, y así ocurre. Es como si ellos nos esperaran en algún punto del futuro.

Volviendo a la primera parte del Salón Profundidad, nos sigue diciendo nuestro bibliotecario:

—Allí también se encuentra una gran colección de música grabada en luz. A ese piso se le conoce como El Salterio, y contiene todas las piezas musicales del pasado, presente y futuro. Aquellas que pertenecen al futuro están selladas, esperando el momento que el interior de algún ser en el cosmos las reciba desde aquí, con algo que el príncipe llama «inspiración». De ahí en adelante se expresarán en música o canción, con los instrumentos de percusión, cuerdas, viento y luz. En este orden vinieron a existir, haciéndose cada vez más elevados.

Estas piezas musicales, descenderán a quien las reciba y se mostrarán en forma de un don perfecto. Desde ese momento, se conservará una copia aquí, y otra en el recipiente vivo, donde será depositado en forma de una buena dádiva, para el beneficio de muchos. Esto nos lo explicó el jefe de todos los músicos y cantores de Celestya, llamado Phasa, y ocurre así para todas las artes y ciencias de todo el universo, como un regalo del padre de las luces, en quien no hay mudanza ni sombra de variación. El mentor Prophetex recibe mucha iluminación sobre estos asuntos futuros, y a veces se le permite dejarnos saber algunas cosas. Él y todos aquí deseamos conocer a los recipientes futuros de tan poderosos y hermosos dones.[8]*

—Los veintisiete pisos restantes del salón presentan la historia más reciente y todo el conocimiento nuevo que nos ha legado el príncipe. Por eso, hacemos diferencia en las dos partes del Salón Profundidad. La primera parte, le llamamos Paleobibliographolux , y la segunda parte, en las mayores profundidades la conocemos como Neobibliographolux . Sin embargo, es importante que conozcas, tanto lo antiguo como lo nuevo, ya que nos permite hacer un perfecto balance entre el buen juicio y el mejor. Este conocimiento total hace la diferencia entre tocar y sentir, ver y observar, coger y escoger, pensar y discernir —continuó diciendo el Guardián Invisible del Salón Profundidad.

Curiosamente, el anfitrión del recinto conoce y sabe todo lo que necesitas antes de que se lo digas. Maravillosamente te lleva a los arcanos que te hacen falta, y te provee con la información necesaria en todo momento.

Los estudiantes notaron que en el primer nivel del Salón Profundidad, existe una división en el hermoso enlozado azul veteado de blanco. Es una vistosa línea amarilla y en ella una inscripción de color rojo. La inscripción lee así: «Aquí se separan los altos de los grandes, los inteligentes de los sabios, el que existe del que vive, los que saben de mí de los que me conocen. Este es el estándar de todo. Si pasas de este punto en adelante y si sigues el consejo, podrás ser medido, pesado y siempre ser hallado aceptable y aprobado». Esta inscripción está firmada por el mismo Elhadon, rey de Celestya, y aprobada con su sello real.

El Salón Profundidad contiene millones y millones de luces de aproximadamente seis pulgadas en la medida de la mano de los señuelos. Estos son arcanos que contienen la historia de la eternidad y todo el provechoso conocimiento de nuestra ciudad. Este conocimiento se traduce en poder, y este poder, puesto en acción, es sabiduría.

Cada arcano de luz es traído ante ti con solo pensar en el tema de interés, e inmediatamente se abre una proyección escrita, visual, auditiva, gustativa, olfativa y táctil de lo que deseas saber. Todo lo que se te comunica parece real y vivo. Si los estudiantes deciden trabajar en grupo, el arcano se coloca en el medio de ellos y abre una proyección para todos los puntos cardinales de la misma página, para el provecho de los discípulos. Para no interferir con los que puedan estar estudiando a tu alrededor, los efectos de luz, sonido y otros se limitan al perímetro de los seres interesados. Si alguno del grupo de estudiantes se aleja, el arcano se extiende hacia él; si por el contrario, el grupo se junta más al centro, el arcano se contrae, ajustándose a la cantidad de los aprendices. Si alguien desea entrar al grupo y beneficiarse del conocimiento, solo debe chasquear sus dedos una vez y ya estará conectado y dentro del alcance del biblografolux. Si por el contrario, deseas salirte, debes hacer dos chasquidos con tus dedos, e inmediatamente pierdes tu conexión.

Al descender, los estudiantes del primer nivel al próximo, se percataron de que cada uno está separado del otro por un espeso círculo cristalino, que cubre toda el área del centro. Siete espadas de dos filos de un deslumbrante dorado se encuentran incrustadas dentro de estos cristales. Las mismas señalan con sus puntas hacia afuera, y vibran constantemente, despidiendo pequeños rayos y vapor como si quisieran ser liberadas del lugar donde están guardadas. Estas espadas tienen en su hoja una inscripción que dice: «Viva, eficaz y penetrante».

El Guardián Invisible del salón aconseja:

—No intenten saltar ningún nivel; deben comenzar desde el más básico al más avanzado. El edificio mismo no les permite pasar al otro nivel sino han completado el anterior. Una vez recorren todos los niveles y llegan al inferior, se pueden percatar de un interesante detalle. Si miran hacia arriba, desde lo más profundo, podrán tener, a través de los cristales con espadas, una visión aumentada del salón, y a su vez este les traerá a la mente un panorama de todo el conocimiento del Salón Profundidad. En sus conversaciones, y cuando sea necesario, yo, el Guardián Invisible, traeré a ustedes un caudal de sabiduría y conocimiento para que hablen con propósitos.[9]*

Después de esta aclaración, Miguel intentó pasar al próximo nivel inferior y, fue lanzado al suelo por una poderosa onda expansiva y rayos, que provocaron las espadas al vibrar, evitando que Miguel avanzara del primer piso al segundo, pues no lo había completado.

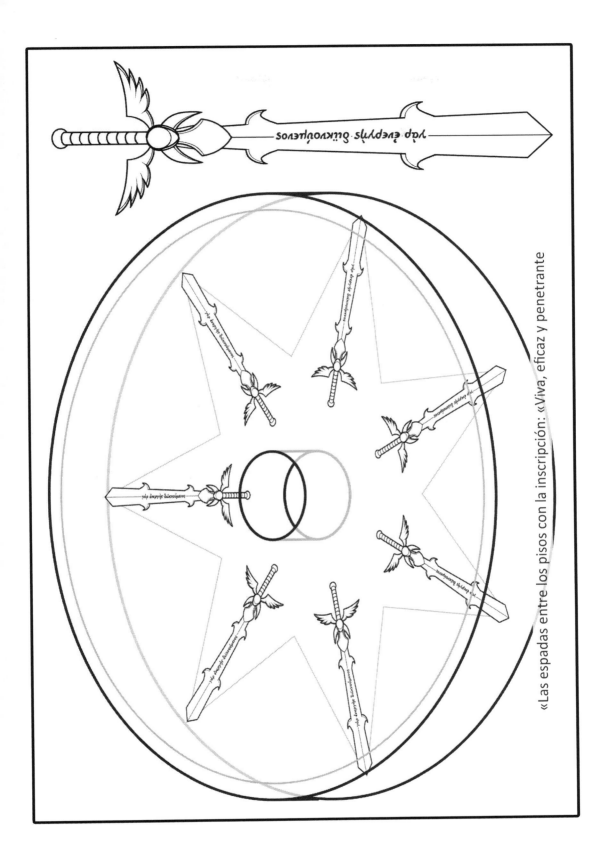

«Las espadas entre los pisos con la inscripción: «Viva, eficaz y penetrante

181

—No pasas de un nivel a otro sin completar el que te corresponde. Soy experto en repetírtelo y recordártelo, Miguel, ese es parte de mi trabajo —dijo el bibliotecario al aturdido Miguel.

Todos los demás reímos a carcajadas, mientras Gabriel le ayudaba a levantarse.

Una vez descubierto este peculiar recinto, Luxipher, Miguel y Gabriel se convirtieron en los fanáticos número uno del fascinante lugar. Juntos escudriñaban cada nivel, convirtiéndose notablemente en los estudiantes más aventajados de la clase seis de la Universidad de Celestya. En cada período de pruebas contra los simuladores, los tres hermanos eran más veloces, más fuertes y siempre llegaban más lejos. Por su costumbre de pasar largos períodos en las partes profundas del salón, fueron llamados los hermanos sonda. Luxipher procuraba detenerse por prolongados momentos en un arcano que le resultaba muy llamativo. Este contenía todo el conocimiento disponible acerca del Salón del Balance Universal. Era de conocimiento social que este misterioso local estaba estrictamente prohibido para todos los ciudadanos y habitantes de nuestro planeta. Sin embargo, él y un gran grupo de los iluminados, pasaban largos períodos leyendo y estudiando este biblographolux con mucha avidez. El mentor Didaskallo, quien visitaba con mucha frecuencia el Salón Profundidad, nos brindaba su orientación y profundas enseñanzas de verdad y de victoria.

Volviendo al profesor intriga, en una ocasión las habilidades de Andrews Morphus fueron sometidas a prueba. Tres simuladores de la clase Fortaleza tan poderosos como Bullfort, Leomight y Sarah Eagle; fueron enviados a combatir en su contra. Los simuladores lanzaron rayos contra el profesor. Andrews resistió el embate de estos hasta poder lograr la imitación real o periférica necesaria para combatir. Él no tenía idea a lo que se enfrentaba. Mirando con detenimiento a las máquinas reconoció sus poderes. Entendiendo las capacidades y limitaciones, extendió tres de sus alas hacia los restantes profesores, que se mantuvieron fuera de la batalla, y una hacia Elhadon que observaba en su lugar en el gran coliseo.

Sarah, Leomight, Bullfort y Elhadon literalmente sintieron cómo de ellos salió poder para acompañarlo en el combate. Era impresionante ver cómo en el inofensivo profesor se manifestaban los poderes de cada uno de los hermanos cardinales, que se admiraban de su proeza. Los simuladores Fortaleza fueron destruidos por el despliegue titánico de fuerza ajena utilizada por

Andrews Morphus. A este extraño acontecimiento el profesor le llama «Agradable Toque de Fe».

—El usar esta habilidad al máximo, provocará arrancar el poder de la fuente donde se encuentre para usarlo a tu favor. Confíen, mis guerreros, el poder llegará a ustedes.[10]*

En otro momento, quince simuladores de la clase Maquinación, quienes son los maestros del engaño, salieron a su encuentro. Él, como siempre, se detuvo y observó. Luego se movió rápidamente ante los simuladores, y nos sorprendió a todos, cuando corriendo en círculos trepando por las paredes, alcanzó subir a las gradas. Los Vencederos Guerreros activaron su modalidad defensa y levantaron sus escudos. Andrews Morphus corría sobre los escudos levantados. Entonces los simuladores arrojaron rayos desintegradores altamente destructivos contra el expectante profesor. Él, extendiendo sus alas hacia Miguel, que ya activaba su defensa, imitó el escudo protector de este y se cubrió de los destructores rayos. El profesor copió el poder de Leomight, con el que pudo atrapar los poderosos rayos en sus manos. Andrews estudió detenidamente los misiles de luz y, con su poder de inversión, fue capaz de trasformarlos en unos lentos rayos azules, los cuales sopló hacia los simuladores. Las forzudas máquinas se rieron ante la inocente acción del profesor y no evitaron los rayos. Grande fue su sorpresa, cuando estos alcanzaron a los simuladores y en solo un instante todos fueron desintegrados. Nuestro profesor nombró a este proceso la técnica de inversión. Afirma el profesor:

—No necesariamente debes vencer a tus enemigos siguiendo sus tácticas de guerra, sino que puedes vencerlos invirtiendo sus modos de ataque. Confundan a sus enemigos, no sean vencidos por el mal, vénzanlos siempre con el bien.[11]*

Voluntad Real e Individual es el curso que más carga añade a las alas de Andrews Morphus. Sostiene el señor intriga.

—Cada uno de nosotros tendrá siempre el poder de decidir lo que desea hacer con sus habilidades. También podrá decidir entre la vida y voluntad que Elhadon nos ha entregado. Sin embargo, nuestra voluntad individual debe ser consagrada y dedicada a la voluntad de Elhadon y a nuestro príncipe. Las decisiones basadas en la recta voluntad fortalecerán el carácter en ti. Aquellas decisiones que van guiadas por nuestros sentimientos, pueden esclavizarnos

Andrews imita el escudo de Miguel para enfrentar a las Maquinaciones

a vivir siempre por como nos sintamos, y eso no es correcto ni provechoso. Los sentimientos cambian con el tiempo, las pasiones también y podemos ser impactados si ellas nos controlan y no nosotros a ellas. Debemos decidir hacer siempre el bien y lo correcto a pesar de nuestros sentimientos. Hacer otra cosa sería fallar.

—¿Qué es fallar? —preguntó Luxipher.

—No hacer lo que es correcto cuando tienes la capacidad, o hacer lo incorrecto cuando tienes el poder de no hacerlo —contestó el profesor.

Añadió:

—Nosotros somos ministros de Elhadon y hacemos su voluntad, hacer otra cosa es fallar. El príncipe produce en nosotros el querer y el hacer el bien por su perfecto designio. Nosotros debemos decidir qué hacer. La única cosa incorrecta en este lugar es entrar al Salón del Balance Universal. Sólo eso nos está prohibido. Hay un peso demasiado grande que llevará sobre sí el que no siga esta sencilla instrucción. Una sola visita de otro ser en ese salón, aparte de nuestras majestades, afectaría momentáneamente el balance existente en Celestya, con efectos devastadores en todo el universo y daría inicio a la polarización del poder y la energía.[12*]

Luxipher continuó su cuestionamiento:

—Profesor, ¿qué es eso de la polarización de la cual usted habla?

Andrews Morphus respondió:

—En Celestya se nos ha enseñado el bien y el mal en una base de conocimientos; sin embargo, solo el bien tiene representantes en los seres vivos aquí. Hasta este momento el mal no tiene un ser vivo, pensante, consciente y con la voluntad de ser su representante. Con una sola visita al Salón del Balance Universal, se corre el riesgo de que sea la oportunidad para que la partícula tiniebla habite en un ser vivo. Esto sacaría al mal del salón, convirtiéndolo en pensamientos cautivantes, acciones incorrectas, omisiones voluntarias y palabras premeditadamente perversas —dijo con un hado de profunda incomodidad, el amable profesor.

—Nuestra ciudad sería contaminada con el mal, llenándose de las indeseables y contaminantes tinieblas. Esto debe ser considerado como un asunto sumamente crítico —añadió.

Luxipher escuchaba cada palabra, como si bebiera preciadas gotas en un simulambiente desértico. Luxipher replicó:

—Díganos profesor, ¿acaso hay guardias o vigilantes en la entrada del Salón del Balance Universal?

No se hizo esperar la respuesta de Andrews en forma determinada:

-¡Sí! En el salón hay dos tipos de guardias, y te aseguro que son los más fuertes que jamás ser alguno haya enfrentado en su existencia.

Luxipher cuestionó de nuevo y esta vez fue la última:

—¿Considera usted que una sola falla a una regla sería suficiente para que el amor de Elhadon cambie su actitud hacia alguno?

Andrews Morphus se mantuvo en silencio por un rato, y como en un reconocimiento, contemplaba al grupo de estudiantes. Luego, contestó con voz pausada, cariñosa pero muy firme:

—El amor jamás deja de ser; nada nos separará del amor de Elhadon, nuestro compasivo rey. Sin embargo, las condiciones están expuestas y no nos han sido ocultas. Existen reglas en Celestya que conservan el orden y el balance, tanto individual como colectivo. Y está establecido que el ser que falle en cumplir esta norma, cargará con un peso que no podrá soportar. Esto se llama justicia. Debemos ser responsables por las consecuencias de todos nuestros actos. La justicia siempre nos alcanzará, ella es la mano invisible que nivela toda acción.[13]*

En ese momento nadie pronunció palabra, de modo que se podía escuchar el transitar de las ondas de luz en medio del salón. Un incómodo y espeso silencio, capaz de ser tocado, cubrió toda el aula. Andrews Morphus observaba con una mirada penetrante. Todos los alumnos estaban callados e inmóviles, como las doce estatuas de las entradas principales de nuestra ciudad. Luxipher cavilaba y los iluminados se inquietaron.

No se podía evitar el que los estudiantes quisieran saber acerca del lugar prohibido. Era evidente que todos los celestes deseaban mirar hacia el interior del profesor, debido a su vasto conocimiento acerca del Salón del Balance Universal. Según se conoce, él es un recipiente que contiene toda la información disponible acerca de este misterioso lugar. Elhadon mismo depositó todo ese saber en él. Estaba claro que sobre las alas de Andrews

Morphus reposaba una carga que ni el mismo Bullfort podía sobrellevar. Impartir a todos en Celestya el conocimiento sobre El Salón del Balance Universal, y hacer las advertencias necesarias para que todos se mantuvieran lejos de allí, es uno de los oficios que el profesor considera un asunto sumamente serio.

Hasta ese momento, las dos alas vida y voluntad de cada ser vivo y consciente en la ciudad, se habían mantenido consagradas a la obediencia al rey y al príncipe. Sin embargo, la clase de hoy dejó en el señor intriga una extraña sensación de alerta, como si algo terrible estuviera apunto de suceder.

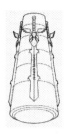

Visita al Salón Profundidad

Si crees que al igual que Andrews Morphus, tienes mucho que imitar de Elhadon y del príncipe, no estás equivocado. En ellos están depositadas valiosísimas habilidades y destrezas para enriquecernos en muchos aspectos. ¿Te gustaría convertirte en un vencedor como Andrews? Pues vamos a adentrarnos en esta emocionante aventura de crecimiento y desarrollo personal. Empecemos con visitar el Salón Profundidad, para separar la verdad de la ficción. Busca compensar aquellas destrezas que no tienes, consíguelas y aplícalas a tu vida. Felicítate y prémiate por todas las cosas que has logrado hasta hoy. Anímate y no te detengas, porque ha llegado la hora 00:00 de tu mejoramiento continuo.

1. Salmos 8:5*

2. Juan 14:12; 1 Corintios 11:1*

3. Mateo 18:19, 20 *

4. Hebreos 1:14*

5. Génesis 32:24-32; Josué 10:10, 11; Job 1:10; Salmos 5:12; Hechos 12:23; Efesios 4:30; Apocalipsis 7:3*

6. Filipenses 4:8, 9*

7. Juan 14:26; Juan 16:13-15*

8. Salmos 68:18; Efesios 4:7, 8; Santiago 1:17*

9. Lucas 21:14, 15; Efesios 4:29; Colosenses 3:16; Colosenses 4:6*

10. Lucas 8:43-48*

11. Romanos 12:17-21*

12. Salmos 103:20, 21; Santiago 4:17; 1 Juan 3:4*

13. Romanos 8:35-39; 1 Juan 4:8; Hebreos 12:25-29*

Si no entiendes lo que lees pide ayuda a un mentor con algo de conocimiento en el Libro Básico. Eleven sus ondas mientras estudian, para que sean más rápidos, más fuertes y lleguen más lejos. Recuerda que en Celestya le llamamos ondas a lo que en su mundo llaman oración.

8

El Prestado

Pradera adentro, lejos, muy lejos de los muros de nuestra ciudad, se encuentra el único lugar para verlos correr libremente. Es un espectáculo singular en su clase que logra cautivar y encantar a cada ciudadano, desde la primera vez. Definitivamente, nadie debe perderse tal impactante escena, que nos invita a pensar en la diversidad creadora de nuestras majestades, el rey Elhadon y su hijo Elhyon, el príncipe. La manada vista desde arriba, parece una gigantísima sabana blanca en movimiento sobre la inmensidad de la verde espesura. Son tranquilos en la soledad y se precipitan en desbocado tropel al menor movimiento ajeno al de ellos mismos. Los hipolux se desplazan a grandes velocidades por su espacioso y plano territorio. En su rápido movimiento tiembla la superficie, y con los dorados cascos de sus patas, hacen levantar

Hipolux

cantidades inmensas de polvo lumínico cuando se pierden en la distancia, de tal forma que parece ser que van montados en llamaradas de fuego.

Ellos son criaturas de cuatro largas y fuertes patas, las cuales le dan tal supersónica velocidad. Su cuello, fuerte y moderadamente alargado, termina en una elegante y hocicuda cabeza. Espesos mechones de luz van desde su frente, cayendo abundantemente sobre su cara, y bajan por la parte superior de sus orejas y cuello hasta donde este se une con la espalda. Estos hermosos hilos de luz van desde un vivo rizado a lacio brillantísimo. Los mechones vuelven a aparecer al final de su ancha y alargada espalda, esta vez más largos que los del cuello, tanto hasta tocar la superficie de la expansión inferior. Estas ecuestres criaturas son tan y tan fuertes, que en Celestya se usa su nombre como una medida de la capacidad para ejercer trabajo, o sea, hipolux de fuerza.

Los hipolux vinieron a la existencia hace millones de dispensaciones. Salieron de la parte izquierda de la Plataforma Creativa, por billones de billones, por la palabra de Elhadon. No hubo intervención de ningún rayo salido de sus manos. A diferencia de los simuladores, los hipolux son seres vivos, solo que no son criaturas pensantes, sino instintivas. Los seres pensantes y racionales son llamados a la existencia de la parte derecha de la Plataforma Creativa, y siempre con la voz de nuestro rey Elhadon y con un rayo de luz salido de las manos de Elhyon, el príncipe.

El primero de ellos en salir de la Plataforma Creativa fue el Prestado. Con un salto desbocado se paró sobre sus dos patas traseras. Abriendo su boca, tomó su primera inhalación de luz y lanzó un alargado sonido, el cual se convirtió en su llamado. Después de su impetuosa entrada, miró a su alrededor, en un reconocimiento del lugar, e instintivamente se acercó lenta y solemnemente al príncipe Elhyon. Alcanzando su objetivo, lo olfateó, y como en una especie de saludo, inclinó su cabeza y dobló hacia atrás su pata delantera ante el príncipe. Este, extendiendo su mano hacia el hermoso y tímido corcel, pronunció: «Invictux , Invictux es tu nombre y serás mi especial hipolux».

Desde su creación se mantienen juntos en manada; no son criaturas aladas mientras están sobre la superficie. Sin embargo, al caer en un vacío o desarrollar altas velocidades, les aparecen en sus costados dos amplias y decoradas alas color dorado. El Prestado da la orden de quietud, trote, galope y vuelo hipolux —el más rápido— con un llamado aspirado que sale de su boca. El sonido emitido es corto y sereno cuando el Prestado da la orden de detenerse a pastar

Invictux, el Prestado, emerge de la Plataforma Creativa

y a beber. Curiosamente, el llamado se vuelve agitado y alargado cuando este percibe compañía que él considera extraña. Y acto seguido salen, como disparados en perfecta formación, guardando equidistantes espacios entre ellos; se mueven como en una coordinada danza, sin chocar unos con otros.

La fuente de energía de estas interesantes criaturas es la corta y espesa luz verde que crece en la expansión inferior, a las afueras de Celestya. Los bellísimos corceles la comen muy seguidamente. Estos seres inferiores son usados por los profesores para complementar las actividades en los adiestramientos de batallas con los simuladores. El profesor Leomight sabe dónde se encuentran, y cuando los necesita, él lanza su rugido de llamado, al cual ellos responden rápidamente.

Son libres, ligeros y perfectamente blancos. En sus caras y en partes de su cuerpo pueden tener manchas plateadas; las mismas son naturales y parecen artísticamente diseñadas. Se mueven sincronizadamente al mando de su valiente y escurridizo líder, al que llamamos el Prestado. El Prestado, ya que parece ser que este hipolux, a diferencia de los demás, no es muy familiar con ningún habitante de nuestro planeta, a los que mira de reojo y guardando prudente distancia. Él se mueve fina y graciosamente, dando esquivos y briosos trotes ante los estudiantes. Su cola, elegantemente levantada como un arco preparado para el ataque. Su cabeza luce igualmente orgullosa, erguida para los alumnos, a quienes a toda costa evita.[1]*

El Prestado es amigable y familiar solo con el príncipe; encorva su cabeza solo ante él y la única mano que ha sentido sobre sus lomos y costados es la del príncipe. Jamás se deja acariciar por nadie que no sea de linaje real. Él nunca ha sido montado, y está reservado para una ocasión muy especial, para ser cabalgado solamente por el príncipe Elhyon. En Celestya llamamos a este misterioso evento: «El Gran Día de su Venida».[2]*

Esta vez abordamos una flota de carros Bullfort, nuestras naves, las cuales descendieron y descendieron hasta llegar a la pradera verde que está debajo de Celestya. Y es irrigada por las cuatro cataratas que descienden de cada esquina de Celestya. Una vez llegamos a nuestro destino y salimos de nuestras naves, Leomight y Bullfort comenzaron la clase dando algunas instrucciones de hipoluxtación .

—Muy bien mis estudiantes. Hoy deben usar su visión periférica para escoger correctamente su corcel alado. El jinete y su hipolux deben crear un

Invictux, el Prestado: jefe de la manada

lazo o conexión que les garantice victorias en las batallas. De uno de ustedes equivocarse en la selección, de seguro acabará tirado en la superficie y lleno de polvo lumínico en el camino. Los hipolux fueron creados con su jinete predestinado, la armonía en el uso de los recursos no es por suerte en Celestya; todo se escoge y se une en un perfecto balance antes de la creación de cada ser. Todo está provisto y previsto, aquí no hay lugar para el azar —nos comentó el profesor Leomight.

—Nosotros sabemos que cuando no escogemos los recursos idóneos, arrastraremos por algunos períodos, serios e incómodos atrasos en nuestras empresas y propósitos. Este efecto en nuestra ciudad se llama el efecto rechazo. Si el recurso no es el adecuado, siempre resultará en atrasos para el objetivo o meta a cumplirse. Y siempre acompañará al individuo un sentimiento de incómodo vacío o de que algo está incompleto. Por eso, es vital el uso correcto y la precisión en la habilidad de visión periférica en dicha selección y en todas las decisiones —continuó diciéndonos el fortachón Bullfort.[3]*

Esta destreza estaba por verse probada en los estudiantes en esta ocasión.

Nos continúo diciendo Leomight:

—Una vez estén montados en su hipolux, si hacen presión en el estribo izquierdo, el corcel reduce su velocidad; y si presionas el estribo derecho, pasará al súper rapidísimo vuelo hipolux. Les recomiendo mucha prudencia, ya que ustedes no son expertos. Si sueltan la brida, el corcel instintivamente continuará corriendo; y si la halan hacia atrás, se detendrá. Para dar la orden de que salude bajando la cabeza y doblando su pata derecha, deben dejar descansar su peso fotónico sobre el lado derecho de la espalda del hipolux. Si desean que se pare en las dos patas traseras, afinquen sus piernas contra sus costados, halen la brida hacia atrás, silben y él de seguro lo hará.

—Debemos ensayar esta tan espectacular forma de detenernos, de tal modo que podamos hacerlo todos a la vez, ya que el príncipe Elhyon quiere usarla en su tan esperado y muy mencionado «Gran Día de su Venida» o Parousía . Cuando él venga, nos detendremos abruptamente en un punto desconocido para nosotros, en lo que él mismo llama el espacio y el tiempo. Tenemos instrucciones de tocar la trompeta final y esperar, según se nos ha informado, a un grupo de guerreros que formarán parte de nuestro poderoso ejército. Ellos también portarán las armas de los Vencedores Guerreros, armas de luz directa —nos compartió Bullfort.

—No tenemos mucha información acerca de este evento, pero sabemos que incluirá millones de hipolux, y que debe estar sincronizado con el más alto orden y coordinado con el más perfecto balance; ya que según el príncipe, el grupo que se nos unirá es de la más pura clase sacerdotal y la más alta realeza, o sea, sus hermanos de sangre y carne. Estas dos palabras no las entendemos muy bien, pero ahí le vamos —concluyó Leomight mientras sonreía.

Cuando se nos enseñó esta verdad, nosotros tampoco entendimos lo que significaban estos conceptos, pero ahora ya sabemos la importancia que tienen para una especie que vivirá en el llamado sistema solar, los cuales se llamarán humanos. No vemos el momento en que podamos compartir con estos, tan dignos y amados seres, para escuchar sus grandes lecciones de vida y su profunda sabiduría.

Los estudiantes descubrimos que si deseas que los hipolux dejen escapar trompetillas y resoplidos, debes inclinarte sobre tu lado izquierdo. Esto lo hacen si alguien se cae de su hipolux por falta de práctica. Hacer esto es sano y divertido; no hay ninguna intención inversa en esta expresión de alegría. Es solo un momento en que adolecemos de madurez voluntariamente.

—Si acaricias tres veces la cabeza de tu hipolux con tu mano o con tu espada, esto activará la visión real del ejemplar, permitiéndole a este ver lo que el Reactor ve. Esto le da la capacidad de ver simuladores y otros seres que hayan pasado a modalidad invisible. Acerca de estas hermosas criaturas, le comparto que solo existe una prohibición, y es que nunca deben ser golpeadas o maltratadas, pues pueden milagrosamente recibir una facultad, que de seguro les dejará desconcertados. Pues aunque se les haga imposible creerlo, pudieran hablarte[4]* —apuntó Bullfort.

Después de sus consejos y advertencias, llegó el tan esperado momento de seleccionar nuestros hipolux.

—¿Quién de ustedes será el primero en intentar encontrar su hipolux? —preguntó Leomight.

—No todos a la vez y no se empujen en la fila —dijo Bullfort, al notar que nadie se aventuraba a ser el primero.

Para la sorpresa de todos, la voz de el pequeño y delicado Gabriel se escuchó por sobre el grupo de millones de estudiantes. Él se lanzó primero ante la atónita mirada de sus compañeros de clases y también de los profesores.

—¡Eso es Gabriel, danos un espectáculo! Seguro saltarás sobre el corcel y por cierto caerás vencido —gritó Luxipher.

Todos los alumnos formaron un alboroto de carcajadas al escuchar las palabras de Luxipher.

Leomight hizo la señal de silencio y contemplación; esto es, poniendo su dedo índice sobre el lado izquierdo de su sien. Todos obedecieron su orden y callaron. Gabriel simplemente se elevó un poco sobre la manada, asegurándose de pasar a modalidad invisible para evitar una estampida. Cerrando su campo visual, entiéndase que ya no podía ver nada. Gabriel se concentró en la blanca manada que pastaba en la gran alfombra de luz verde. De repente, después de pasar a modalidad visible, se acercó suavemente a un corcel, que estaba pastando lejos del grupo de estudiantes.

Se puso en frente del curioso ser que le olfateaba, e inclinándose un poco para no asustarle, Gabriel acarició suavemente su pecho, luego su cuello y crin de luz. El hipolux continuaba olfateándolo y lamiendo su mano, Gabriel lo permitía apacible. El pequeñín prosiguió tocando sus lomos y apoyándose sobre ellos, en un parpadeo lo montó. Para sorpresa de todos los presentes, unas elegantísimas bridas, sillas y estribos dorados surgieron de la nada sobre el hipolux. Todos estos aparejos tenían el nombre de Gabriel grabado en letras rojas. En ningún lugar del universo hemos visto unos tan vistosos. Todos los aparejos de los corceles simplemente aparecen, ya que nuestros recursos vienen con todo incluido. Esto es un avance sin igual en nuestra ciudad. En nuestro reino todo lo necesario siempre es provisto.

El blanquísimo corcel de Gabriel inclinó su cabeza mientras doblaba también su pata derecha, como dando un saludo de bienvenida a bordo a su pequeñín jinete. Sarah Eagle, que también vino con nosotros, sonrió, satisfecha de la mejora en los dones de visión periférica de Gabriel. Paso seguido, Bullfort le animó a dar su primer paseo por la expansión inferior de Celestya. Gabriel preguntó con una expresión de gran incertidumbre y total desconcierto:

—¿Cómo arranco esta cosa?

Leomight lanzó un rugido y el hipolux salió a galope por la verde sabana. Gabriel luchaba por mantenerse sobre la desbocada criatura que montaba. De

Gabriel monta su hipolux por primera vez

repente, se acercaban a toda velocidad a un vacío. Gabriel dejó escapar un grito cuando cayeron vertiginosamente por un profundo risco. El rostro de Gabriel se deshacía y se descomponía en miles de muecas. De repente y a poca distancia de impactar la superficie, brotaron sendas doradas y hermosas alas de los costados del hipolux, haciendo que se elevaran en rápido y gracioso vuelo. Todos reían al ver la comiquísima demostración de vuelo montado de Gabriel, que daba brincos y se movía de lado a lado, atrás y hacia adelante sobre la rapidísima criatura.

Miguel montó sobre el lomo de un corcel y fue lanzado impetuosamente a la superficie de la expansión inferior. De inmediato, se levantó, se sacudió las partículas de polvo lumínico de su vestidura y continuó buscando. Luxipher, no queriendo quedarse atrás, hizo lo mismo que su hermano gemelo Miguel. Luxipher, gracias a su grandiosa habilidad, se movía a velocidad increíble sobre los lomos de los hipolux, siendo catapultado por el aire por los corceles que le rechazaban. Con excelente habilidad, Luxipher aprovechaba la fuerza del empuje de los lomos de los hipolux, como una plataforma de lanzamiento, para hacer una pirueta en el aire y caer sobre otro lomo. Siempre que era lanzado, jamás, jamás tocaba el polvo lumínico del suelo. Siempre se las arreglaba para estar de pie. Los demás estudiantes se lanzaron en su búsqueda divertida de subir, caer, levantarse y acertar. No se percataban que no era cuestión de fuerzas ni de agilidad, sino de un recurso mayor: visión.

Algunos de los iluminados comandados por Luxipher trataron de montar al Prestado, o sea, Invictux, el hipolux reservado para el príncipe Elhyon. Este especial corcel dio muestras de su gran habilidad para correr, voltear, saltar y esquivar por tal de no ser tocado. Los alumnos fallaban en el intento con el Prestado, chocaban unos con otros, impactaban superficies sólidas, sus yugos Bullfort fracasaban en su propósito de capturarlo; simplemente fue inútil. No lo lograron. A la distancia se escuchaba la risa de Gabriel, tratando de controlar a la briosa criatura, que volaba cada vez más rápido e impredecible.

Sarah alertó a los aprendices diciendo:

—Activen su visión periférica. Solo así podremos acelerar el proceso y se harán más precisos en la selección de su hipolux.

Los estudiantes siguieron su instrucción y comenzaron a hacerse certeros, en el proceso de escoger el hipolux idóneo para cada uno. Varios de los muchachos lo consiguieron rápido, otros tardaron más. Era cuestión de tener la visión periférica ejercitada. Al final, todos montaban un hipolux y diligentemente trataban de mantenerse sobre él, evitando las superficies y los muros de piedra en la lejanía. Con el uso de la visión periférica el efecto rechazo llegó a su fin.

Una vez montas tu hipolux, el próximo paso es escoger un nombre para el alado corcel. Luxipher le llamó Megadynalux y Miguel escogió para el suyo Pyroneumalux . Al fin, el ejército ya estaba montado. Por primera vez en la historia de la clase seis de la Universidad de Celestya, se escuchó la risa de Elhadon, que apareció ante todos. Él no se rió cuando los estudiantes trataron de escoger el hipolux idóneo y fallaron. Tampoco cuando cayeron al polvo lumínico, ni siquiera cuando evitaban impactar algún muro de solidísima luz. Se alegró muchísimo cuando todos montaron y siguieron a una las instrucciones de Leomight y Bullfort, que los comandaban. La risa de Elhadon es tan suave como la luz libre y tan contagiosa, que al final todos rieron de un fortaleciente gozo.

A diferencia de los estudiantes, los profesores tenían corceles que no eran de esta manada, estaban más allá de la lejanía hipolux. Los corceles, al ver a los profesores acercarse, o al oír su llamado, corren veloces a su encuentro. Los colores de los hipolux de los profesores son: blanco para Leomight, rojo para Sarah Eagle, amarillo para Andrews Morphus y negro para Bullfort. Hasta donde sabemos, estos hipolux son acorazados o poderosas armas de destrucción masiva.

Nuestros profesores son excelentes jinetes sobre sus hipolux. En una ocasión, Sarah Eagle avanzaba a la delantera de cientos de simuladores que la perseguían. Los simuladores alcanzaron a la princesa águila con poderosos rayos desintegradores. Sarah fue convertida en miles y miles de partículas de luz sobre el hipolux. Estas partículas dejaron ver el hermoso depósito interior contenido en la profesora. Tesoro que puso ahí dentro el príncipe Elhyon mismo. Para la sorpresa de todos, con asombrosa rapidez, la princesa águila volvió a regenerarse, montando su rapidísimo corcel. Sarah evadía y avanzaba, siendo impactada nuevamente. Esto ocurrió una, dos, tres veces. Siempre que era alcanzada por un rayo, y era desintegrada, volvía a su estado original, apareciendo tratando de quedar sobre su corcel, y todos terminamos viéndola resurgir, cada vez victoriosa, montando su rápido ejemplar. Este evento se dio por siete veces en menos de un parpadeo. Sarah nos dice:

Sarah es alcanzada por rayos desintegradores

—Si siete veces te impactan, siete veces te levantas, así que sigue en la batalla. Muchas veces, en los momentos más difíciles es que podemos apreciar con más claridad el hermoso y carísimo tesoro interior, que colocó nuestro príncipe en cada uno de nosotros. Recuerden que las batallas son siempre para nuestro beneficio, para el favor de nuestro desarrollo y crecimiento. Con el fin de alcanzar propósitos mas grandes que nosotros mismos. Si ustedes lo permiten, estos impactos dejarán ver lo mejor del príncipe en ustedes, y cuando logren pasar esos períodos, se levantarán cada vez más poderosos. Así que, no abandonen sus hipolux, esas tan efectivas herramientas, y sigan luchando, mis valientes guerreros.[5]*

El profesor Bullfort es otro ejemplo de victoria sobre los hipolux. Una vez fue arrollado desde arriba por una cantidad inmensa de simuladores. Todos vimos su caída en picada, agobiado por el peso de las feroces máquinas. Su hipolux y él golpearon la superficie con estruendoso impacto. Los simuladores parecían sepultarle; su montura escapó oportunamente del aplastante castigo. Bullfort no tuvo tanta dicha. El poderoso profesor, que es en sí un bólido arrollador, había sido derribado. Algo captó la atención de los decepcionados estudiantes, era la débil voz de Bullfort que se escuchaba debajo de los simuladores. Esta se hacía cada vez más fuerte, y luego se oyó claramente cuando dijo:

—Puedo estar derribado pero no destruido, de modo que hay Bullfort para rato —esto decía, mientras levantaba con sus poderosos lomos y brazos, el peso de las numerosas máquinas.

—Él no permite sobre mis espaldas ninguna carga que yo no pueda soportar, sino que siempre él me da la salida de todo aprieto —gritó Bullfort, a la vez que se levantaba como un coloso, quitando los simuladores de encima de él con arrebatador empuje, y sonriendo como todo un vencedor.

Eran sorprendentes las proezas de nuestros profesores, que siempre nos decían: «Si creen, podrán hacer cosas mayores que estas, solo tienen que creerlo». Desde ese momento, entendimos que toda batalla que enfrentamos, nunca van más allá de nuestras fuerzas, sino que son a favor de nosotros mismos y en cumplimiento de mayores propósitos. Debemos entender que todo está ajustado a nuestras capacidades y habilidades. Y si fallamos en tener éxito se nos repetirá el proceso hasta que venzamos. Es duro escucharlo, pero es así. El vencer o ser derrotado en batalla, es una decisión que está siempre en nuestras manos antes de que comience el combate. Repito, la victoria o la derrota está en tus manos.[6]*

En ocasiones, los profesores montaban sus hipolux para enfrentar a los simuladores. Cuando eran demasiados y parecía que no avanzaban mucho, Leomight daba un rugido de llamado a los restantes hermanos cardinales. De cualquier lugar en que estuviesen estos combatiendo, se detenían y se dirigían a un solo punto de encuentro al llamado de Leomight. A gran velocidad convergían todos y chocaban entre sí, provocando un ensordecedor estruendo y un singular despliegue de luz que se expandía en forma de onda circular. Al terminar este efecto, siempre emerge la figura de un ser sin igual, con las características de los cuatro profesores. Este poderosísimo titán posee cuatro rostros en una sola cabeza; cada uno de ellos señala a uno de los puntos cardinales.

Su cuerpo, asombrosamente definido y ostentando una incomparable fortaleza, luce como un arma letal para los simuladores. Si este ser necesita usar la sagacidad de un león, la cara de Leomight está al frente; si los simuladores pasan a modalidad invisible, el rostro de Sarah Eagle comanda. Si el poder de arrastre y embestida es requerido, la cara de Bullfort se adelanta; y si el poder de imitación y exaltación es la necesidad del momento, Andrews Morphus va a la vanguardia. Según los profesores, este ser no se niega al liderazgo del rostro que lo dirige y siempre lo obedece. No importa quién sea el adalid, él lo reconoce y le obedece. El príncipe nos ha enseñado que este cuerpo formado por nuestros profesores, no se niega nunca a la mente; la mente piensa, el cuerpo obedece; la mente ordena y el cuerpo ejecuta; la mente da dirección y el cuerpo inmediata acción. Esta estrategia garantiza las victorias en el cien por ciento de las batallas, simplemente no tiene comparación. En Celestya conocemos a esta exitosa forma de trabajo en equipo, exactamente como el grito de llamado de Leomight a los restantes profesores, «Un solo Cuerpo».[7]*

En una de las batallas en que usamos nuestros corceles, Leomight introdujo una versión de simulador, hasta este momento desconocida para nosotros. Los profesores les llaman los Gigantes, y con mucha razón, ya que superan en estatura como siete veces al más grande de nosotros, el profesor Bullfort. Estos se paran a la distancia, haciendo una clara demostración de su agilidad, fuerza y poderosas armas. Los Gigantes tienen la capacidad de hablar, obviamente es una imitación de la voz nuestra ya grabada. Cuando lo hacen, retan a los estudiantes a combatirlos, garantizando derrota para los alumnos

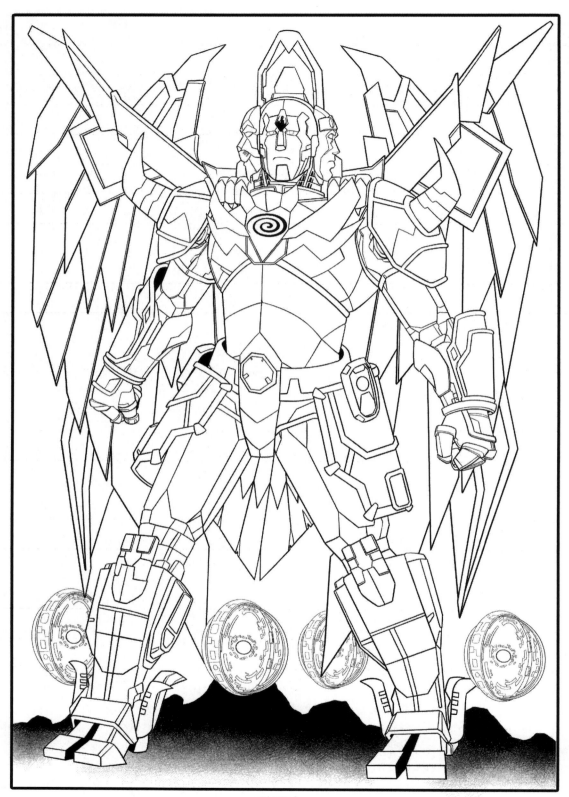

El Titán

El Titán de cuatro caras y un solo cuerpo

y victoria para ellos. Prometen en sus amenazas apresar para siempre a los que sean vencidos. Esta era la primera vez que los aprendices se enfrentaban a esta clase de simuladores. Los novicios debían combatirlos montados en sus hipolux. Los Gigantes harían lo mismo en sus poderosos hiposimuladores. Estos últimos tienen filosos dientes, poderosas garras en los cascos de sus patas y una cola compuesta por serpientes, que rota sobre su propio eje. Los Gigantes llamaron a la batalla con grandes gritos y desafiantes ademanes. Los estudiantes tomaron todos la actitud de Andrews Morphus, observar y reconocer, esta vez por un período demasiado prolongado como para ser aceptable.

El silencio fue roto por la voz de Gabriel, que montaba su hipolux, a quien llamó Leucotetrápolux. Para la sorpresa de todos, el pequeñín aceptó el reto del poderoso Gigante líder, el cual llamaba desde la línea de batalla. La única arma ofensiva de Gabriel es una pequeña tira de luz intermitente en su muñeca derecha. Esta tira es más larga que ancha, y Leomight, con la asistencia de Sarah Eagle, le había ayudado a utilizarla efectivamente pero en secreto y recientemente. De modo que ninguno de los estudiantes sabía cómo funcionaba esa tira, pues nunca la había utilizado en ningún combate previo al que estaba a punto de enfrentar.

La pequeña y delicada constitución de Gabriel, que despertaba poca admiración de los demás estudiantes, esta vez su osadía provocó las risas y gritos de carcajadas de sus compañeros. Todos le decían que dejara que sus hermanos atacaran primero, y que luego entrara él, una vez ellos acabaran con el Gigante líder y con los demás. Esta vez Gabriel no escuchó. Por lo contrario, habló a sus compañeros:

—Toda batalla tiene un principio y es poder ver el final. El final es que yo seré vencedor —dijo el pequeñín.

Luxipher dio un grito, para decir a su hermano:

—Llámanos cuando nos necesites pequeñín, iremos en tu ayuda. Y sabemos que será pronto.

—La ignorancia te ha convertido en un valiente atrevido Gabriel. No sabes lo que haces, pero cuenta con nosotros. Saldremos a tu favor —dijo Miguel, levantando su espada y escudo.

Sin perder un instante, avanzó con su corcel a la línea de batalla. El Gigante arrancó su hiposimulador a toda marcha para impactar a Gabriel y a

Un gigante desafía a los estudiantes

Leucotetrápolux. Ellos lo evadieron. Gabriel dio un fuerte tirón de su mano derecha hacia atrás, lo que provocó que la tira en su muñeca se soltara. Acto seguido, levantó su tira muy en alto y comenzó a rotarla rápidamente sobre su cabeza, apuntando hacia el poderoso simulador. El Gigante arrojó rayos lanza y una red de luz contra el dúo, quienes ágilmente evadieron la treta. Mientras Gabriel avanzaba, no dejaba de girar su tira; era preciso notar el control que mantenía sobre Leucotetrápolux. Era sorprendente cómo, en el medio de la batalla, cerraba sus ojos. Sin embargo, no parecía desorientado, todos sus movimientos estaban perfectamente coordinados.

—Vamos Gabriel, avanza, no vamos a estar aquí para siempre viéndote corretear de un lado para otro —dijo Apolión, uno de los Iluminados.

Todos los estudiantes explotaron en carcajadas con el comentario.

Sarah habló a la clase y dijo:

—Guarden silencio y observen cuidadosamente. Gabriel está usando la Visión Real y Periférica; está siendo dirigido. No es él, es el Reactor actuando en él. Esto es un ejemplo para todos nosotros, mis discípulos.

Esto era todo un espectáculo. En una mano la tira, en la otra la brida, manejando las dos con gracia y hermosura. A pesar de la rapidez con que se daba cada sencillo evento, no fallaba.

La tira aumentaba de tamaño mientras era girada sobre la cabeza de Gabriel, y se volvió de un color amarillo con una luz intermitente. La tira y la luz misma se hacían cada vez más grande y reluciente, como si contuvieran algo de tamaño colosal en su interior. Entonces nos dimos cuenta. Eran simplemente partículas lumínicas, siendo recogidas y solidificadas en el interior de su poderosa arma. Gabriel mantenía sus ojos cerrados, mientras giraba y giraba el contenido de la tira, cuando repentinamente soltó uno de sus extremos; una gran esfera de luz sólida salió como un relámpago en dirección al Gigante. El simulador recibió un inesperado y letal impacto en el pecho, exactamente donde está su centro de comando. El Gigante fue derribado. Los estudiantes se animaron y se unieron al combate, con una esclavizante victoria sobre los Gigantes, que resultaron pequeños bajo sus pies.

Los alumnos tomaron sobre sus hombros al pequeño, y todos a coro daban vítores a Gabriel. Gritaban a viva voz el nombre del pequeñín, como si una gran lección les hubiese sido enseñada por alguien que no pertenecía a la facultad

Gabriel y el gigante

de la Universidad de Celestya. Luxipher, al escuchar los gritos de alegría y felicitación, dijo a los iluminados:

—¿Por qué tanto alboroto por un simulador caído?

Mientras se preguntaba a sí mismo:

—¿Por qué me sentiré tan extraño con respecto a la victoria de Gabriel?

Luxipher se rezagó un poco del grupo y miraba sorprendido. Él no comprendió que en el caso de su hermanito y el simulador, Gabriel se había convertido en un gigante para sus compañeros. Aunque el pequeñín no pertenecía al grupo de los profesores, había mostrado la facultad de un inmenso valor, luchando contra todo lo que amenazara la libertad y pregonase la esclavitud. Realmente Gabriel estaba creciendo en gracia, sabiduría y liderazgo para con sus compañeros de clase. La algarabía aumentaba y todos los estudiantes se desmontaron de sus hipolux para continuar la celebración de la victoria. En ese mismo momento, se escuchó el llamado de retirada del Prestado, y todos los hipolux corrieron otra vez libres por la expansión inferior. Y la clase se dio por terminada.[8]*

Y la clase se dio por terminada

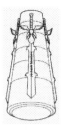

Visita al Salón Profundidad

De seguro te divertiste muchísimo con el curso de hipoluxtación, diseñado por los profesores para los estudiantes de la clase número seis de la Universidad de Celestya. Me imagino que tú, como Gabriel, querrás acertadamente escoger todos los recursos que te serán muy útiles en tu vida y ministerio. Pues empecemos desde ya con el que te guiará con toda verdad y certidumbre de fe, a no fallar en la selección de tan necesarias herramientas, tu Libro Básico. Ya es la hora 00:00 de comenzar a tomar buenas decisiones.

1. Lucas 19:29-38*

2. Apocalipsis 19:11-14*

3. 2 Corintios 9:8-15*

4. Números 22:21-35*

5. Proverbios 24:16; 2 Corintios 4:7-17*

6. 1 Corintios 10:13; 1 Juan 5:4, 5*

7. 1 Corintios 12:12-27; Efesios 4:3-6; Efesios 4:15, 16; 1 Corintios 2:16*

8. 1 Samuel 17:31-58; 1 Samuel 18:6-9*

Recuerda que si no entiendes lo que lees, pide ayuda a alguien con conocimiento en el Libro Básico. Eleven sus ondas mientras estudian para que sean más rápidos, más fuertes y lleguen más lejos.

9

El Salón de la Expresión Suprema

Inefable es la única palabra adecuada cuando se trata de describir toda la belleza del Salón de la Expresión Suprema. El solo atravesar el umbral de seguro te dejará sin aliento, como dicen en otros mundos. Ubicado al lado interior del palacio Crystalmer, es el lugar de asamblea general para nosotros. Cuando la voz séptima llama, todos nos reunimos allí, pasando a través de dos enormes puertas de zafiro, las cuales, elegantemente contrastan con el dorado intenso y blanco purísimo de las paredes. Cuatro poderosas bisagras doradas en forma de enredaderas hermosamente talladas, sostienen las facetadas piedras azules. Estas bellísimas puertas se corren hacia los lados, como una cortina cuando alguien se aproxima al umbral. Una vistosa alfombra azul

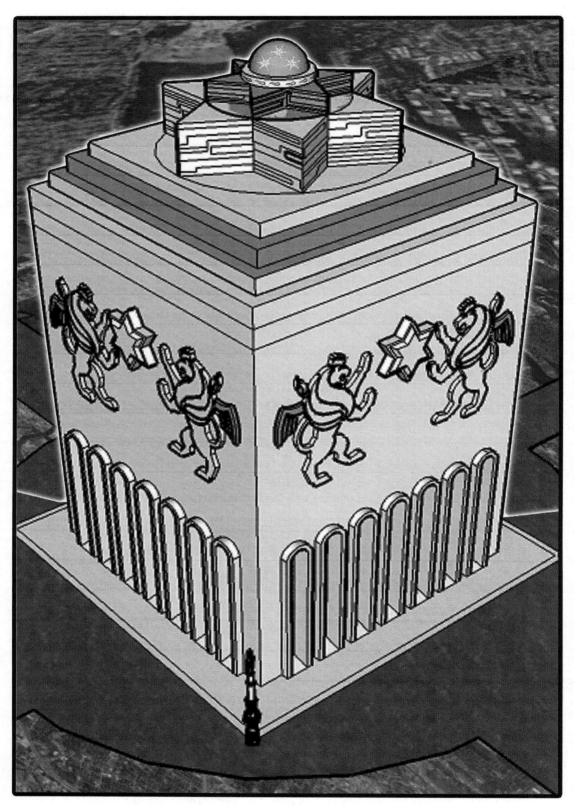

El Crystalmer, nuestro palacio, el centro del Universo

engalana el centro del recinto, desde la entrada hasta el mismísimo trono. Al progresar por el interior del Crystalmer, puedes observar todo su tan especial y significativo mobiliario.[1]*

Primero, verás un enorme cofre de aulux (oro) purísimo con cuatro cuernos señalando hacia el aquilón, el austro, el saliente y el poniente; con un hermoso enrejado como tapa superior. De su interior sale un fuego aromático que jamás se extingue.[2]* Prosigue una hermosa y majestuosa fuente de luz líquida, sostenida por las manos levantadas de lo que parecen ser doce réplicas del profesor Bullfort. La luz acuosa que brota de esta fuente puede ser tocada, y fluye salpicando a todos los que pasan por su lado. En esa vibrante y pulsante fuente se puede ver reflejado todo lo que se acerque. Es como si su luz estuviese construida por un clarísimo espejo. La luz líquida ahí contenida se levanta y forma tu figura sin necesitar la brisa que hay en las afueras de la ciudad. De seguro te verás tal cual eres en tu apariencia exterior y ser interior. También puedes leer mensajes para que mejores tu intelecto, personalidad y temperamento. Sorpresivamente, estos mensajes solo pueden ser vistos y leídos por el individuo al que se les dirige.[3]* Miguel, Luxipher y Gabriel, siempre que tenían la oportunidad, metían sus manos allí para salpicarse con la luz fluyente de la fuente, pues es sumamente revitalizador el solo tocarla. Imagínate el beberla.

En una ocasión en que entramos al fastuoso salón, el agua de la fuente formó el reflejo de Luxipher y de Miguel, que estaban cerca de su perímetro. La fuente susurró al oído de Miguel:

—Prepárate para la inminente batalla. En ella usa todas tus armas de luz y prevalecerás.

Continuó con Luxipher, diciéndole quedamente:

—En la batalla crucial que te espera, usa todo lo que has aprendido, persiste en ello y vencerás. Solo puedes ser vencido por ti mismo. Vence con tu poder todo lo que es contrario al bien. Si decides bien, vencerás.

El próximo mensaje fue para Gabriel, que se acercaba al perímetro del efecto reflejo de la fuente. Su pequeño cuerpo fue replicado por la luz líquida y también recibió un mensaje de esta:

La monumental fuente del Crystalmer

—Tus convicciones son tu mayor poder contra las más potentes fuerzas. Mantente firme y los que piensan ser más poderosos que tú huirán de ti y jamás te dominarán —le compartió el agua de la fuente a Gabriel.

Continuando con la descripción del recinto, prosigue una hermosa mesa preparada, siempre lista, con un lugar para cada uno de nosotros. Los platos, cubiertos y las sillas con nuestros nombres delicadamente grabados, nos hacen sentir bienvenidos. ¿Puedes imaginarte el festín cada siete dispensaciones? Nunca faltan los manjares más selectos, preparados con las hojas del Acaluxcia. Los deliciosos platos son siempre provistos por Elhadon, y servidos delante de nosotros por el mismísimo príncipe. Todos los dorados platos de la mesa tienen un mensaje escrito en el fondo que dice: «Te propongo comunión, te propongo amistad y te propongo provisión».

En nuestra mesa existen millones de asientos que quedan vacíos. El príncipe nos ha informado que serán ocupados por un grupo de sacerdotes y reyes que vendrán a formar parte de nuestro ejército. Él desea con ansias el gran momento de tomar una cena muy especial, preparada exclusivamente para ellos.[4]*

Más adelante, unas siete luces flotan sin que nada las sostenga, levitan suavemente hacia arriba, abajo, al frente y atrás. La forma de cada luz varía por momentos, de flores a frutas y a llamas de fuego. Según nos dicen los profesores, esta pieza fue construida de luz; sin embargo, la luz fue objeto de múltiples impactos. Extrañamente, cada impacto añadía un toque de belleza y perfección a lo que parece ser un inmenso candelero.[5]* Prosigue un esbelto altar, más largo que ancho, que flota sobre la superficie. De él salen voces susurrantes que hablan en todos los idiomas de Celestya y otras lenguas desconocidas para nosotros. A este altar se le conoce como El Fragante y literalmente lo es, ya que de él sale un aroma tan embriagante que alegra al mismísimo Elhadon y al príncipe.

En ocasiones, nuestro rey pone su dedo índice en su sien izquierda —nuestra señal de silencio—, todos callamos y solo se escucha un sistema primitivo de comunicación que sale del altar. Parece ser que esta extraña pieza parlante es un gran transmisor telepático de otros mundos que trae pensamientos directamente a Elhadon. El príncipe les llama oraciones, y dice que este altar aromático es el lugar de encuentro de todos los seres del universo con él. Para nosotros suena extraño, pues no hemos visto a nadie que venga a

El altar Fragante, transmisor del rayo respuesta

visitarnos. Solo escuchamos las constantes voces en forma de susurros, que según se nos ha indicado, alimentan el perfume.[6*]

Las ondas que salen del altar, digo, oraciones, son consideradas un perfume único, sin igual, incomparable; y se nos enseña que este debe ser dedicado solo para el rey Elhadon y para el príncipe. Ellos dos son sumamente celosos con este perfume y no permiten cambio alguno en su receta. Cuando la exquisita fragancia llega a su expresión suprema, inunda todo el salón. De repente, se hace visible como un vapor que riega el trono. Al ocurrir esto, el rey asiente con su cabeza a la vez que extiende su brazo derecho hacia el altar transmisor. De su mano salen rayos brillantes que van en dirección al altar y de ahí hacia las afueras de nuestra ciudad Celestya, perdiéndose en la distancia. El rey Elhadon y nuestro príncipe Elhyon llaman a estos los rayos respuestas, y dicen que son para todos los seres del universo. Actualmente, este fenómeno de los rayos respuestas ocurre con mucha frecuencia.

Inmediatamente después, te topas con una alfombra de color púrpura con mosaicos dorados que atraviesa la alfombra azul. Esta alfombra está justamente frente al trono. La misma no puede ser atravesada por ningún ser, a menos que sea llamado por su nombre a realizar algún servicio. Solo los cuatro profesores, los veinticuatro ancianos del consejo y los de la clase serafín tienen permanencia después de la alfombra. Sin embargo, llama la atención ver lugares de ministerio que aún no han sido llenos. Miguel, Luxipher y Gabriel dicen que algún día uno de esos lugares de servicio será para ellos. Luxipher señala que él tendrá un lugar similar al del príncipe Elhyon.[7*]

Exactamente detrás de esta alfombra púrpura, y frente al trono del príncipe, flota un recipiente traslúcido, con siete sellos en su tapa. Además, tiene siete diamantes cortados en forma de ojos. Siete apéndices en forma de cuernos rodean su tapa, y en su interior, un aceite aromático especial se mueve y vibra con ondas poderosas. Su fragancia es tan real que atraviesa el frasco y se deja sentir en el recinto. Este perfume nunca ha sido usado por nadie, y se dice que está reservado para un ser único en su clase. Este ser es tres veces bendito. Se nos dice que es rey, profeta y sacerdote a la vez. Se nos ha comunicado que el recipiente será abierto y su contenido derramado sobre la cabeza de este misterioso ente. El rey Elhadon llama a este perfume sin igual: La Unción.

Unos pasos más allá de la alfombra se encuentra la joya de la corona del Crystalmer. La pieza por excelencia y la más detalladamente ornamentada dentro de este santuario: El trono del rey Elhadon. Comienza con siete escalinatas que conceden el acceso hacia él. Cada uno de ellos es una placa de zafiro con delicados ornamentos de un material dorado más brillante que ninguno en toda nuestra ciudad. Hermosas campanas resonantes, frutas y flores en movimiento, grabados en este sólido material engalanan y perfuman las azules placas. A los extremos, sendas figuras de seres muy parecidos al profesor Leomight, pero de cuatro patas, en plena posición de ataque. Sus poderosas fauces abiertas como para apresar, y sus dos patas delanteras, valientemente levantadas.[8]*

En este lugar se sienta el rey Elhadon y dentro de él se encuentran depositados tres elementos de vital importancia. Primero, la energía que alimenta todo el universo; segundo, la vara o cetro que rige todo lo creado; y tercero, las leyes que gobiernan todo lo que existe en el cosmos, tanto físico, espiritual y moral. Esta última ha sido escrita en las conciencias de todo ser vivo y pensante. De modo que podemos decir que alimento, cetro y ley siempre provienen del rey.

Después de las figuras parecidas a Leomight, hay una explanada del mismo material de los escalones, combinadas con losas de color dorado y un rojo brillantísimo. Específicamente, este es el lugar de servicio de Leomight. Detrás de la explanada el lugar de servicio de Bullfort, al lado derecho Andrews Morphus y al lado izquierdo Sarah Eagle. Cerca del trono, flota un biblographolux, o libro como se conoce en otros mundos. Sobre él levita una pluma muy parecida a las que forman las alas de la princesa águila. Esta pluma escribe con luz a gran velocidad. Según sabemos, este libro redacta las crónicas de Celestya y de todos los lugares del universo. El insaciable de las historias es capaz de reproducir lo ocurrido en todos los momentos de la eternidad. Él tiene la habilidad de mostrar ante todos una imagen que puedes ver, oler, gustar, escuchar y hasta tocar; de los eventos acontecidos.

Su tecnología es tan avanzada, que nos permite incluso penetrar en la escena y ver los hechos desde todos los ángulos posibles. Así tenemos la oportunidad de vernos, mientras batallamos con simuladores o trabajamos con señuelos. A la vez que podemos corregir nuestras destrezas con esta tan eficiente herramienta; con él es imposible que se falle al emitir un juicio. Las lecturas tomadas en el biblographolux guardan y captan cada emoción, intención, pensamiento y propósitos de las acciones y actos de los involucrados en la escena. No hay modo de que algo se escape, no hay lugar a verdades inversas o consejos fallidos con esta tecnología que va más allá de la vanguardia. Este libro siempre es usado para decidir qué curso de acción tomar en algunos momentos, y también se nos ha informado que es el arcano o registro del juicio perfecto que un día será abierto. Se nos ha dicho que un juicio aquí es una decisión basada en la verdad y con todas las de la luz. Todos en Celestya conocemos a este biblographolux como el Escribano.[9]*

En una ocasión en que los estudiantes no lograron vencer unos simuladores Scorpia, y discutían entre sí las causas de la derrota, los profesores sugirieron el uso del Escribano. Debían reconstruir la escena de lo ocurrido para realizar mejoras continuas en combates futuros. Una vez ante el curioso libro, el Escribano comenzó diciéndoles:

—¡Bienvenidos! Ahora podrán hacer un juicio basado en hechos y no en apariencias. Díganme cuál es la pregunta que los ha traído ante mí.

—Fuimos vencidos por simuladores Scorpia cuando ya estábamos a punto de obtener la victoria. Llévanos a ese momento en que no fuimos exitosos —dijo Miguel con mucha presteza.

—¡Hecho es! —dijo el Escribano a los estudiantes.

Inmediatamente, el Escribano recreó la escena unas tres veces delante de los ojos de ellos. Los estudiantes le pedían pausar, rebobinar y moverse hacia el frente, para estudiar detalladamente la escena. Aún así, los muchachos no pudieron dar con la causa de su fallido desempeño.

Sorpresivamente, el Escribano se levantó un poco más alto del lugar donde flota sin ser sostenido, y se hizo más grande. Extendió sus páginas hacia los lados, obligando a los estudiantes a replegarse. De repente, se posó sobre el piso como una gran alfombra. Después, la pluma que escribe a gran velocidad sobre él, se detuvo frente a los sorprendidos alumnos, y simulando ser un dedo, los invitó a acercarse. El Escribano, hablando a los estudiantes, les dijo:

—Párense sobre mí y penetren en las páginas de la historia.

Los alumnos subieron sobre las inmensas páginas del libro y desaparecieron de la vista de todos en el palacio el Crystalmer. Allí dentro pudieron observar todo lo ocurrido nuevamente. Se vieron en la batalla contra los Scorpia. Los estudiantes fueron vencidos cuando estaban cerca de obtener la victoria. Era preciso estar dentro para poder escuchar la música del momento, el olor de la pradera y de los Acaluxcia cercanos. Cada estudiante

El Escribano

podía revivir las emanaciones de rayos de cada arma de un lado para otro, y sentir los ásperos y filosos encuentros con los Scorpia. Con el Escribano se hace patente el dicho de que recordar es vivir.

La razón de la derrota frente a los simuladores fue descubierta esta vez. Un mensaje pidiendo refuerzos aparentemente no fue atendido inmediatamente por Luxipher y los iluminados, sus fieles aliados.

—Pero, ¿por qué no respondieron al llamado inmediatamente y se retrasaron a responder el mensaje? —se preguntó muy consternado Miguel—. Todos aquí en Celestya sabemos que cada momento es vital y que debemos responder rápido, ya que esto hace la diferencia entre la victoria y la derrota.

En nuestra ciudad hay un dicho común: «Las órdenes y los llamados no se razonan, se obedecen». Recuerden, el llamado se obedece y debe ser respondido.

En el interior del Escribano, pudimos percatarnos de unas nubes blancas y ráfagas de luces que salían de las cabezas de todos los participantes de la historia.

—¿Qué son esas emanaciones sobre las cabezas de los participantes de la escena? —preguntó Gabriel.

El Escribano contestó:

—Esto que ves son los pensamientos, propósitos e intenciones que acompañan a cada acción. Sin embargo, solo el rey Elhadon y el príncipe Elhyon los pueden entender; es un privilegio único de ellos.

Todos sabemos que inmediatamente después de esa fallida batalla, Luxipher y los iluminados fueron llamados por la voz séptima a una larga audiencia ante el trono, de la cual salieron muy serios e igual de callados. Ahora todos sabemos la razón.

Continuando con la descripción del recinto sagrado, en el centro del Crystalmer, flotando sobre esta explanada, se aprecia lo que parece ser una brillantísima silla dorada. Esta, luce como una hermosa caja o cofre de aulux (oro) recamada, de piedras preciosas y telas rojas, que contiene en el centro lo que parece ser una magistral y sumamente facetada piedra verde. En el interior de la piedra un ser espectacularmente único, indescriptible, inefable,

Dentro del Escribano recordar es vivir

nuestro rey el majestuoso, el grande, Elhadon, y a su lado el también glorioso e inseparable hijo, el príncipe Elhyon.[10]*

Debajo del trono, y girando a gran velocidad, dos palabras: justicia y juicio. De ahí mismo sale un río de luz que fluye hacia el frente y se desvía a los lados al chocar con el muro invisible de misericordia y verdad, formando dos corrientes que riegan toda Celestya. Este río mantiene vivo cada Acaluxcia o árbol de vida. El río sale y toca cada planta, arbusto y flor; llegando en forma de cascadas hasta el territorio de los hipolux, debajo de nuestra ciudad.

A la derecha y a la izquierda del trono, las sillas de los veinticuatro ancianos del consejo. Ellos son los que demarcan los períodos de la eternidad y de todos los planetas del universo. Sobre la cabeza del rey, arden de amor hacia él los de la clase serafín. Son ellos millones de millones, y no cesan de proclamar que Elhadon es digno, digno, digno. Los de la clase serafín son de avanzado conocimiento, indomable fuerza, pero de un amoroso y humilde servicio. Son tan humildes que su mayor gloria es pasar por desapercibidos o sin ser vistos. Siempre que revolotean sobre el trono, cubren sus caras con dos alas que salen de sus orejas, vuelan con dos alas que salen de sus espaldas y cubren sus pies con dos alas que salen de sus tobillos. Cuando los serafines descienden a la superficie de Celestya, lo que rara vez ocurre, las dos alas de su cabeza se convierten como orejas y las alas de sus tobillos desaparecen. Curiosamente, cuando tocan el suelo, parecen los seres más jóvenes de nuestra ciudad.

En las asambleas de expresión suprema, son estos seres los que junto a nuestros cuatro profesores, comienzan a cantar la canción de amor al más grande de todos nosotros. Cuando esto acontece, todos nos unimos y cantamos con fervor a nuestro padre, Elhadon. Es una gran celebración de alegría y desbordamiento de regocijo. Entonces, los ciudadanos que dominan el arte de la música tocan sus instrumentos: los de cuerdas, viento, percusión y luz. Sí, luz, la cual se descompone también en siete notas musicales. Aquí existen espectros de rayos de luz invisible para los ojos de otras especies, al igual que los sonidos que emite la luz al pasar, los cuales a algunas especies le son vedados. Para otros tampoco le es posible experimentar la sensación de poder tocar y atrapar la luz. No es así para nosotros, que podemos producir encantadora música con la luz; la misma deleita a Elhadon y a Elhyon.

Los seres más antiguos quisieron regalar estas notas contenidas en luz a nuestros gobernantes, para que siempre tuvieran música en su trono. Tomaron

Bullfort dialoga con serafines

las siete notas y las plasmaron en el respaldo del trono, formando un hermoso arco de colores. Este manifiesta siete coloridas luces y se parece al arco de guerra en la mano de Sarah Eagle, pero sin sus flechas. Por eso le llamaron arco de paz. Aquí, desde períodos inmemorables, los ciudadanos juran fidelidad a Elhadon, doblando sus rodillas y confesando al príncipe como único señor. También juran humildad y paz para con sus compañeros, regando los pies de siete seres menos poderosos que ellos, con la luz que fluye de la hermosa fuente. Este es el pacto de servicio. Así juramos un pacto de no acción ni agresión contra nuestros hermanos. Por eso, el arco colorido siempre nos recuerda la paz y la humildad como el mejor regalo al rey, al príncipe y a nuestros semejantes. Este pacto lo conocemos como Diadsékelux. Este es voluntario, sincero, armonioso y garantiza la paz, seguridad, comunión, orden y el perfecto balance en nuestra ciudad.

Volviendo a la canción y a la música en el salón, estas van *in crescendo* y todos nos llenamos de una emanación que viene de nuestro rey. Llega el momento en que ya no la podemos contener en nuestro interior. Es un instante de éxtasis, donde pasamos involuntariamente a modalidad fuego y en ocasiones a modalidad viento. En esos instantes Elhadon nos llama, mis ministros son viento y fuego.

Si llegaras a presenciar este espectáculo, desde arriba solo verás un enorme mar de fuego que rodea al Gran Trono Blanco. Sin embargo, somos solo los celestes, entregados en una manifestación de ardiente amor al rey y al príncipe.

Reunidos alrededor del trono, los veinticuatro ancianos dan la orden de coronas arrojadas. En ese momento, las únicas coronas o diademas que prevalecen sobre las cabezas, son las del rey Elhadon y el príncipe Elhyon. Acto seguido, los veinticuatro ancianos del consejo, se postran con la cabeza y rostro en la superficie de la gran explanada del trono. Todos somos movidos desde nuestro interior a hacer lo mismo. Ese es un momento de total entrega, donde se olvidan los rangos, las fuerzas, las limitaciones, los poderes y las clases. Todos estamos a la misma altura, al nivel de la superficie físicamente, pero al más alto y elevado grado de gloria cuando nos humillamos ante ellos. Es como si estuviésemos montados en un carro Bullfort; todo está emparejado. Es curioso que cuando mostramos amor supremo, olvidamos las diferencias entre nosotros. Deberíamos siempre vivir en este acto de igualdad.[11]*

En ocasiones, y como un evento especial de suma humildad de parte del profesor más popular de la Universidad de Celestya, Bullfort, sale de detrás del trono. Acto seguido, se arrodilla frente a Elhadon y su tamaño va aumentando, haciéndose más grande y más fuerte. Sus alas se expanden majestuosas a la derecha y a la izquierda, mientras que de la gran esmeralda del trono sale el rey Elhadon y se monta sobre los lomos de Bullfort. Inmediatamente, silla y estribos de oro aparecen en él. Sorprendentemente, de su nariz sale lo que parece ser un rebuscado anillo de aulux (oro), con dos bridas que tienen grabadas dos palabras: vida y voluntad. Bullfort las toma y las entrega en las manos del rey. Cuando Elhadon las sujeta, nuestro profesor se eleva suavemente y emprende vuelo, con el rey como su pasajero.

Único en fuerza entre la facultad, como lo es el cuerpo lumínico de Bullfort, se convierte en ese sublime momento en una hermosa carroza rojiza en pura llama de fuego, que es como si el viento por sí solo estuviera remontando al que vuela sobre las alas de un querubín. Sarah Eagle hace lo mismo con el príncipe Elhyon, convirtiéndose en una blanquísima nube, que despide poderosos rayos. Desde abajo saludamos, mientras nuestro padre y nuestro príncipe nos bendicen, como un dueto a perfección de voz amorosa y tierna, llamándonos sus hijos. ¡Qué inofensivos e indefensos parecen en esos momentos, mientras nos hablan y saludan con ternura! Pero cuidado, porque los hemos visto levantarse como poderosos gigantes en defensa de los que les aman.[12]*

En esos instantes, la interpretación de cuatro mil instrumentos de cuerdas, cuatro mil de percusión, cuatro mil de viento y cuatro mil de luz van en perfecta armonía, mientras Bullfort y la princesa águila pasean en sus cuerpos lumínicos, ofrecidos como vivos altares a nuestras majestades. Todos guardamos un agradable silencio y solo se escucha el movimiento de la luz por todo el salón. Nadie quiere cambiar ese momento. Llega un instante en que las palabras no caben; ya no hacen falta cuando entramos a este nivel. Es el nivel del espíritu, y en ese momento nos quedamos absortos, sin habla. De seguro que no existe otro lugar donde se sienta tan profunda armonía y tan sublime paz, que la que se siente frente al trono de Celestya, el de Elhadon. Él mismo afirma que cada ser en el universo puede estar aquí cuando quiera, solo debe expresar su amor por él y llegará de inmediato al centro de todo. Nosotros aquí en Celestya estamos seguros de esto.

Después de ese período de la más elevada armonía entre nosotros mismos y nuestras majestades, vamos a la parte de estar atentos y escuchar noticias y planes futuros. El de aquella ocasión fue un anuncio muy significativo para la clase seis de Logos, la Universidad de Celestya. Donde ciento cuarenta y cuatro mil millones de estudiantes se graduarían y comenzarían a brindar servicio en período completo en sus lugares de ministerio. El momento sería anunciado por Elhadon, que ya devuelto a su trono por el reverente Bullfort, se dirigió a los millones y millones de presentes.

Poniéndose de pies, nuestro rey tomó la palabra y dijo:

—En siete cortas dispensaciones comenzaremos la celebración de la tan esperada graduación de la clase número seis de Logos, la Universidad de Celestya. En esa tan lucida ocasión anunciaremos los lugares de ministerio de cada uno de los graduandos.

Todos aplaudieron, gritaron y silbaron de alegría, porque había llegado el momento del escogido. Este es el proceso de asignar un lugar de ministerio o el escogido. Es decisión del príncipe y es el lugar de servicio de cada estudiante y su morada eterna. Miguel, Luxipher y Gabriel estaban llenos de regocijo y de expectación por enterarse del misterioso lugar eterno.

—¡Ya verán! —dijo Luxipher—. Estén pendientes a la sorpresa que daré a todos. Seré llamado a un lugar privilegiado de servicio. ¡Ya todos verán!

«Seré llamado a un lugar privilegiado de servicio. ¡Ya todos verán!»

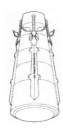

Visita al Salón Profundidad

De seguro quedaste extasiado con la suntuosidad del Salón de la Expresión Suprema. Deberías tener tú un lugar así para encontrarte con el rey. Y de seguro que lo tienes, ya que tu interior es el lugar perfecto para que le digas al rey y al príncipe cuánto les amas. Ya que sacaste este momento para ellos, entonces vamos a separar la ficción de la verdad, pues llegó la hora 00:00 de buscar tu Libro Básico y emprender manos a la obra.

1. Éxodo 26:36, 37; Juan 10:9*

2. Éxodo 27:1-8; Hebreos 13:10-16*

3. Éxodo 30:17-21; 1 Reyes 7:23-33; Juan 7:37-39*

4. Éxodo 25:23-30; Juan 6:35; Juan 6:51-58; Mateo 26:26-29*

5. Éxodo 25:31-40; Juan 8:12*

6. Éxodo 30:1-10; Levítico 10:1, 2; 2 Corintios 2:14-16; Apocalipsis 8:3-5*

7. Éxodo 26:31-35; Éxodo 36:35, 36; Mateo 27:51; Hebreos 9:7-15; Hebreos 10:19-22*

8. Éxodo 30:22-33; 1 Reyes 10:18-20; Hebreos 9:3-5*

9. Apocalipsis 20:11-15*

10. Éxodo 24:9-11; Ezequiel 1:26-28; Apocalipsis 4:1-4*

11. Juan 13:3-15; Salmos 104:4; Isaías 6:2, 3; Apocalipsis 4:9-11*

12. Salmos 18:10; Salmos 99:1; Salmos 104:3, 4*

Si no entiendes lo que lees, pide ayuda a un mentor con algo de conocimiento en el Libro Básico. Eleven sus ondas mientras estudian para que sean más rápidos, más fuertes y lleguen más lejos.

10

Invasión al Salón del Balance Universal

Todo esfuerzo tiene sus recompensas. Hay un período de siembra, otro de cosechar los frutos, y el tan esperado momento de saborear el triunfo había llegado. Ya no más clases con simuladores, no más batallas, no más tareas; ahora a darnos la gran vida. El Crystalmer fue el salón seleccionado para esta tan especial ocasión. El grandioso evento único y distinguido: la graduación de una de las clases de la Universidad de Celestya. El recinto había sido pomposamente decorado para esta, nuestra gran ceremonia de iniciación como ciudadanos. La inmensa y elevada cúpula irradiaba un azul profundo, con miles de miles de puntos de luz de diferentes tamaños que titilaban a la distancia. De vez en cuando, uno de esos pequeños puntos lumínicos se movía de su posición a gran velocidad, cayendo como un rayito escapado a toda prisa. Se desplazaban de forma tal que no teníamos oportunidad de avisarle al compañero más cercano para que pudiera apreciar el fugaz momento.

En el centro de este inmenso lienzo azul oscuro, acabado de puntos brillantes, flotaba una esfera de un color amarillo pálido. Una especie de sombra de un vapor espeso y oscuro pasaba frente a ella, ocultándola. Este hermoso plato luminoso lucía casi tan hermoso como Sara Eagle, pero se movía muy lentamente. Cuando la esfera se ocultaba detrás del vapor y aparecía nuevamente, sus dimensiones y formas eran diferentes. De repente lucía plena, luego a mitad de su tamaño total y después pequeña, creciente y en otras menguante. Singular espectáculo que jamás habíamos apreciado, y eso era solo la cúpula del Crystalmer. Cada pared estaba arreglada con las figuras de seres parecidos a los cuatro profesores, y entre ellas los Acaluxcia, todos tallados en dorado finísimo; realmente una obra primorosa. Las sillas de un material sólido brillantísimo, como el cristal recamado con una luz textil azul real, tenían detalles de piedras preciosas de color rojo. En el espaldar de cada silla un biblografolux contenía el programa de la actividad. Se leía claramente en lenguaje celeste: «Bienvenidos Graduación Clase Celestya Número Seis».

Todos pasamos por el centro de la alfombra azul, que a su lado tenía potentes luces, que en ese momento se nos dijo se llaman reflectores. La decoradísima alfombra también tenía efecto de viento, y un perfume aromático era expelido en forma invisible. Por todo el camino, y flotando sobre la nada, treinta y seis hermosas lámparas en forma de flores que se nos dijo simbolizaban los tres períodos de estudio en la Universidad de Celestya. Doce por cada período de clases. El techo dejaba caer pétalos lumínicos y luzfetti sobre nosotros los agasajados, estos desaparecían una vez tocaban nuestros atuendos o cabezas. Era la primera vez que veíamos luces tan potentes. Estas nos seguían por todo el camino, dibujando un círculo de luz en el suelo, donde pudimos apreciar por primera vez lo que se nos dijo era nuestra sombra.

Sentados en las incontables gradas y saludando, silbando y batiendo banderines de bienvenida, estaban las cinco clases ya graduadas. Estos son una gran nube de testigos que tuvieron experiencias similares a las nuestras, fueron un gran ejemplo y en ese momento disfrutaban junto a nosotros con gran regocijo. Al final del pasillo, frente al trono, tuvimos que fijar los ojos en nuestro príncipe, que lucía un atuendo vistosamente exquisito.[1]*

La esfera o plato luminoso de color amarillo pálido en el domo del Crystalmer

Una vez sentados, pudimos notar en detalle las figuras de los leones en los siete escalones que conducen al trono. Estos cobraron movimiento al saludo de bienvenida de Leomight, aletearon, rugieron y se pararon en posición de ataque, para luego recostarse en posición de reposo, pero vigilantes. En ese instante nos enteramos de que eran simuladores guardianes. En el ala izquierda del trono, Bullfort, y Sarah Eagle en el ala derecha; Leomitht y Andrews Morphus cada uno parado al lado de su estandarte.

El estandarte Bullfort, de fondo rojo con dos bullforinos en el lazo Somos Uno, y una canasta de los frutos del Acaluxcia y espigas doradas siendo cargadas por ellos. Todo esto rodeado por una muy bien afilada hoz plateada. El de Sarah, de fondo azul con un águila amarilla de dos cabezas mirando en direcciones opuestas, y un gran ojo azul en su pecho, en sus garras flechas y vistosas flores.

El estandarte Leomight, de fondo blanco con dos franjas azules que lo atraviesan en forma horizontal en sus bordes, y en el centro un león alado acostado sobre una corona, y sobre el león un domo como el que está sobre la casa de nuestras majestades. Sobre el domo, una inscripción que reza: Judá Leo. El estandarte de Andrews Morphus, de fondo blanco con dos franjas rojas que le cruzan intersecándose en el centro. En ese punto de encuentro, una espada que parece ser construida con el material de un Acaluxcia atravesando a un simulador Áspid por la cabeza. Sobre la espada, una corona hecha de las hojas del Acaluxcia con aguijones de simulador Scorpia; alrededor de los aguijones hay rubíes de un rojo intenso.

Esta vez, los profesores lucían largas capas del color de sus estandartes y coronas sobre sus cabezas. Estas capas tenían por todo el borde unos arreglos a manera de ojos que se movían hacia arriba, abajo y a los lados; como si observaran algo con detenimiento. Las coronas que portaban para la tan especial ocasión eran muy llamativas. La de Bullfort aparentaba ser una enramada silvestre, rodeada de doce espigas doradas cargadas de grano maduro alrededor de su cabeza. La corona de Sarah Eagle tenía dos águilas doradas atadas en un yugo Bullfort, sosteniendo flechas de un hermoso color rubí que subían, haciendo una delicada formación sobre su cabeza; las colas de las águilas caían hacia atrás, formando un regio brocado de luz. Leomight, con una tiara dorada de una piel blanca moteada como base, y sobre ella algo parecido a nuestra ciudad, con doce perlas azules y doce orificios que destellaban luz. Sobre los bordes de esta corona había doce pequeñas garras que adornaban la cabeza del profesor.

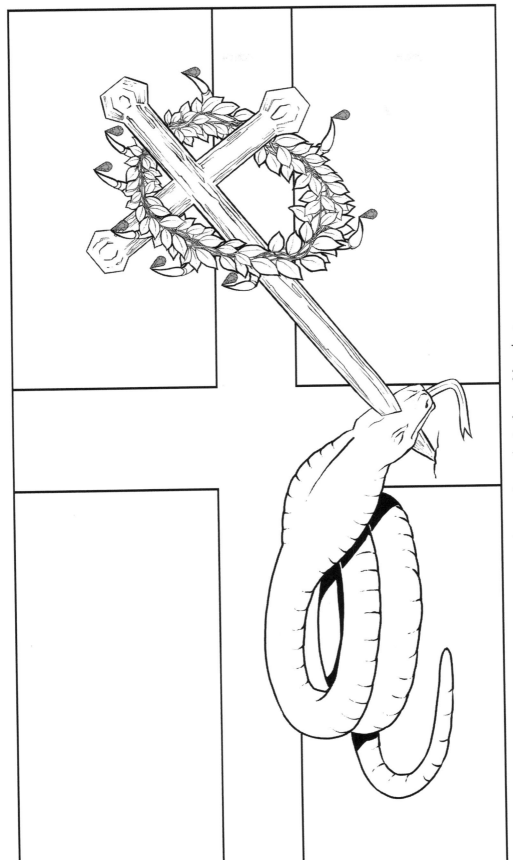

El estandarte de Andrews Morphus

La corona de Andrews Morphus: alrededor de su cabeza una tiara de lo que parece ser el material del Acaluxcia, tres ramas arregladas como un cordón de tres dobleces. De ahí salen doce preciosas formaciones, simulando hojas de este mismo árbol. De la base de la tiara salen doce, de lo que parecen ser aguijones de simulador Scorpia, cada uno con un rubí que flota sobre estos filosos apéndices. Según se nos informó, estas coronas les fueron puestas en sus cabezas por nuestro príncipe y tienen un significado muy especial.

De repente, se escuchó un coro de voces en una armonía sin igual. Eran las clases graduadas, o sea, los ciudadanos de nuestra morada, que comenzaron a entonar un hermoso cántico de felicitación, a los nuevos miembros de las nuevas huestes de nuestra ciudad planeta. Los instrumentos de música les acompañaron luego con un perfecto arreglo musical, mientras nuestro rey y el príncipe asentían, movían sus pies rítmicamente y daban palmaditas en los porta brazos de sus tronos, en respuesta a tan bella interpretación.

¡Cuánta emoción, euforia y supremo gozo fue el disfrutar aquel momento! Todos estábamos maravillados de tanta hermosura, orden y balance. Todos menos Luxipher, que se ofuscaba de vez en cuando para mirar hacia la salida y continuamente estaba haciendo desconocidas señales a sus compañeros los iluminados. Después de la canción comenzó el desfile hacia el trono, esto es un llamado público y un nombramiento para los ministerios o lugares de responsabilidad asignado a cada estudiante. Comenzaron con la clase serafín, luego la clase querubín.

Luxipher fue el primero de los tres hermanos en ser llamado ante Elhadon, nuestro rey; este lugar es llamado el paraíso. Por arriba lo cubría una especial gloria roja centelleante y por debajo carbones de fuego. El príncipe Elhyon guardó silencio por unos instantes. Luego, mirando directamente al estudiante más sobresaliente de la sexta generación de Celestya, le dijo:

—Luxipher, ven, sube al trono. Te presento ante mi padre, el rey Elhadon de Celestya, y ante todos los presentes. Es para mí un gran honor nombrarte Gran Protector del trono y miembro de la facultad de profesores de Celestya. Ven y sé uno e igual a los Hermanos Cardinales.

En ese momento Luxipher dobló su rodilla en reverencia al príncipe. Elhyon a su vez, le tomó de las manos y le ayudó a ponerse de pie. Luego, besó su frente y mirándole tiernamente le dijo:

—Bienvenido amigo.

«Luxipher, ven, sube al trono; te presento a mi padre, el Rey Elhadon»

Leomight lucía sumamente complacido de que uno de sus estudiantes favoritos hubiera alcanzado ese honor. Todos en el Crystalmer aplaudieron por largo rato, todos menos Andrews Morphus, que fue comedido en su felicitación. En ese preciso momento Luxipher pasó al lado de los profesores de Celestya y fue nombrado con toda dignidad y el más alto honor, miembro de la selecta facultad.

Miguel fue llamado al trono inmediatamente después que su hermano. El príncipe Elhyon lo presentó ante su padre Elhadon y ante todos diciendo:

—Miguel, disciplinado y poderoso guerrero de Celestya, te nombro comandante en jefe de nuestros ejércitos. Los Vencedores Guerreros y otros hábiles luchadores, se unirán a ti y escucharán tus instrucciones en la batalla y tu llamado a la guerra.

 Un estruendoso aplauso y una ovación de pie de todos en el Crystalmer se precipitó cuando Miguel dobló sus dos rodillas ante Elhadon, y ante el príncipe Elhyon extendió sus manos hacia ellos, inclinando su cabeza dijo a Elhyon con voz de trompeta:

—Dedico a ti mis principales alas, las cuales son mi vida y mi voluntad, combatiendo contra todo lo que se te oponga. Hasta mi último pulsar de luz lucharé por ti y para ti. Para el príncipe, con el príncipe y por el príncipe de Celestya.

Esto dijo, renovando así su pacto de paz y de luz, frente al arco de colores que está en el trono. Luego, Miguel inclinó su cuerpo lumínico, puso sus dos poderosísimas alas en las manos del príncipe, quien las sujetó por unos instantes y le dijo:

—Comandante Miguel, recibirás órdenes del trono de Celestya, de donde provienen el verdadero poder y la legítima autoridad. Fortalecido con esta tu fuerza te levantarás siempre más que vencedor. Y a todos los que se unan al ejercito de la luz en todo lugar, les concederé que reciban tus armas y tu armadura para que se mantengan siempre firmes y adelante. Ellos también victoriosamente portarán: yelmo, coraza, cinturón, calzado especial para la batalla, un escudo de poder y una espada, la espada de luz y fuego.

Un suave y delicado rayo azul salido de la cabeza del príncipe, tocó la frente de Miguel; desde ese mismo instante el rayo azul permanece desde el trono hasta la cabeza del que se le llama arcángel. Millones de los más poderosos ciudadanos de las clases ya graduadas se anexaron al ejército de Miguel, y puestos de pie homenajearon a su líder.

Luego le llegó el turno a Gabriel para ser llamado a la presencia del príncipe Elhyon.

—Ciudadanos y moradores de Celestya, llamo ante el trono a Gabriel —dijo el príncipe.

Lentamente, Gabriel se puso en pie y caminó por el amplio y largo pasillo que conduce al fastuoso trono del Crystalmer. Y tímidamente se ubicó ante el príncipe. Un detalle muy curioso en el príncipe es su espada, la cual permanece en su vaina mientras él guarda silencio. Sin embargo, en ocasiones, cuando este se dispone a hablar, la espada sale de su vaina sin ser tocada por nadie y se posa en frente de su cara en forma horizontal, con su punta señalando hacia el receptor de la voz de Elhyon. Mientras él hablaba a Gabriel, su espada salió de su vaina despidiendo rayos de luz y un denso vapor. Esta vez, la espada se elevó alto, muy alto en el Crystalmer, y descendiendo a gran velocidad sobre Gabriel, que permanecía parado ante el príncipe. Todos gesticularon suspirantes cuando la espada penetró la cabeza del pequeñín traspasando todo su cuerpo.

Gabriel quedó de pie y totalmente enclavado en el suelo. El príncipe miró a los ojos del sorprendido pequeñín, quien se sintió expuesto ante su penetrante mirada. Sus palabras fueron dichas con una voz que retumbó en todo el Crystalmer. El príncipe dijo:

—Esta es mi palabra que sale de mi boca, la cual no vuelve a mí sin cumplir mis propósitos. Esta palabra será lo que te mantenga firme y de pie desde ahora y para siempre. Mis expresiones te mantendrán firme y mis palabras te conservarán inconmovible en los más agobiantes desafíos y los más cruentos retos. Hoy te nombro mi mensajero principal, llevando comunicados de índole real. Serás como mi voz a los que te envíe y las voces que se opongan a la tuya y no crean a tu mensaje serán enmudecidas.

La espada que lanzaba vapor y rayos dentro de Gabriel salió suavemente del pequeño. Entonces este se arrodilló diciendo:

—Yo soy Gabriel, que estoy delante de la presencia del señor de señores, voluntariamente elijo, y esta es mi más sublime misión, ser tu mensajero. Rindo

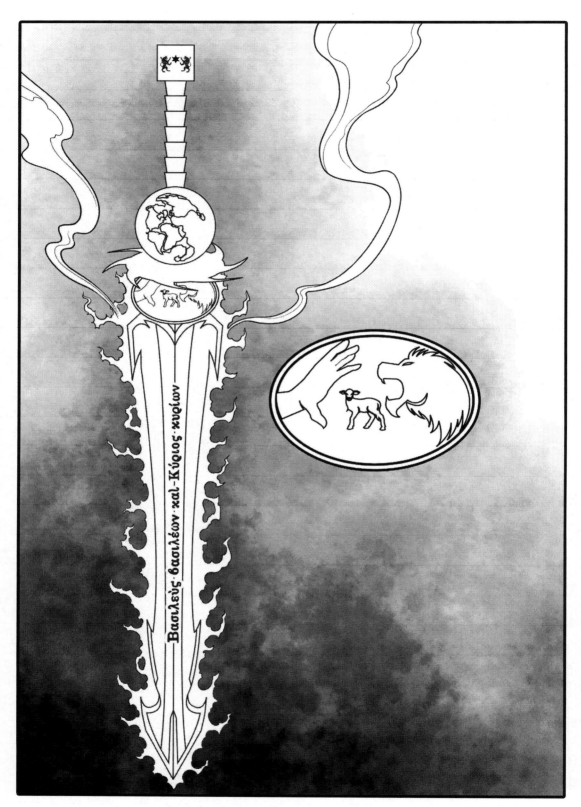

La espada del príncipe Elhyon y su sello real sobre ella

a ti mis principales alas vida y voluntad. Para el príncipe, con el príncipe y por el príncipe de Celestya.

Desde ese momento Gabriel está frente al trono del rey Elhadon y el príncipe Elhyon, esperando ser enviado con mensajes reales, sin apartarse de allí ni un solo instante.

Luego de haber llamado a todos los graduados, el príncipe dijo:

—Atención mis guerreros.

La espada frente al rostro del príncipe vibró con estas palabras, despidiendo rayos de luz, acompañados de un denso vapor azul:

—Esta es mi palabra que sale de mi boca, que no regresa a mí vacía sino que sale y cumple mis propósitos.

Al decir esto, la espada se desplazó a gran velocidad en remolinos alrededor del Crystalmer sobre las cabezas de los millones y millones de presentes. En su rápido recorrido iba formando lo que parecía un poderoso torbellino, el cual se expandía por todo el recinto. La espada subió hasta el punto más alto del centro del decoradísimo salón y soltó enceguecedores rayos, relámpagos, truenos y vapor entre el torbellino. Cuando los efectos de los rayos y el torbellino terminaron, a su alrededor habían millones y millones de espadas de color plateado brillante pulidas como espejos que reflejaban destellantes el tan adornado palacio.

El príncipe dijo:

—Estas son las armas de mi ejército.

Inmediatamente, su espada regresó frente a él. Acto seguido, las millones y millones de espadas flotando en la cúpula del Crystalmer comenzaron a descender lentamente. Leomight dio un grito que decía:

—¡Alzad, oh puertas, vuestras cabezas!

Bullfort le hizo coro diciendo:

—¡Y alzaos vosotras puertas eternas!

Andrews Morphus dijo:

—¡Y entrará el príncipe de gloria!

Mientras esto era dicho, el príncipe Elhyon bajaba del trono al pasillo principal del Crystalmer. Cada estudiante de la clase recibía su espada personal, y de inmediato Leomight rugió y dijo:

—Porten y presenten armas ante su majestad el príncipe Elhyon, hijo de Elhadon, soberanos de Celestya, la valiente.

Millones de millones presentaban armas levantadas ante el príncipe, que pasaba revista a su disciplinado ejército. Cada espada tenía grabado el nombre de su guerrero portador y cada guerrero portaba una espada. El príncipe paseaba orgulloso y digno entre las filas de la clase número seis de la Universidad de Celestya.[2]*

Regresando a la derecha de su padre Elhadon, Elhyon extendió su mano y ante él vino un brillante biblographolux, que en nuestro idioma significa libro de luz. Este libro flota a la derecha del Crystalmer. Elhyon, estando de pie ante su padre, le dijo:

—Padre mío y soberano rey de nuestra ciudad. Este libro contiene los nombres de todos los guerreros de la clase número seis de la Universidad Logos. Los presento ante ti como ciudadanos aprobados de nuestra morada, pues han usado bien las armas de luz y de verdad.

Elhadon puso su mano derecha sobre el libro y dijo:

—¡Aprobados!

Luego de la expresión del rey el libro regresó levitando a su lugar. Se nos ha dicho que este libro también contiene los nombres de todos los fieles al príncipe de todos los lugares del cosmos y de todas las épocas. Sus páginas están hechas con las perennes hojas del Acaluxcia, nuestro árbol de la vida. Por eso al libro también le llaman el Libro de la Vida.[3]*

Cuando se dio por terminada la graduación, Sarah Eagle salió volando y lanzó su agudo y acostumbrado grito:

—¡Victoria, victoria, victoria!

Leomight hizo lo propio con su poderoso rugido. Andrews Morphus y Bullfort dieron la orden a todos los presentes:

Andrews : «¡Y entrará el príncipe de gloria!»

—Porten armas y arrójenlas al domo superior del Crystalmer.

Todos lo hicieron. Cuando las armas chocaron contra el domo, se produjo una hermosa y llamativa explosión de fuegos de diversos colores y formas; era todo un espectáculo. Sorpresivamente, las armas volvieron a sus respectivos portadores con perfecta precisión, y el Crystalmer volvió a su estado original.

Otro rugido de Leomight produjo lo que parecía ser una estampida en la calle principal de Celestya. Eran los hipolux, que se acercaban a gran velocidad. El Prestado comandaba briosamente su manada. Se nos ha informado que los hipolux visitan la ciudad solo en las graduaciones, y que también la visitarán en el tan esperado evento del Gran Día de su Venida. El príncipe dijo a todos los estudiantes presentes:

—Clase seis, les invito a dar su primer paseo como graduados; salgamos de palacio. Por primera vez ustedes montarán como caballeros de Celestya, la valiente.

Los hipolux doblaron la pata delantera e inclinaron sus cabezas ante el príncipe en espera de sus respectivos jinetes. Sin perder un instante, todos montaron a sus corceles, que para este especial recorrido traían hermosas capas rojas que llegaban hasta la mitad de sus patas, y una forma de máscaras doradas y rojas que cubrían parcialmente sus cabezas. Debajo de sus poderosos cuellos, y cubriendo su pecherín, había una placa dorada en forma de un escudo con alas, y en el centro la cara de un ser parecido al profesor Leomight con su boca abierta, mostrando filosos dientes. Esta tan lujosa prenda les hacía lucir como temibles acorazados. Todos los hipolux lucían estos vistosos atuendos, todos menos el Prestado, que lucía brioso, libre e imponente a la cabeza de tan especial manada, el escurridizo Invictux.

El cielo de Celestya parecía inundado por un río de color blanco, dorado y rojo cuando los hipolux extendieron sus alas dejando perfectos espacios entre ellos. Todos volaban en perfecta formación, iban hacia el frente a gran velocidad. Mientras los jinetes montaban sus ejemplares, el viento acariciaba sus rostros y arremolinaba sus cabellos. Unos a otros se felicitaban, saludaban y sonreían desde sus disciplinados corceles. De repente, se escuchó en el aire el rugido de Leomight:

—¡Rompan filas; escojan una ruta libre!

Y el Crystalmer volvió a su forma original

Sin hacerse esperar, miles de hipolux volaban hacia el frente, arriba, abajo, izquierda, derecha y hacia atrás. Un hermoso despliegue de coordinadas y divertidas piruetas llenaron los alrededores de nuestra ciudad. Algunos dejaban escapar un halo de luz en forma de vapor de diferentes colores, y escribían mensajes efímeros en la expansión superior, o sea nuestro cielo. El río, con su sorprendente poder de reflejo, comenzó a imitar a todos los estudiantes que se acercaban a su radio de acción, formando esculturas de agua del jinete y su corcel. Mientras esto ocurría, un grupo de los iluminados encabezado por Luxipher, aprovecharon esta distracción para llevar a cabo su plan.

Luxipher se acercó a Abadón y Apolión, dos de los iluminados fieles a su causa, y les dijo:

—Es ahora o nunca. Estén pendientes a mi señal.

Fue así como varios de los iluminados abandonaron a los millones de los recién graduados y se dirigieron cerca, muy cerca del Salón del Balance Universal. Pasaron y regresaron a la formación de nuevo, todos menos Luxipher. Gabriel observó lo que ocurría y se dirigió al ala oeste de la ciudad.

—Me pareció haber visto… ¡no, no puede ser posible! Debo haberme equivocado —dijo para sí mismo Gabriel.

Luxipher atravesó el largo corredor que precedía la entrada al Salón del Balance Universal, no sin antes leer y pasar por alto las advertencias de no continuar. El corredor, con una hermosa luz blanca en su base. En los lados y arriba un material parecido a un cristal oscuro intenso con miles y miles de puntos brillantes. Estos puntos titilan a grandes distancias. El inmenso pasillo estaba impregnado del perfume único y especial del príncipe Elhyon. Una luz roja en la blanca luz de la base del corredor, daba el último aviso: Este es el punto de no retorno, retírese de este lugar o atraerá impensables consecuencias a todo el universo. Luxipher se detuvo por unos instantes en ese punto cuando se presentaron ante él los quince poderosos guardias del Salón del Balance Universal.

Estos interceptaron a Luxipher en el centro del pasillo. Él no podía creer lo que veían sus ojos. Los poderosos seres eran réplicas exactas de él mismo. Siete se apostaron a su ala izquierda y siete a su ala derecha, cada bando le habló a Luxipher de la manera que jamás esperó. El bando del ala derecha prevenía a Luxipher de no proseguir y correr cuanto antes lejos del lugar donde se encontraba. Dijeron con voz firme:

-¡Retrocede y no prosigas, estás actuando en contra de ti mismo! Estás haciendo uso incorrecto de tus dos alas más importantes vida y voluntad. Si sigues, con el propósito de hacer lo que tú deseas, afectarás tu vida y la de muchos seres de aquí en adelante. Recuerda Luxipher, que esto que intentas es contrario a tu deber y responsabilidad. ¡Detente! Puedes perder tu libertad con tu falta de prudencia. Devuelve tus dos alas a donde pertenecen, a los pies del rey Elhadon y del príncipe Elhyon.

El bando izquierdo animaba a Luxipher que no hiciera caso de los guardas de la derecha, y que se diera prisa a entrar al Salón del Balance Universal. Incitaban al agitado Luxipher diciéndole:

—Prosigue, nosotros te respaldaremos. Date prisa. ¡Cruza! Que aquí está todo lo que viniste a buscar. Todo el poder está a un paso de conseguirse, si solo usas tu voluntad para continuar. ¡Vamos, atraviesa el punto de no retorno!

Cada vez que un grupo hablaba y el otro le contradecía, se enfrentaban en un mortal combate con espadas. Sin embargo, los golpes de las espadas no se escuchaban ni despedían rayos centelleantes. Todo el impacto de ellos se sentía dentro del cuerpo y mente de Luxipher. Era realmente una batalla interior sin cuartel. En un momento en que hubo silencio entre los bandos, Luxipher se percató de que uno de los quince guardas no combatía. Este permaneció quieto frente a frente con él.

Luxipher habló a este callado guardián, diciéndole con autoridad:

—Y tú, ¿quién eres? ¿De qué bando estás?

El guarda contestó a Luxipher:

—Mi nombre es el guardia Voluntad —y arrodillándose ante él le dijo:

—Haré lo que tú me digas. Te detendré si eso deseas y te dejaré pasar si es tu decisión; siempre he estado contigo y estaré. Dime qué harás. Hoy enfrentas tu mayor batalla en el más cercano y extenso campo, tu interior, enfrentando a tu más cercano y fiero combatiente, tú mismo. Hoy la victoria y la derrota están en tus manos. Si crees que puedes vencer, bien puedes; si crees que no, también estarás en lo correcto. Hoy todo depende de ti. Sabes que se te ha concedido un poder como a cada ser racional. Este no se usa en contra de simuladores o en someter a otros. Hoy tienes el poder de luchar en contra o a favor de un ser de gran valor, fuerza y coraje: tú mismo.[4]*

«Y tú, ¿quién eres? ¿De qué bando estás?»

Los guardias prosiguieron diciendo:

—¡Dinos específicamente lo que deseas obtener!

Luxipher, ni lento ni perezoso, dijo:

—Quiero sentarme en un trono como el de Elhadon y el príncipe Elhyon. Quiero montar al Prestado y quiero tener lo que ellos tienen, el servicio y la admiración de todos. Creo que para eso me he esforzado tanto. Todos son testigos de cómo he trabajado para ser el mejor. Quiero mucho más de lo que se me dio hace unos instantes en mi graduación.

Los guardias de la derecha hablaron con las voces de sus profesores, diciendo:

—Persiste hoy en todo lo que has aprendido en la Universidad de Celestya.

El segundo bando, con espadas desenvainadas, le motivaron a continuar, diciendo:

—Pasa el punto de no retorno y conseguirás todo lo que viniste a buscar.

La conversación se daba en medio de un combate que solo se escuchaba en el interior de Luxipher. Cualquier espectador desde afuera hubiese podido percatarse que los quince guardias no estaban allí; todo ocurría en la mente del intruso. Él se encontraba solo, con la única influencia y compañía de su conflicto interior.

Los guardias, opuestos a que Luxipher atravesara el punto de no retorno, le dijeron:

—Lo que deseas solo puede ser concedido por nuestro rey. Él lo da a quien él quiere, el estar a su derecha o a su izquierda solo lo concede él. Y para que eso suceda, ese ser debe antes vencer. Una vez él dijo:

A los que vencen les doy que se sienten conmigo en mi trono.

Luxipher, si continúas atraerás hacia ti y a nuestra ciudad las más pestilentes, degradantes y contaminantes tinieblas, y desatarás el poder del mal. No uses tu voluntad para degradar y contaminar nuestra ciudad y sus moradores, solo por satisfacer tus propios intereses. Hoy entrega tus dos alas vida y voluntad a donde deben estar, a los pies de nuestro rey y de nuestro príncipe.[5*]

«¡Quiero montar al Prestado!»

Luxipher dijo:

—¡Entonces es posible, es posible sentarse en el trono y tener todo lo que ellos tienen!

En ese momento, los guardas de la derecha se convencieron que Luxipher filtraba y escogía sus palabras según sus deseos. Lamentablemente, solo escuchaba lo que quería oír y lo que apoyaba sus intenciones. Los guardas que motivaban a Luxipher a continuar dijeron:

—Ya oíste que es posible y muy bien saben nuestras majestades que solo aquí lo puedes conseguir. ¡Adelante, cruza el punto de no retorno! El poder que mueve a toda esta ciudad esta aquí y por eso el acceso está prohibido. Si quieres, hoy será tuyo. No salgas de este recinto con las alas vacías de gloria, llévate toda la que quieras mientras puedas. Escucha con atención, Luxipher, tu nombre jamás será olvidado. Avanza y serás recordado para siempre. Para ser recordado debes olvidar, olvídate de todo, vamos. Olvida tu pasado y construye un nuevo presente, futuro y reino.

Los otros guardias dijeron:

—¡Retrocede! Tus alas no pueden contener tanta gloria, no puedes con ese excelente peso de gloria, es de otro y no tuyo. No pueden cuatro alas cargar una gloria infinita e inefable. Jamás pueden tus alas contener el peso que deberás llevar eternamente. Debes irte de aquí. Tú bien sabes que solo Elhadon y Elhyon pueden manejar el bien y el mal sin ser polarizados. Debes retroceder. No permitas este lastre en tus espaldas, no continúes.

El guardia Voluntad dijo:

—La decisión está en tus alas. Hoy tienes la fuerza de querer y también la del hacer. Hoy puedes hacer tu voluntad o la de nuestras majestades. Hoy es el momento aceptable para decidir qué harás y qué serás. Hoy debes tomar tu más grande decisión.

En ese preciso instante el efecto de viento y brillo de Luxipher se hizo más intenso y miles de recuerdos pasaron por su mente. La Plataforma Creativa, sus hermanos, la universidad, los hermanos cardinales, el Reactor, el príncipe, Elhadon y los inolvidables momentos con él. Olvidar todo, olvidar todo, olvidar; Luxipher no sabía qué hacer. Pensó proseguir sin más ni más; se detuvo y meditó un poco más. Luxipher titubeó un momento, luego, apretando sus puños, prosiguió a cerrar su campo visual. Entonces, resistiendo conscientemente todo lo que había aprendido, levantó su frente, barbilla y pecho bien en alto, expandió majestuosamente sus cuatro alas y dio un paso más allá del punto del no retorno.

Con un pie en el lugar correcto y otro en el incorrecto, la lucha interna se hizo aún más marcada. Desagradablemente conflictiva. Un paso más y Luxipher se paró completamente en el lugar prohibido por las leyes de nuestra ciudad. Inmediatamente, sintió que se separaba de todo su pasado, de Celestya y de sus hermanos. De repente, se vio despojado de su efecto de luz y brillo. Luxipher quedó sin ningún tipo de gloria, totalmente descubierto.[6*]

Acto seguido los guardias del bando izquierdo, los que habían motivado a Luxipher a pasar el punto de no retorno, aniquilaron con violencia a los del lado derecho. Sometieron a esclavitud al guardia Voluntad, atándole de manos y pies con una cadena de tinieblas, y entraron desordenadamente en Luxipher. Las manos, pies y rostros de estos seres se retorcían, mientras se restregaban, buscando cómo acomodarse dentro de él. Era visiblemente palpable cómo se estiraba el cuerpo lumínico del querubín rebelde al recibir en su interior a estos siete guardias que se contorsionaban brusca y desordenadamente, llevando con ellos a su cautivo, el guardia Voluntad.[7*]

Una vez atravesado el punto de no retorno, apareció una puerta al final del pasillo. La misma era en forma de árbol con un fruto desconocido. Sobre la puerta, una inscripción que leía: «Aquí moran perfectamente balanceados el bien y el mal. Solo el príncipe debe atravesar este umbral. Si alguien fuera de él penetra este lugar, se convertirá en el primer agente consciente y vivo del mal». Luxipher, poseído de siete poderes contrarios al bien, anhelaba obtener más poder; tocó la puerta en forma de árbol. Esta se abrió. Ya no había marcha atrás.

Dentro del Salón del Balance Universal, él vio cuatro escalones de forma circular que descendían conduciendo al centro del mismo. Sorprendentemente, el local estaba vacío. Parecía un enorme espacio oscuro cubierto de puntos brillantes, bolas de fuego de diversos colores reluciendo a la distancia. Algunas de estas esferas tenían anillos muy vistosos alrededor; otras eran esferas más pequeñas que giraban a su alrededor. Se podían admirar millones de estas pequeñas luces juntas en formaciones de espiral y nebulosas.

En el centro del Salón del Balance Universal, dos rayos en forma de bastones doblados en uno de sus extremos, se movían a gran velocidad entre dos manos que flotaban en el vacío. Lucían de un material sólido y sumamente brillante. Los mismos tenían un gran poder de atracción como un magneto. Luxipher sentía una fuerza que lo atraía hacia el centro del recinto. Cuando pisó el primer escalón, inesperadamente apareció la figura de Bullfort en forma de una luz inestable. Él advirtió a Luxipher:

—Un ser con una fuerza menor a la tuya está por levantarse. —Luxipher no se detuvo.

En el segundo escalón apareció la figura de Sarah Eagle, que dijo:

—Este vendrá de donde menos esperas. Ni siquiera te darás cuenta cuando llegue a tu lado.

Esto no lo desmotivó de proseguir al tercer escalón, cuando Leomight dijo:

—No tendrá apariencia de poder, ni buen atractivo; será menor que tú.

Luxipher saltó soberbiamente al cuarto escalón, tratando de opacar estas voces. En este escalón, la imagen del maestro de la intriga, el profesor Andrews Morphus, habló diciendo:

—Este ente te vencerá para siempre y vendrá a hacer que lo primero que veas al salir de este recinto. ¡Te derrotará!

Luxipher extendió sus alas hacia el centro de las manos que flotaban en la nada, donde se movían en contraposición los dos bastones de luz levemente doblados en uno de los extremos. Estos eran de un color azul, desde la parte que estaba doblada hasta un poco más de la mitad, donde se convertían en blanco. Cada uno tenía grabado unas palabras en un idioma desconocido para él. No importando las consecuencias, estiró su mano izquierda y tocó uno de los bastones. Luxipher recibió una descarga rojiza en su interior, y se retorció, sintiendo una sensación desagradable que lo arrojó al suelo. Era la primera vez que él tocaba la superficie en una caída. Del centro de los dos bastones se escuchó una voz que dijo:

—¡Luxipher! Hoy has decidido convertirte en el adversario principal de todo lo que tenga vida, voluntad y luz. De ahora en adelante llevarás el veneno del mal como un rastrero áspid a todas las partes que vayas. Esto es todo lo contrario a las hojas del Acaluxcia, nuestro árbol de la vida. Pero sabes que el bien siempre te perseguirá y al final de los períodos te vencerá.

Las dos manos penetraron fuertemente en Luxipher, arrancando carbones encendidos del interior de este y arrojándolos en contra del rebelde; le hicieron retroceder. Sonaron las alarmas, y la voz de Andrews Morphus dio aviso exhortando a que se abandonara inmediatamente el prohibido recinto. Acto seguido, los dos báculos se detuvieron con una fuerza indescriptible. Se levantaron por la parte recta, dejando la parte levemente doblada hacia abajo, por donde se unieron, liberando una explosión de tal magnitud que fue capaz de barrer a Luxipher hasta las afuera del edificio. La ciudad entera comenzó a temblar. Al activarse la alarma, Andrews Morphus se teletransportó a la entrada del recinto. Luxipher y el profesor cruzaron miradas por unos instantes, y al momento ya el maestro de la intriga no estaba en el lugar. Gabriel se acercaba a lo lejos; el Salón del Balance Universal había sido profanado.[8*]

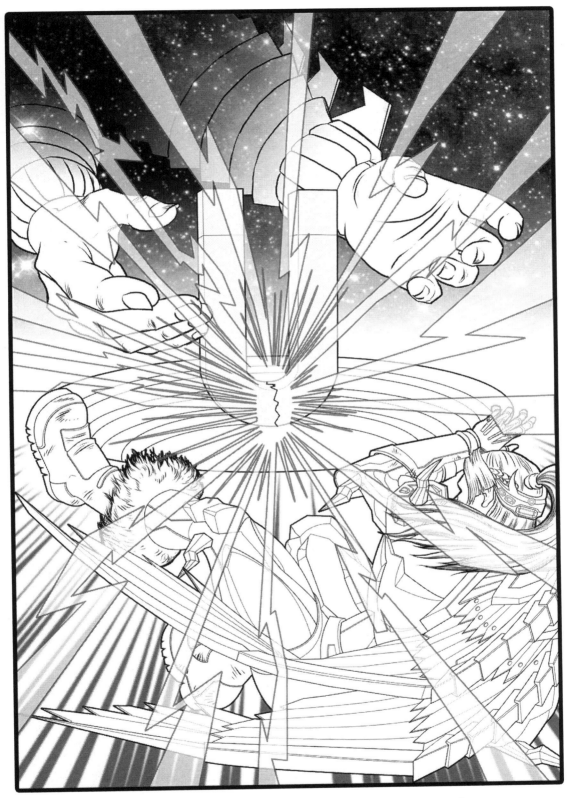

Luxipher es expulsado del Salón del Balance Universal

Visita al Salón Profundidad

Es sumamente lamentable que Luxipher haya tomado tan catastrófica decisión en perjuicio propio. Ya no puede dar marcha atrás. Sin embargo, si tú te encuentras cerca del punto de no retorno, aún tienes tiempo de recapacitar. Tal vez estés en medio de una encrucijada para tomar una decisión que de seguro sabes que es la incorrecta. Sé a ciencia cierta que si desciframos juntos la ficción de la verdad, recibirás mucha ayuda en la situación que puedas estar atravesando. Busca tu Libro Básico, pues ha llegado la hora 00:00 de hacerte más fuerte y veloz, para alejarte del punto de no retorno, y entregar tus dos más importantes alas vida y voluntad a los pies del bien y no del mal. Acércate al rey y al príncipe; en ellos se encuentra todo lo que tanto deseas, y de seguro entenderán tu situación y te enviarán la tan deseada luz y dirección que necesitas.

1. Hebreos 12:1-3*

2. Efesios 6:17*

3. Lucas 12:8, 9; Filipenses 4:3; Apocalipsis 3:5; Apocalipsis 13:8*

4. Génesis 4:7; Romanos 7:18-25; Romanos 8:5-9; Gálatas 5:16-24*

5. Isaías 14:12-15; Ezequíel 28:14, 15; 2 Timoteo 3:14*

6. Mateo 6:24; Santiago 3:10-12; Proverbios 23:26; Romanos 10:8-17; 2 Corintios 6:2; Efesios 5:1-13*

7. Mateo 12:45; Lucas 8:2*

8. Ezequiel 28:16-19*

Si no entiendes lo que lees, pide ayuda a un mentor con algo de conocimiento en el Libro Básico. Eleven sus ondas mientras estudian para que sean más rápidos, más fuertes y lleguen más lejos.

11

Polarizados

Ya cuando toda la estupenda celebración en el Crystalmer había terminado, y estaba en sus comienzos lo que prometía ser un divertido y plácido paseo inaugural por la expansión superior de Celestya, el panorama cambió repentinamente. El Prestado lanzó un extraño llamado y los hipolux se pusieron un tanto inquietos debajo de nosotros. Inesperadamente, nuestra relajada e informal comparsa se vio interrumpida por una estrepitosa explosión que provenía del Salón del Balance Universal. Algo que llamó la atención de los jinetes fue que instantes antes del estruendoso ruido, el príncipe Elhyon y los profesores saludaron con premura y desaparecieron ante la vista de todos.

Todos los ciudadanos nos dimos cuenta de que algo no andaba bien. De repente, se escuchó la voz séptima llamando a una reunión inmediata en el palacio, el Crystalmer. El príncipe estaba parado en el centro del trono, a su

261

izquierda y derecha estaban los veinticuatro ancianos del consejo, los cuatro profesores, los cinco mentores y los nueve ayos. Era la primera vez que aparecían ante el trono, usando sus vestiduras de combate. Un silencio incómodo y expectante cubrió como vapor espeso toda la sala delante del rey Elhadon y Elhyon el príncipe, como si algo muy serio estuviese a punto de saberse.

En este momento todos se percataron que muchos de sus compañeros estaban ausentes. ¿Cómo es posible que no hubiesen escuchado a la voz séptima? Por alguna razón toda Celestya había comenzado a temblar. El príncipe abrió la reunión diciendo:

—Mis amados guerreros, hoy muchas de sus preguntas serán contestadas. El porqué de tantos adiestramientos de guerra en un lugar de paz, los enemigos contra quienes nos preparamos y cuándo comenzaría la gran guerra. Es preciso que entiendan que en este mismo instante se hace más patente el porqué de la existencia de Logos, la Universidad de Celestya. Hoy debo darles la lamentable noticia de que El Salón del Balance Universal ha sido profanado. Alguien que militó entre sus filas ha osado desobedecer el balance y el perfecto orden. Hoy ha dado comienzo la gran batalla entre la luz y las tinieblas.

Miguel miraba asombrado a su alrededor. Se preguntaba dónde estarían Gabriel, Luxipher y tantos muchos otros ciudadanos. Mientras, la ciudad entera temblaba y el movimiento se hacía cada vez más intenso. El príncipe continuó diciendo:

—Muchos de entre ustedes han decidido seguir otro camino, uno diferente al balance, el orden y la luz. Desean hacer su propia voluntad, implantar su propio reino y establecer su propia ciudad. Por error creyeron que El Salón del Balance Universal era el centro de mi poder y quisieron tomarlo por la fuerza. Han errado voluntariamente, no tomando en cuenta tantas advertencias. Es en este lugar donde existen en armonía el conocimiento del bien y del mal. Hasta hoy, el mal se había mantenido sin ningún representante vivo. Hasta este momento solo existía como una idea, como un pensamiento comentado por nosotros. Ahora, este tiene quién lo piense, quién lo hable, quién lo obre y alguien que lo ha hecho suyo. Las tinieblas y el mal viven ahora en uno de ustedes. Y todos los que le juren lealtad, doblando sus rodillas ante él, vendrán a ser también engendros del mal. Estos perderán desde ahora toda conexión con los fieles, ya que no hay tregua, pacto de paz, ni comunión entre la luz y las tinieblas. En este asunto no hay áreas grises; esto está bien claro

«Hoy ha dado comienzo la batalla entre la luz y las tinieblas»

entre nosotros. Ustedes son mis soldados fieles, y vuestra primera misión como clase graduada es sacar a todos los rebeldes de nuestra ciudad Celestya, la valiente. Su misión también incluye el devolver a nuestras fronteras el balance y el orden perfecto.

Mientras el príncipe Elhyon hablaba, su espada de dos filos hacía eco en tres poderosas voces.[1]*

El temblor iba en aumento, sacudiendo cada edificio. Todo se movía, todo menos el trono del rey Elhadon y su hijo, el príncipe. De repente, Miguel recibió un comunicado en forma de una luz amarilla intermitente. El mensaje era corto y claro:

—¡Soy Gabriel, pasa por mí y ayúdame![2]*

Súbitamente el mensaje se interrumpió.

—¿Cómo es posible que Gabriel sea un infiel y aún pueda mantener su conexión conmigo? Eso no concuerda con las palabras del príncipe; algo no anda bien —pensó el consternado Miguel—. Debo estar alucinando. Sin embargo, escuché su voz en forma clara. No, esto parece real. Pero, cómo salir de aquí para ayudar a mi hermano, a dónde ir y en qué situación se encuentra. Algo no anda bien.

En Celestya un pedido de ayuda debe responderse de inmediato; sin embargo, la voz séptima todavía estaba activada en cada fiel al príncipe para que quedara y permaneciera dentro del Crystalmer. Si el llamado era real, entonces Gabriel debía esperar.

Una vez fue arrojado fuera del Salón del Balance Universal, Luxipher se encontró con dos personajes por separado. El primero solo le miró y salió hacia el palacio. El segundo fue Gabriel, que se sorprendió al ver a su hermano tan asustado, débil, confundido y enrojeciéndose cada vez más. Gabriel, acercándose, le llamó cariñosamente:

—¡Luxipher! ¿Qué te ocurre? Parece como si hubieses enfrentado a veinte simuladores Fortaleza.

Luxipher se desplazó rápidamente hacia él, le agarró violentamente de las manos y trataba de obligarlo a arrodillarse. Gabriel le preguntó:

—¿Qué haces, mi hermano?

Luxipher le dijo con mucha sagacidad:

—Júrame lealtad, arrodillándote ante mí y serás mi selecto mensajero.

Gabriel le dijo:

—¡Nunca suceda tal cosa! Sino que ante nuestra majestades Elhadon y Elhyon jurarás lealtad y ante su sola presencia te arrodillarás.[3]*

Luxipher luchaba con el débil Gabriel para hacerlo arrodillar, jurar y fallar. Gabriel sacó fuerzas de la debilidad para mantenerse de pie en contra de tan imponente fuerza.

—¡Luxipher, Luxipher, recapacita! ¿Qué haces? —decía, mientras sus fuerzas se debilitaban—. Vamos, la voz séptima nos llama al Crystalmer.

En ese preciso momento vinieron ante Luxipher millones y millones de ciudadanos que no escucharon voluntariamente la voz séptima para presentarse al palacio, y ahora se acercaron a la escena.

—¡Ayúdenme, libérenme del poder de Luxipher! ¡Mi hermano está fuera de sí, libérenme!

Gabriel pidió ayuda a los recién llegados, lo que resultó en vano, pues su llamado fue ignorado. La gran mayoría del grupo de los iluminados vino en pos de Luxipher, aunque había millones de otras clases previamente graduadas. Gabriel, al ver que no recibiría ayuda de los recién llegados, dijo en alta voz:

—¡Soy Gabriel, pasa por mí y ayúdame!

—¡Cállate, mi hermano! Tú y tu inservible protocolo —rezongó Luxipher.

—¡Son las reglas, Luxipher! Debo clamar por ayuda —replicó Gabriel.

—¡Escúchame bien pequeñín! Y observa el nacimiento de una nueva era, con una nueva regla, y esta es: no existen reglas.

Luxipher, sosteniendo de su mano derecha a Gabriel y levantando su mano izquierda, dijo ante todos los presentes:

—Desde este instante quebranto mi pacto de lealtad y de servicio a Elhadon y a Elhyon. Juro no servir jamás al rey de Celestya ni a su príncipe.

Con inmensa soberbia alzó su voz y dijo:

—Los que quieran unirse a mí, doblen sus rodillas y juren ser fieles a su nuevo adalid Luxipher. Juntos crearemos un nuevo orden universal. Renieguen de este lugar, de la luz, del orden, del balance, de Elhadon y del príncipe.

Los millones de guerreros doblaron sus rodillas ante Luxipher, diciendo:

—¡Juramos lealtad a nuestro nuevo líder!

Inmediatamente después del juramento, las espadas que portaban salieron de sus vainas y volaron prestas en dirección al Crystalmer, incluyendo la de Luxipher.

—Observen cómo las armas de la luz desertan de nuestro ejército. Ya no nos sirven para nada; huyen por que prevén la aplastante derrota que sufrirán todos los fieles al régimen de Celestya.

Mientras avanzaba en su discurso, la apariencia de Luxipher se hacía cada vez más roja, más grande y grotesca. Todos los que juraron corrían la misma suerte. Continuó diciendo Luxipher.[4*]

—Escuchen con atención mis fieles, esta es mi primera orden: Capturen al Prestado para mí y también a los cuatro hipolux de los profesores. Los uniremos a nuestro ejército. Los demás síganme.

Cientos del ejercito de Luxipher salieron a cumplir con la primera encomienda. Mientras que los millones restantes, junto con su jefe, se dirigieron al Crystalmer. Los cuatro hipolux de los profesores huyeron delante de las hordas de Luxipher. Volaron hasta agotar sus fuerzas en la persecución. Al final, fueron atrapados por los poderosos yugos Bullfort de los enemigos y la misma suerte corrieron millones de los hipolux.[5*]

Desde que fueron apresados, estos cuatro hipolux y los millones que fueron raptados, gimen a una y están con dolores inmensos, esperando el día de su liberación. Instintivamente, esperan la vuelta y la manifestación de los seres de luz, que de seguro vendrá.

El Prestado no pudo ser atrapado, ni siquiera pudieron tocarlo. Ah, eso sí, este corcel marcó a patadas, aletazos y a mordiscos, a los que fueron enviados por Luxipher, haciéndolos huir en estampida. Las heridas propinadas por el Prestado en ellos jamás han sanado. Con este acto de fidelidad quedó demostrado que este especial hipolux es solo para el príncipe de Celestya. Y nadie puede arrebatar de su mano lo que es del príncipe Elhyon. Al verlos huir golpeados y heridos, el Prestado dio un relincho muy parecido a una carcajada. Sacudió el polvo lumínico de sus patas y se unió orgulloso al resto de la manada que logró escapar.[6*]

Las espadas de los rebeldes y la de Luxipher, que regresaban al Crystalmer, entraron por la puerta principal que se les abrió por sí sola. El príncipe Elhyon dijo a los presentes:

—Lo que ven es el número de espadas de los guerreros unidos a la profanación de Celestya, nuestra ciudad.

Los celestes miraban las millones y millones de espadas que regresaban. Era un desfile impresionante de armas plateadas que se movían sin su portador, sonando ruidosamente como una estrepitosa catarata centelleante. Estas subieron en espiral al techo del recinto y no se vieron más. Elhyon dijo:

—Debemos sacar de Celestya a los profanadores. Restauraremos el orden y el balance a su estado original.[7*]

Leomight rugió nuevamente con un llamado a los hipolux, que retornaban para ser montados por sus jinetes dirigidos por el siempre libre, el Prestado. Bullfort dio la orden de salida:

—¡Muuuuchachos, adelante!

Esta vez miles de guerreros de las clases anteriores acompañaban a los recién graduados. Sarah Eagle se elevó sobre todos en forma majestuosa y dio su grito, que se escuchó en todo el Crystalmer:

—¡Victoria, victoria, victoria!

Leomight dio el llamado para que los cuatro profesores montaran a sus corceles especiales, los cuales nunca llegaron, al igual que muchos hipolux. Andrews, imitando a Sarah Eagle, voló rápidamente y se puso al frente junto con los tres restantes profesores en sus acostumbrados puestos. En ese momento, todos vieron una espesa nube oscura y mal oliente que llenaba gran parte de los cielos de Celestya. Era un ejército enorme de los seguidores que se habían unido al rebelde profanador y traían consigo el efecto devastador de las tinieblas. Y Celestya, la valiente, se preparaba para ser invadida por primera vez en toda su historia.

Visita al Salón Profundidad

No importa cuán débil o fuerte creamos ser. Llegarán a nuestras vidas situaciones que pondrán a prueba nuestro carácter y se demostrará de qué realmente estamos hechos. Cuando ese momento llegue a nosotros sabremos que podemos contar con la ayuda necesaria. Llama, busca y toca las puertas para que puedas obtener esa ayuda, pues de seguro vendrá. Llegó el momento de buscar la verdad detrás de la verdad en las páginas del Libro Básico, ya que llegó la hora 00:00 de separar la ficción de lo que no lo es.

1. Apocalipsis 1:16; Apocalipsis 19:15*

2. Hechos 16:9-10*

3. Mateo 4:8-10*

4. Juan 8:44; Mateo 25:14-30; Apocalipsis 3:11*

5. Apocalipsis 6:2-8*

6. Romanos 8:19-23*

7. Ezequiel 3:17-20*

Si no entiendes lo que lees, pide ayuda a un mentor con algo de conocimiento en el Libro Básico. Eleven sus ondas mientras estudian para que sean más rápidos, más fuertes y lleguen más lejos.

12

La batalla inicial

Los ciudadanos de Celestya no podían creer lo que veían en sus cielos. Un gran dragón rojo volaba en frente de los sublevados hacia el Crystalmer. Esta enorme bestia traía cuernos sobre su cabeza. Y sus enormes alas se movían con gracia y rapidez, mientras que con su boca lanzaba llamas de fuego, rayos y una sustancia negra, espesa, pegajosa y fétida que disolvía todo cuanto tocaba. Con su enorme cola golpeaba y destrozaba todo a su paso. Era sumamente imponente. La bestia tenía en una de sus patas delanteras, algo luminoso, lo cual ella agitaba con violencia.

Frente a frente los dos ejércitos esperaban con expectación la orden de ataque. Repentinamente, la música que remarca la intensidad de lo que ocurre en la verde expansión, o que cambia de tono con la dirección del viento, cesó.

Y cuando volvió a escucharse sonaba pesada y muy fuerte, demarcando un suspenso que casi se podía tocar.

Miguel se acercó a Leomitght, esperando el llamado a avanzar. El profesor, hablando con una notable solemnidad, le dijo:

—Miguel, esta no es mi batalla, ni de los restantes profesores. Es la tuya y la de tus fieles guerreros. A ti, y solo a ti, escucharán los ejércitos de luz, y tú les conducirás a las más gloriosas victorias. Luchen en contra de los representantes de los nocivos rayos tinieblas, para conservar nuestra ciudad pura y nuestra fuente de vida, la luz, en su estado original.

En ese momento, el rayo azul que está en la cabeza de Miguel, vibró con gran intensidad. Este fenómeno, en nuestra ciudad Celestya, se llama: el llamado conciencia. Desde ese momento entendimos que en todos los lugares del universo, hay palabras que nos llaman desde nuestro ser interior a entregar una respuesta. Cuando esto ocurra, recuerda que debes responder al llamado conciencia; no te detengas.

El arcángel se arrodilló y cerró su campo visual por un instante, mientras la bestia se burlaba del novicio ejército. Miguel estaba solamente poniendo sus dos alas vida y voluntad al servicio de Elhadon y del príncipe Elhyon, reafirmando así su compromiso con la luz; su única fuente de vida. Levantándose, Miguel hizo aparecer su espada en mano y gritó:

—¡Por Celestya, para el príncipe, con el príncipe y por el príncipe!

Los compañeros de Miguel hicieron lo mismo. El líder de los Vencedores Guerreros dijo:

—Atacaremos al escuchar mi señal. Trompetero, mantente a mi derecha; espera por mis órdenes.

Miguel asintió con la cabeza a su trompetero. Al sonar de la trompeta daría comienzo la batalla. Todo gran evento en nuestra ciudad incluye el sonar de las trompetas. Entonces se escuchó el sonido de la trompeta.

La bestia rojiza dio la orden de ataque a sus guerreros, al vomitar una ráfaga de pestilente fuego de entre su bífida lengua y sus afilados dientes. Los ejércitos de Luxipher se lanzaron al frente, avanzando impetuosamente. El dragón rojo dijo:

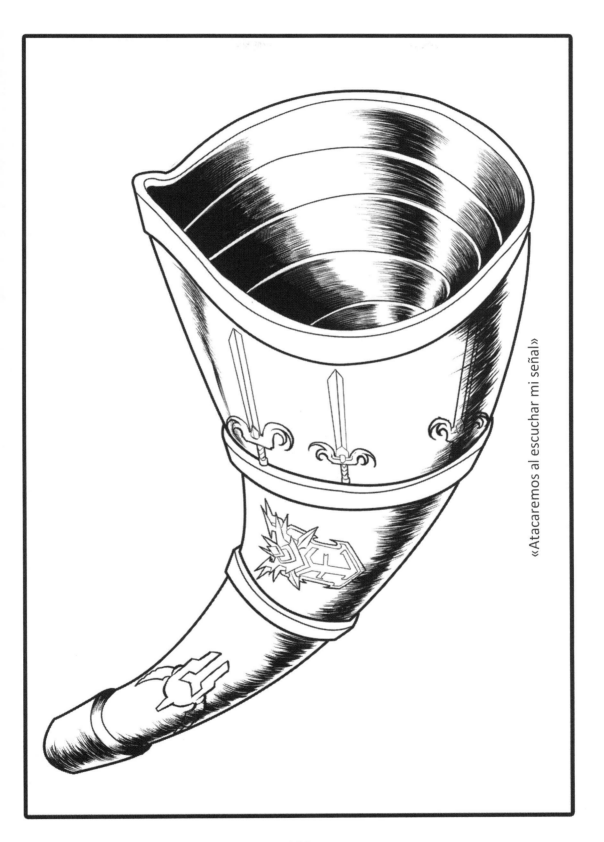

«Atacaremos al escuchar mi señal»

—¡Ataquemos, no tengamos piedad!

Miguel, con un grito y un recio movimiento de manos, pronunció:

—¡Activando defensas ahora!

Esto hizo aparecer su escudo y su plateada armadura. Sus guerreros no vacilaron en imitarlo, y así activaron su Panoplia Lux, su armadura de luz. Los dos ejércitos lucían como una avalancha de poder destructivo a punto de enfrentar su primer combate verdadero. La bestia y Miguel se quedaron quietos, mirándose el uno al otro. Miguel se preguntaba: ¿Quién o qué será esta bestia rojiza que nos trajo división, falta de orden y balance a nuestras filas? Los guerreros de Miguel comenzaron a tener éxito en replegar a las hordas de la bestia de las cercanías de Celestya. Los adversarios empezaron a retroceder hacia la verde expansión. Los Vencedores Guerreros avanzaban en su frente de batalla. A pesar de mantenerse alejado de la ciudad, el poderoso ejército de la bestia ofrecía fuerte resistencia.[1]*

Arma contra arma, rayos de un bando para otro. Era simplemente un combate real; y esta vez no era un ensayo, era la penosa realidad. Nada tan doloroso y lastimero que una guerra entre hermanos. Los hipolux, sometidos al bando rebelde, dejaban salir de sus campos visuales notables fluidos de luz líquida, y de sus bocas largos relinchos lastimeros. De repente, Miguel escuchó la voz de Gabriel llamándolo desde las garras de la bestia:

—¡Miguel, Miguel, no he fallado en mantener el orden, el balance ni a la luz! Sigo siendo fiel al príncipe y estoy prisionero del poder de la bestia.

Miguel recibió el intermitente mensaje y entonces todo se hizo claro en su mente; todo comenzó a tomar forma.

—Está claro, es Gabriel que está prisionero en las manos de la bestia.

—¡Soy yo, soy yo! —gritaba Gabriel.

—Debo liberarlo. Ahora comienzo a entender mi portal en el Reactor —decía Miguel.

Entonces, él se abalanzó como un alud hacia la bestia rojiza. El adalid del ejército de luz impactó fuertemente a la bestia en su pecho, logrando hacer que retrocediera. Aún así, ella trataba de apresar en sus fauces al arcángel, quien escapaba de los chasqueantes mordiscos. Todos notaban el esfuerzo de

«¡Activando defensas ahora!»

Gabriel, que intentaba infructuosamente de liberarse del confinante agarre de la bestia rojiza. Miguel pudo llegar hasta la garra de la bestia que mantenía cautivo a Gabriel, y ejercía su fuerza para liberar a su hermano. Los movimientos rápidos de la bestia y su agilidad en la batalla le parecían muy familiares a Miguel. Sin embargo, su apariencia era totalmente desconocida. Esto lo mantenía desconcertado.

Los Vencedores Guerreros se esforzaban en mantener arrinconados a la bestia rojiza y a sus huestes. Sin embargo, esta parecía invencible, disparando rayos y fuego desde la distancia, mientras sostenía fuertemente a Gabriel. Las ordas de Luxipher intentaron acercarse a Celestya de nuevo. Todos pudimos escuchar la voz del príncipe Elhyon decir:

—Detengan a los rebeldes, no defiendan la ciudad ya que Celestya vive.

En ese instante, la ciudad misma reaccionó como si estuviese viva. Las perlas que adornaban la parte superior de nuestras puertas se tornaron rojizas. Flotaron por unos instantes y brillaron con un potente rojo. Descendieron impetuosamente, sellando las doce entradas, de modo que ninguno de los destructores guerreros de las tinieblas podía traspasarlas.[2]*

En las cuatro explanadas las estatuas de los profesores también comenzaron a moverse, pero no por el temblor, sino cuando cada hermano cardinal tomó su lugar en su correspondiente explanada y gritaron a una la palabra defensa. Hasta ese preciso momento nos dimos cuenta de que estas gigantescas figuras eran poderosísimos simuladores protectores. De repente, sus cabezas se levantaron y sus ojos se tornaron de un color blanco azul, como en reconocimiento de la situación y al percibir al ejército adversario aproximarse. Sin hacerse esperar, usaron las armas que tenían en su poder. Los soldados enemigos fueron impactados por la espada Leo, las flechas Eagle, la hoz Bullfort y los rayos que salían disparados de los ojos de las estatuas de Andrews Morphus. Actuaron como infalibles radares, capaces de detectar e interceptar cualquier enemigo que se acercara a nuestra ciudad Celestya, la valiente. Nunca habíamos visto tan adelantada tecnología de ataque.

El río que sale de la ciudad cooperó también en la batalla, pues se levantó como un impenetrable muro de luz líquida que repentinamente se solidificó y se encendió en un impetuoso fuego, que no permitía la entrada de los rebeldes. Solo lo podían atravesar los fieles al rey Elhadon y al príncipe Elhyon. Sin embargo, todos los rebeldes que intentaban cruzarlo eran barridos y lanzados

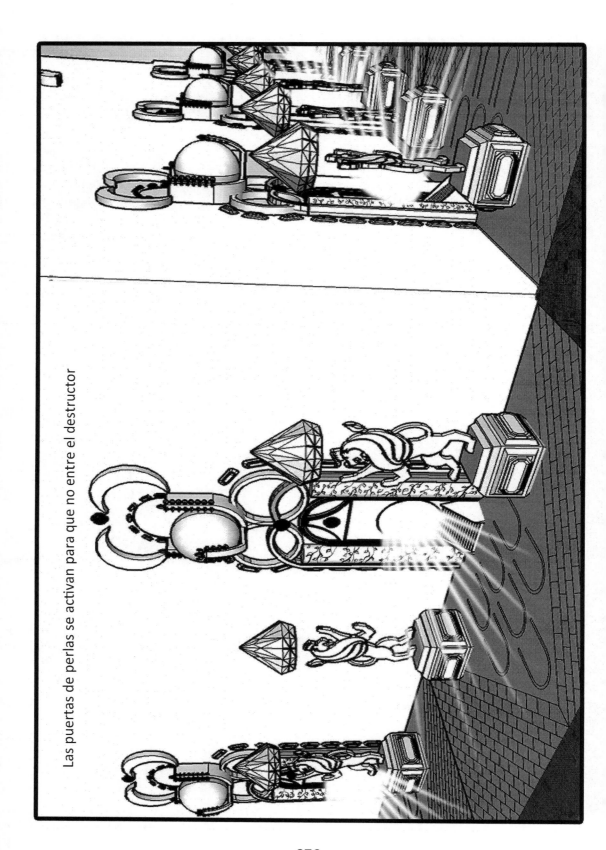

Las puertas de perlas se activan para que no entre el destructor lejos de la ciudad. ¡Simplemente sorprendente el efecto defensivo de la ruta río sobre nuestra hermosa ciudad!

Inesperadamente, el fulgurante domo que cubre el Crystalmer, comenzó a irradiar una poderosa luz blanca. Y los seis copos de luz, que se mueven en su interior, empezaron a girar rápidamente y a elevarse fuera de la cúpula. Estos comenzaron a expandirse sobre toda la ciudad como una inmensa cubierta protectora. Algunos de los rayos destructores lanzados por los enemigos que fallaban su objetivo, iban a tener contra esta poderosa protección. El campo de fuerza activó el poder inversor, y era asombroso observar cómo devolvía los rayos de los adversarios a su lugar de origen con infalible precisión, derribando a muchos de los atacantes.

La más remarcada e inesperada reacción de la ciudad, ocurrió cuando todos pudimos presenciar cómo el Salón Profundidad emergía como una torre gigantesca. Este se elevó por sobre la ciudad y se fundió con el domo del Crystalmer, como si fuesen una sola pieza. Todos los combatientes vimos a nuestro apacible y silencioso lugar de estudios convertirse en un gigantesco cañón. Nuestra biblioteca lanzaba miles de cortantes y agudas espadas de dos filos, envueltas en rayos y centellas. Las espadas eran propulsadas hacia el frente por la explosión de los cristales que las contenían, y una vez liberadas, impactaban a los enemigos, inmovilizándolos. Era realmente asombroso admirar su certero tiro. Desde nuestras posiciones, pudimos ver cuatro gigantescas espadas de dos filos grabadas a su alrededor y a todo lo largo de esta bien pensada arma de ataque. Sobre las cuatro espadas, una brillante inscripción: «Viva, eficaz y penetrante».

En esta decisiva batalla, las defensas de una ciudad que parecía estar viva, dieron muestras de su compromiso con la protección de ella misma y la de sus ciudadanos. Muchos de los enemigos fueron vencidos, sin necesidad de ser interceptados por los del ejército de luz, porque la ciudad misma los mantenía lejos. En forma rápida e inesperada, la parte superior de Celestya estuvo protegida y herméticamente sellada, por el campo de fuerza formado por los seis vistosos copos de luz del hermoso domo del palacio El Crystalmer.

Volviendo a la batalla, las hordas de las tinieblas estaban siendo repelidas por el ejército de Miguel, y Celestya misma resistía su avance; no tenían escapatoria. Miguel dio la orden de que apresaran a los soldados más poderosos de entre las filas de la bestia y los ataran con yugos Bullfort permanentes. Cuatro de los más poderosos, astutos y violentos ángeles

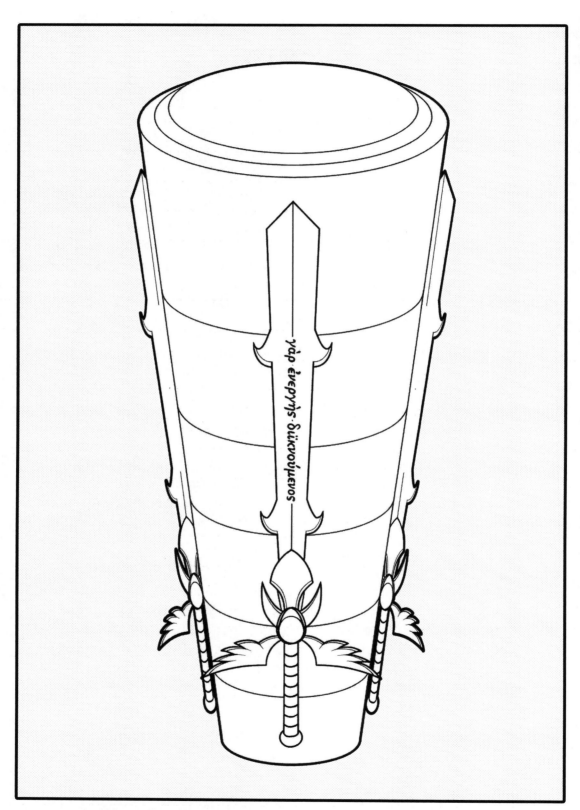

El Salón Profundidad, nuestra biblioteca: Viva, eficaz y penetrante

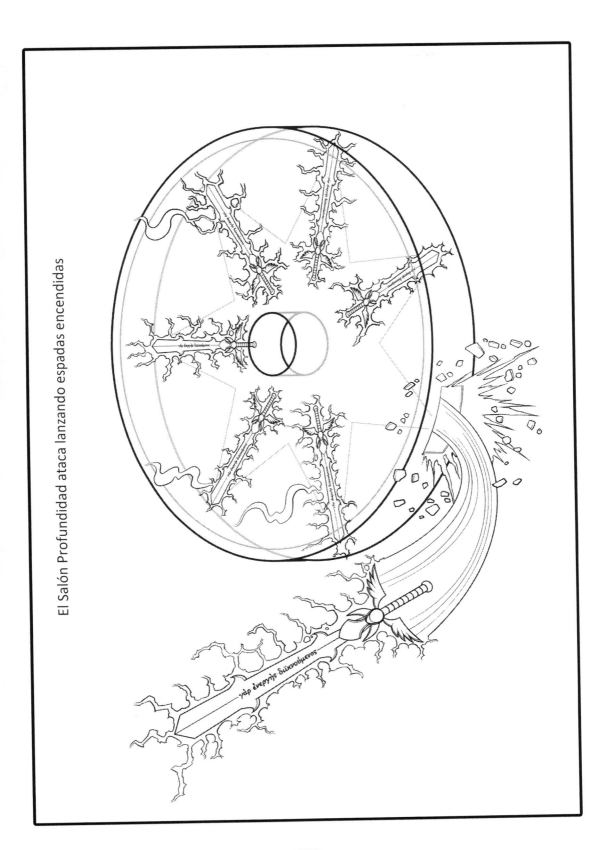

El Salón Profundidad ataca lanzando espadas encendidas

destructores, fueron apresados y aún así ofrecían resistencia. Hasta hoy estos archimaléficos seres permanecen atados, esperando el día de su liberación. El poder de Elhadon proteja el lugar y guarde a los moradores de donde ellos estén, porque son poderosos entre los poderosos y pertenecen a los acorazados destructores de la clase Abadonia Apolonia.[3]*

De repente, el príncipe Elhyon dio una orden a Miguel:

—Di a tu ejército que retroceda, da la orden de retirada ahora.

—¡Retirada, retirada, trompetero da la orden de retirada! —dijo Miguel de inmediato.

Sin pensarlo un instante, el trompetero dio la señal y los ejércitos de la luz obedecieron inmediatamente. Acto seguido, el príncipe señaló con su dedo un lugar en la expansión superior de Celestya, donde estaban arrinconados los ejércitos de la bestia. De la mano derecha del príncipe salió un intenso vapor en espiral de color rojo, que abrió lo que parecía ser un gran hoyo oscuro. Este hoyo oscuro succionaba a los malvados, y comenzó a atraer hacia él también a los fieles a la luz y a la bestia.

En ese preciso instante, el príncipe sostenía en su mano izquierda un cofre del aulux (oro) más puro. La fuerza del torbellino abrió la cubierta superior del cofre violentamente, y fue entonces que todos pudimos contemplar en su interior un collar igual al de los profesores cardinales, que tenía grabado el nombre de Luxipher. El príncipe Elhyon miró a la bestia, luego al collar. Su rostro reflejaba todo lo contrario al gozo y la alegría. De sus ojos, y luego descendiendo por sus mejillas, dos espesas corrientes de luz líquida, daban claras muestras de su conmoción. Parado frente a los restos de un Acaluxcia que había sido tronchado y chamuscado por una de las ráfagas de fuego de la bestia, no pudo evitar que la luz líquida cayera sobre el dañado árbol. De repente, del quemado Acaluxcia, brotó un pequeño y rastrero renuevo y una seca y débil raíz, solo al toque de lo que brotaba de los ojos de nuestro desencajado príncipe.

Desde ese momento entendimos que lo más débil de nuestro príncipe es sumamente poderoso para revertir el efecto del mal, y que aún en su más profunda conmoción puede bendecir y dar el regalo de la vida. Si con una sola gota que descendió de sus mejillas surge un renuevo, qué ocurrirá en el lugar donde se derrame todo su interior. De seguro que vida eterna.

Un torbellino succionador se abre sobre Celestya

El príncipe, sujetando todavía el cofre, dejó que el torbellino se llevara el collar. El cofre quedó vacío sin su joya, y el hermoso collar se perdió absorbido por el potente torbellino. El cofre permanece aún en Celestya, como un recuerdo, con un profundo mensaje de una vida tronchada, un proceso inconcluso, dones no apreciados y un llamado eterno que permanece latente. Acto seguido, nuestro admirable príncipe de paz acarició el pequeño renuevo y le llamó Esperanza, ese es su nombre en nuestra ciudad hasta hoy.[4*]

Los ejércitos de Miguel, que ya se habían replegado, y los profesores, se sujetaron a las columnas y muros de Celestya, o a cualquier cosa firme. Bullfort sostenía fuertemente de la mano a Sarah Eagle, quien no tuvo oportunidad de sujetarse a nada. El poderoso profesor la acercó rápidamente hacia él, y la princesa águila se aferró al pecho de su valiente hermano. Sujetándose fuertemente recordó el momento en que tomaron partículas lumínicas del pecho de los primeros profesores, para darle origen a ella misma. Pensó por un momento:

—Si voy a pasar a la nada, será volviendo a mi origen, al pecho de mis hermanos. Juntos en la vida. En la nada tampoco seremos separados.

Leomight se agarraba a una de las puertas de la ciudad y Miguel comenzó a ser arrastrado. Gabriel luchaba sin ningún éxito, tratando de liberarse del lazo de su cazador, que arrojaba pestilentes ráfagas destructoras de fuego y vapor. Todo en la ciudad temblaba, y ahora este gran hoyo que amenazaba con arrancar cada rayo de luz de Celestya, empeoraba la situación. Andrews Morphus observó con detenimiento en reconocimiento de la situación, y se percató que la única cosa firme en la ciudad eran Elhadon y Elhyon. Débilmente, con sus alas, señaló al que estaba sentado en el trono y al príncipe.

Andrews comenzó a imitar en forma lenta, pero constante, la firmeza y estabilidad que emanaba del trono. Despacio él empezó a incorporarse, a la vez que se levantaba de sobre la superficie. Gradualmente, fue elevándose a la vista de todos, sin ser succionado por el gran torbellino. Mientras ascendía, abrió sus brazos en posición horizontal, juntó sus pies el uno al otro y extendiendo sus alas a su máxima envergadura, como un gran panel de energía, avanzaba hacia arriba. Andrews dijo fuertemente:

—¡No es con espadas ni con ejércitos, el secreto de la victoria es la imitación real, el verdadero poder viene del trono!

Leomight rugió con un mensaje claro a los ciudadanos de Celestya:

Sarah recuerda su origen

—¡Imiten a Andrews Morphus y prevalecerán![5*]

Todos los ciudadanos fieles al príncipe decidieron imitar a Andrews Morphus. Entonces comenzaron a fortalecerse, levantarse y soltarse de los lugares de donde se aferraban. Pronto, los que obtuvieron la firmeza suficiente para estar elevados, formaron un gran muro de contención con yugos Bullfort alrededor de los que tardaban en el proceso de imitación. En un momento, todo el ejército de Celestya estaba sostenido en el vacío, sin ninguna otra energía que la que provenía del trono.

Los aliados de la bestia fueron arrancados de Celestya por la poderosa fuerza del torbellino. La bestia misma comenzó a ser arrastrada junto con su prisionero Gabriel. Miguel decidió atacar a la bestia, esta vez con una fuerza estremecedora. Cada vez que asestaba un fuertísimo golpe de espada, lograba debilitarla más y más. El monstruo rojo miró a Miguel y le dijo:

—Ven y únete a mí y seremos invencibles.

En ese momento Miguel reconoció la voz de su hermano Luxipher. Un sentimiento desconocido y nuevo lo envolvió, dejándole desconcertado y frío frente a una espantosa realidad. Lo que sintió esta vez en su interior fue totalmente inverso al gozo y el balance al orden y la alegría. Perplejo aún por descubrir que la bestia era su hermano, y no comprendiendo lo ocurrido, Miguel le preguntó:

—Luxipher, ¿qué has hecho? ¡Libera a Gabriel, suéltalo ahora mismo!

La boca de la bestia trataba sin éxito de apresar a Miguel, que era tan rápido como la luz escurridiza, y comenzó a no ser efectiva con el adalid tan cerca. Miguel pensó: —Si la bestia es Luxipher, entonces por eso pelea desde lejos con su luz inclinada y sus dardos encendidos.

—Debo combatirlo frente a frente para vencerlo; él no puede resistir y estar firme a este tipo de encuentro. Luxipher no puede permanecer firme si es resistido, si le resisto él huirá. ¡Sí, huirá! —dijo entre sí Miguel.

Entonces, levantó su espada y se alejó de la bestia a gran velocidad, y con un sorpresivo viraje la embistió. La bestia retrocedió, soltando a Gabriel por el poder del arrollador impacto. La luz inclinada de la bestia no soportaría mucho el poder de la luz directa y la firmeza del avance de Miguel. De tan cerca no

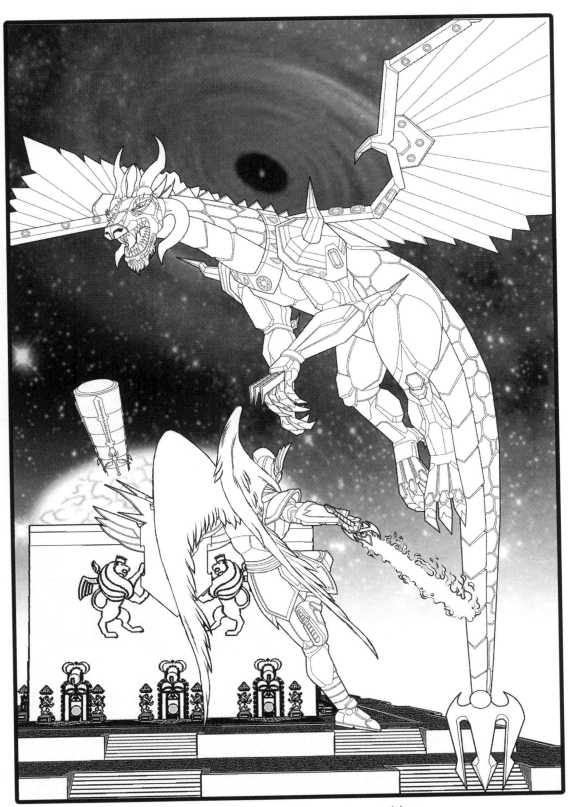

«Ven y únete a mí y seremos invencibles»

Gabriel es liberado de las garras de la bestia

contaba con la distancia suficiente para usar sus dardos y llamas de fuego certeramente. Ya no tenía escapatoria.

Mientras todo esto sucedía, el poderoso hoyo negro arrastraba a la bestia, que luchaba inútilmente por mantenerse en los predios de Celestya. Mientras, Andrews Morphus ya empezaba a perder su capacidad limitada de imitación. El profesor dio muestras de debilidad y comenzó a bajar su cabeza y sus manos. Bullfort y Leomight se acercaron para sostener sus brazos extendidos. Sarah Eagle mantenía sus pies unidos.

La batalla entre Miguel y la bestia continuaba, y el líder de los Vencedores Guerreros se preparó para asestar su golpe final, con el propósito de que la bestia fuese absorbida por el gran hoyo negro. El temblor se hacía más intenso cada vez. El arcángel avanzó con su espada relámpago en mano, usando toda la luz directa posible. Miguel sabía que su hermano, con poca capacidad al combate frente a frente, no contaba con la firmeza para resistirle. Así le propinó un durísimo golpe en el pecho, usando su espada y lo empujó con su escudo, a la vez que le decía:

—El señor te reprenda.

La bestia se encendió como rayo y fue arrastrada por el poder del torbellino negro. Al alejarse, parecía una centella desprendiendo chispas, luz y un vapor muy oscuro. Sus alaridos fueron espantosos, junto con palabras blasfemas y promesas de venganza.

El hoyo terminó por absorber a la bestia que rugía y lanzaba dardos de fuego. Mientras se alejaba de Celestya, Luxipher dio a sus hermanos una mirada de despedida lastimera por demás. Nunca más compartirían juntos en paz, nunca más cordón de tres dobleces, nunca jamás serían llamados los hermanos sonda, nunca más hermanos. Y el inmenso hoyo negro arrastró a la bestia y a los que con ella hicieron uso incorrecto de su vida y voluntad, liberando el mal y las tinieblas.

Miguel habló a la bestia mientras se alejaba y le dijo:

—Volverás aquí bajo otras condiciones y al fin de las eras confesarás al verdadero líder.[6]*

Andrews Morphus pronunció estas palabras a Miguel:

—Todo ha terminado.

Inmediatamente, el hoyo negro se cerró, llevándose las tinieblas y la maldad. Andrews se desplomó entre los brazos de Leomight y Bullfort. Sarah Eagle sujetó sus pies y lo llevaron al Reactor. Los profesores lo llamaban y él no respondió al llamado de sus hermanos cardinales. Leomight estaba consternado, no podía ocultar la cara de decepción; uno de sus estudiantes favoritos y tantos de los más poderosos habían originado esta rebelión y habían sido entrenados por él.

El desconcierto era total. Mientras se observaba la increíble escena, uno de los grandes héroes celestes parecía haber caído en la batalla. Todos rodearon el exterior del Reactor, mientras Andrews Morphus era depositado dentro del recinto. Fue la primera vez en nuestra historia, que se recibía allí a uno de nosotros que parecía estar en la nada existencial o cerca de ella. Todos esperamos, y después de tres períodos en el Reactor, él apareció sorpresivamente y totalmente restaurado ante todos en el palacio Crystalmer, donde se había convocado a los celestes para una celebración muy especial.

Andrews Morphus subió a su lugar a la derecha del rey y de su hijo el príncipe, como acostumbraba, recibiendo una ovación de aplausos, gritos y silbidos de todos en el palacio Crystalmer. En esa misma ocasión, Miguel fue condecorado y nombrado primer caballero de la orden del ejército de luz. Para eso, el príncipe Elhyon dio una orden corta y directa a todos los presentes:

—De rodillas ante mí y ante mí padre.

Al instante todos obedecieron.

El príncipe continuó diciendo:

—Hoy es una ocasión sumamente especial. Muchos de entre ustedes han sido llamados a la vida desde la Plataforma Creativa. Sin embargo, hoy yo les nombro mis dignos y fieles escogidos. En estos últimos y difíciles momentos que hemos atravesado en Celestya, son ustedes los que han escogido voluntariamente ser fieles a mis propósitos. Por esta razón, son dignos de doble honor, porque han sido míos por creación y por su propia decisión. Hoy, por segunda vez, yo los escojo para ser mis guerreros por la eternidad. Mi padre Elhadon, nuestro rey y yo, su príncipe, les nombramos caballeros escogidos de nuestra legión, legión de luz.[7]*

En ese momento, la espada que está frente a su boca se hizo tan ancha y larga que cubrió las cabezas de los todos los reunidos en el Crystalmer.

Volviendo a su tamaño original, se posó frente a la boca de nuestro glorioso príncipe. Todo era regocijo dentro del local. Sin embargo, Miguel y Gabriel lucían un poco apagados. El príncipe los miró con inmensa ternura y se dirigió hacia ellos y les dijo:

—Siempre mantengo vivo el recuerdo del momento de su creación. Miguel, saliste de un rayo verde, simbolizando todo lo que abre camino, concede el paso y da continuidad a los procesos. Tú, con tus ejércitos, abrirás camino a tus hermanos, los de aquí y los de mundos futuros. Gabriel, proviniste de un rayo amarillo, tipo del que anuncia lo que se aproxima, las cosas que hay que observar y la atención a todos los cambios que se acercan. Tú darás mi mensaje de las cosas por venir en otros mundos y a otras especies. Tú darás el alerta, y ellos escucharán tu mensaje, decidiendo con su vida y voluntad lo que harán. También recuerdo a su hermano Luxipher. Él surgió de un rayo rojo, para detener todo lo que está fuera de balance y de orden; para contener todo lo contrario a la luz. Sin embargo, él hizo uso incorrecto de esta fuerza y capacidad que le fue concedida. Él detuvo e invirtió el proceso de gloria y grandeza que le sería entregado gracias a su fidelidad, porque para esto fue llamado. Yo sé que en su interior ustedes sienten su inesperada partida y su trágica decisión.

El príncipe Elhyon se acercó a ellos, les abrazó y les dijo:

—Deben saber que mi gloria es tan inmensa que es capaz de llenar todo vacío.

Acto seguido, el príncipe irradió una luz tan poderosa que hizo que Gabriel y Miguel se hicieran invisibles ante tal despliegue, llegando a ser como transparentes. Cuando este efecto cesó, los dos hermanos lucían ropas totalmente diferentes a las que anteriormente portaban, tenían coronas de fidelidad y vida sobre sus cabezas y un más excelente brillo y peso de gloria.

El príncipe se dirigió a Gabriel y le dijo:

—Gabriel, tú serás el líder de mis mensajeros, que poseerán inmunidad diplomática en todas las fronteras intergalácticas. Te nombro el adalid de la orden «Los señores de los tres báculos maravillosos». Poderosas varas que designan liderazgo, palabra y dirección. Tú y todos los que lleven mi mensaje serán cartas abiertas leídas por todos los habitantes del universo. Debes estar alerta, ya que solo alguien de la orden de los príncipes podrá detenerte; pero el ejército celeste del señor, o sea, la clase Strategokupios Ouranos, será tu aliada en esos momentos. Miguel los dirigirá efectivamente. Llámalos cuando tu inmunidad diplomática sea resistida; prestos responderán.

Desde entonces, Miguel y su hermano dejaron de ser novicios y se convirtieron en ciudadanos. Ahora ya no se les ve tan a menudo en las afueras del Crystalmer. Al mirarlos, lucen como si fueran artesonadas columnas de nuestro palacio. Siempre están delante del príncipe, con el príncipe y por el príncipe.[8]*

Después de la recuperación de Andrews Morphus, fuimos convocados por la voz séptima a una asamblea general. Millones de millones de seres fueron congregados en el palacio, los veinticuatro ancianos del consejo, los nueve ayos, los cinco mentores y los cuatro profesores estaban todos en sus puestos. Miguel y Gabriel, los dos hermanos, estaban en el primer escalón, de la escalera que conduce al trono del rey Elhadon. El rey comenzó diciendo:

-Hoy es el inicio de una nueva era y trataremos un asunto de suma importancia.

Elhadon extendió su mano derecha y señaló hacia una pared en el Crystalmer. De repente se abrió un hoyo oscuro gigantísimo, girando en el salón. Acto seguido dijo:

—Esto que ven es una visión de lo que será el vasto espacio.

Todos vimos que había una esfera de polvo no lumínico, y algo que parecía ser luz líquida, pero de apariencia muy consistente y pesada sobre algunas partes de ella. Leomight preguntó:

—Mi señor, ¿qué es esa esfera que vemos flotando en ese lugar?

El rey Elhadon dijo:

—Lo que ven es una proyección de lo que será una Plataforma Creativa. A diferencia de Celestya, su futura base se llamará la materia y no la luz. La luz será uno de sus recursos; sin embargo, su base será y estará en el polvo mismo, y allí me dispongo a crear nuevas formas de vida y un ser muy especial. Quiero compartir mi visión y mi plan con ustedes, el cual es uno de victoria sobre nuestros adversarios. Este lugar será el escenario de nuestro más glorioso triunfo. Se le conocerá como la victoria de las victorias. Su nombre será Pangea.

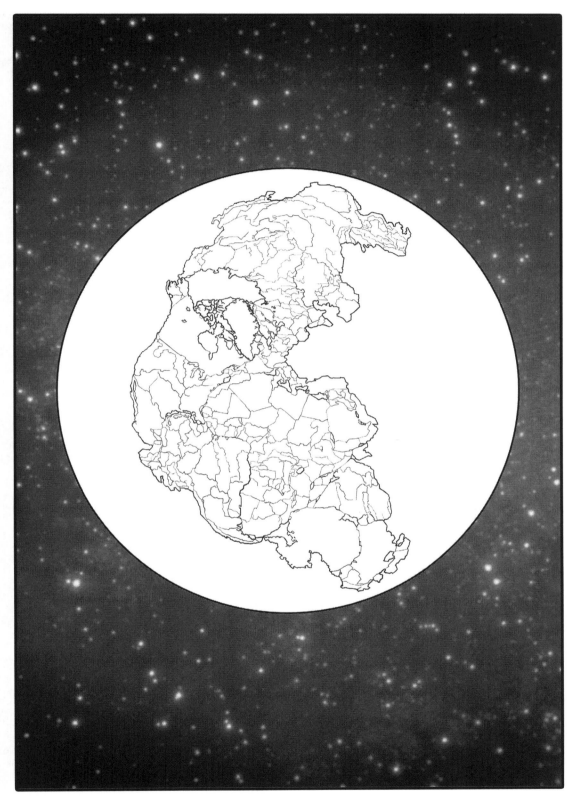

Pangea

Al ver a Pangea, Miguel y Gabriel se miraron sorprendidos, pues la reconocieron como el lugar de algunas de las visiones que ellos habían tenido dentro del Reactor. También el mentor Evangelux después de contemplar a Pangea reflejada en la pared, miró de reojo a Gabriel y sonrió en complicidad.

Los ciudadanos celestes se mantenían atentos, observando la opaca esfera que flotaba y giraba en el vasto y oscuro espacio. ¿Cómo podría un lugar tan inhóspito y en un caos ordenado, ser el lugar de nuestra victoria? Todo esto suscitaba muchas preguntas que serían llevadas al perfecto balance, y de seguro caerían en orden con el correr de la eternidad.[9]*

Al terminar la extraña asamblea en el Crystalmer, Miguel y Gabriel quisieron conversar con Andrews Morphus. Anhelaban saber qué había ocurrido durante su estadía en el Reactor. La curiosidad los mordía como un simulador de la clase Áspid. Había una pregunta obligada para Andrews Morphus en el interior de ellos:

—¿Cuáles serían sus portales o visiones en el Reactor?

Él respondió al llamado de los hermanos que lo invitaron a conversar. El profesor les saludó con su cálido abrazo y con su acostumbrada frase:

—¿Todo en orden?

Los inquietos ojos de los hermanos delataron sus intenciones e interrogantes.

—Bueno, bueno, bueno, como todo lo que hay en nuestra ciudad —comenzó el profesor.

—Con que quieren saber qué pasó en el Reactor —añadió.

—No nos culpe por tan siquiera intentarlo; sin embargo, es de interés general en Celestya su inexplicable debilitamiento y su ingreso por tan largo período en el Reactor —comentó Miguel.

—Una estadía tan larga debió estar llena de visiones en su portal. Compártanos, por favor, aquellas que sean de tema social —agregó Gabriel.

—Al menos cuéntenos un poco. Hemos visto que los portales de Miguel se han hecho realidad en forma tan concreta, que deseamos saber cuán profundos y verdaderos deben ser los suyos —dijo el glorioso pequeñín alado.

«¿Todo en orden?»

Andrews Morphus empezó su relato diciendo:

—Pensé que hoy sería la ocasión en que mi más impactante portal se haría realidad. La visión tuvo lugar aquí mismo en el Crystalmer. Veía yo en el Reactor cómo el salón estaba lleno en una gran asamblea; todos en sus puestos de responsabilidad. Cada uno de nosotros ataviado con sus mejores galas, cuando de repente se escuchó un gemido. Todos miramos buscando para ver de dónde provenían los sollozos, que cada vez iban haciéndose más notables. Pudimos ver en el Crystalmer a un señuelo viviente. Es el primero de ellos que veo acá arriba. Su campo visual, lleno de un fluido claro y espeso que descendía por su desgastado rostro, y tú Gabriel, tú le acompañabas; parecía que tú lo conocías. Le hablaste y le dijiste: «No temas, él ha vencido». Un silencio que casi se podía ver y tocar llenó todo el Crystalmer. Las puertas principales estaban cerradas, Elhadon estaba sentado en su trono. Y sostenía un biblografolux con siete sellos puestos sobre él. Era tan magnífico ese libro que nadie podía leerlo, ni tocarlo o mirarlo. Esta era la razón del llanto del señuelo viviente; su curiosidad por saber qué secretos escondía el libro vedado, y su impotencia para poder conocerlo.[10]*

Continuó diciendo:

—Inesperadamente, todos oímos un poderoso estruendo detrás de las puertas centrales del Crystalmer. Estas fueron empujadas con gran violencia, de tal manera que casi fueron arrancadas de sus quicios. Al ser abiertas de par en par, golpearon las paredes del recinto, obligando a todos a mirar hacia atrás. En medio de las dos puertas, y entre claros y oscuros de luz, se veía la silueta de un pequeño animal. Este era blanco como la luz, de apariencia tierna y suave. Débilmente luchaba por mantenerse en pie, ya que sus patas traseras no estaban lo suficientemente fuertes para sostenerlo. Con gran esfuerzo se arrastraba con las patas delanteras, avanzando por la alfombra azul real con bordes dorados, en dirección al trono.

—Tambaleaba —añadió— y caía al tratar de levantarse. Parecía un simulador impactado por muchos de nosotros a la vez, y a punto de desplomarse. Lucía tierno, muy tierno y su débil balido reflejaba el gran esfuerzo que debía hacer al tratar de levantarse, caer y volverse a levantar. De sus patitas y de sus costados fluía algo rojo brillante que se hacía oscuro, sólido y pegajoso sobre su pelaje al secarse. Cayó y suspiró, jadeante y se quedó inmóvil. En ese momento pensé que no se volvería a levantar. Sin embargo, a la mitad de la alfombra trató de incorporarse y volvió a caer. Con un notable

Gabriel y el señuelo viviente que sollozaba

«No temas, él ha vencido»

esfuerzo logró, en forma lenta y tambaleante, ponerse sobre sus patas delanteras, mientras afirmaba las traseras, y al fin estuvo en pie.

Andrews Morphus continuó diciendo:

—Parado en medio del regio pasillo parecía una figura inapropiada para este lugar tan honorable, donde solo los valientes permanecen. Sin embargo, era tierno y hermoso a la vez. Su falta de atractivo lo hacía más deseable. La tambaleante y pequeña criatura hizo el intento de dejar salir un balido, pero para sorpresa de todos, lo que salió de su boca fue un rugido más poderoso que el de Leomight, a la vez que se transformaba rápidamente en un firme e imponente león. Miró a todas direcciones y continuó caminando, esta vez con pecho erguido y con una elegancia y porte únicos. Su mirada, como llama de fuego penetrante, pero a la vez amigable y comprensiva. Su cabeza coronada con abundante cabellera, su cuerpo pura definición y su cola hermosa cual ninguna. Sus patas sumamente fuertes. Sin embargo, no restaban gracia a su caminar, que lo hacían lucir como el comandante en jefe de un poderoso ejército. Con un gesto de su cabeza empezó a saludar a todos a su derecha y a su izquierda como si reconociera a sus huestes, los que sorprendidos le miraban. El poderoso león se detuvo en un punto de la alfombra, antes de subir el primer escalón en dirección al trono. Muchos en medio del recinto comenzaron a inclinar su cabeza; otros, doblaban su rodilla derecha ante tal muestra de majestad, poderío y supremacía.

—Él era —continuó— simplemente admirable y atractivamente irresistible. En ese momento, Leomight llevaba en sus manos una brillantísima tiara dorada con facetadas piedras rojas, la cual colocó en la cabeza del visitante león. Sarah puso una hermosa capa azul real sobre sus espaldas, ajustándola a su cuello con una cadena hermosamente trabajada en aulux (oro) purísimo y escogidos zafiros. Bullfort trajo un cetro dorado con piedras azules y amarillas, el cual ofrendó a sus pies. Yo, Andrews Morphus, con mano extendida, le invité a subir al trono. Al retirarnos los cuatro profesores, el león tocó con su pata izquierda el cetro, mientras que con la derecha pisaba sobre el primer escalón que conduce al trono del rey Elhadon. Acto seguido, el poderoso león comenzó a transformarse en nuestro hermoso y glorioso príncipe.

—Todos los que llenábamos el Crystalmer —emocionado añadió el profesor—, prorrumpimos en aplausos y gritos de júbilo. El silencio se convirtió en una gran celebración nunca antes vista. El señuelo vivo que tú acompañabas, Gabriel, también se unió al regocijo y los fluidos de su campo visual cesaron, cambiándolos por sonrisas, carcajadas y gritos de gozo. Sus palabras fueron desconocidas para mí. Él gritaba: «¡Ese es mi Redentor, sí, él es mi Redentor!» Esa palabra para nosotros no es muy conocida; sin embargo, para él parecía muy significativa, por así decirlo, su todo. En mi visión, el príncipe Elhyon tenía en sus manos y pies sendas señales de impacto ya sanadas. En su frente, mostraba hermosas marcas que añadían atractivo. Le hacían lucir con una apariencia verdaderamente interesante y misteriosa, pero a la vez de agradable parecer. Tal vez tuvo que enfrentar simuladores, los cuales le marcaron. Era la primera vez en Celestya que uno de nosotros mostraba señales de impacto. Sin embargo, en el príncipe lucen como hermosas evidencias de una guerra, que de seguro luchó valientemente y con un propósito justo, de la cual salió más que vencedor. El príncipe Elhyon proseguía su rumbo. Llegó hasta el trono de su padre y tomó el libro de su mano derecha. Con gran demostración de fuerza y autoridad desató los siete sellos que lo vedaban.[11]*

Gabriel y Miguel escuchaban atentos, bebiendo cada palabra que salía de la boca de Andrews Morphus, y le preguntaron:

—Los sellos, ¿qué significan?

Él respondió:

—Para nosotros son misterios, pero serán temas sociales revelados a los señuelos vivientes que serán parte de una creación futura. Es mi deseo que el rey Elhadon nos permita mirar en tan profundas verdades de amor y entrega, y nos deje ayudar a cada señuelo viviente, a entender los misterios contenidos en ese biblographolux sellado a nosotros y redactado solo para ellos, por el mismo rey Elhadon —concluyó diciendo el profesor Andrews Morphus.[12]*

Mi nombre es Luxcious Luarux, fui estudiante y soy ciudadano de Celestya. Soy quien relata esta historia. Les aseguro que este es el lugar más fantástico en todo el universo. Si vives en una ciudad flotante, debes defenderla de los simuladores vivientes y la contaminación de las tinieblas que ellos llevan a cada lugar. Aquí sabemos que nuestra ciudad reacciona ante el contaminante mal, y tratará de destruir y mantener afuera a toda especie que trate de introducirlo. Y si la tuya es como la nuestra, de algún modo destructivo reaccionará contra la contaminación del mal. Trayendo el mal se destruyen a sí mismos, y hay una sola sentencia para eso. Aquí la sabemos muy bien. Protejan sus ciudades del contaminante mal, sino ellas mismas intervendrán y su reacción será violenta contra el mal, y contra la especie que lo traiga a sus puertas.[13]*

Además, quiero compartirle a todos los pueblos del universo este mensaje: Que sea su más grande llamado y honor más sublime, el hacer buen uso de sus dos más importantes alas, llamadas vida y voluntad. Entreguen estas dos a los pies de Elhadon y el príncipe Elhyon, y sé que haciendo esto encontrarán la tan deseada libertad. ¡Alerta, mantengan sus ojos bien abiertos, porque pronto, muy pronto, iremos a visitarlos![14]*

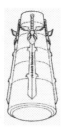

Visita al Salón Profundidad

¿Encontraste ficción? Pues disfrútala a tus anchas. ¿Encontraste verdad? Atesórala en tu corazón y aplícala a tu vida ¡Quién sabe si te hará más fuerte, más rápido y volarás más alto! Una verdad es clara sobre este relato, y es que el impacto del mal puede ser fuerte; pero sabemos que este puede ser vencido por el bien, y al final de los tiempos de seguro lo veremos cumplido. A veces notamos que el mal prevalece, pero no será por mucho tiempo. Vamos ahora a buscar la verdad detrás de la verdad en las páginas del Libro Básico, ya que llegó la hora 00:00 de separar la ficción de lo que no lo es.

1. Apocalipsis 12:7*

2. Éxodo 12:12, 13; Apocalipsis 21:27*

3. Apocalipsis 9:14, 15*

4. Isaías 53:2, 11, 12; Apocalipsis 5:5*

5. Zacarías 4:6; Efesios 6:10-13*

6. Lucas 10:18; Efesios 6:11-17; Santiago 4:7; 1 Pedro 5:8, 9; Romanos 14:11; Filipenses 2:9-11*

7. 1 Timoteo 5:21*

8. Apocalipsis 3:12; 21:4*

9. Génesis 1:1*

10. Juan 1:29; Apocalipsis 1:1, 2*

11. Apocalipsis 5:1-12*

12. 1 Pedro 1:12*

13. 1 Corintios 3:17; Apocalipsis 11:18*

14. Juan 1:5, 9; 8:12; Romanos 13:12*

Si no entiendes lo que lees, pide ayuda a un mentor con algo de conocimiento en el Libro Básico. Eleven sus ondas mientras estudian, para que sean más rápidos, más fuertes y lleguen más lejos. No olvides que en Celestya le llamamos ondas a lo que en su mundo llaman oración.

Sémadar Tenosyam

Epílogo

De seguro encontraste ficción que te hizo divertirte mucho; pues disfrútala y vuélvela a vivir siempre que puedas. Igualmente, sé que encontraste verdades muy significativas, que son a la vez prácticas y fáciles de aplicar para el provecho y desarrollo de tu vida en todas sus facetas. Hoy ya sabes de la existencia de la Universidad de Celestya y disfrutaste de varios de los cursos que se ofrecen allí. Sé que has sacado muchísimo provecho de sus enseñanzas. También visitaste el Salón Profundidad un sin número de veces para separar la verdad de la ficción, como un verdadero estudiante en las clases de Celestya. Además, tienes la ventaja de que sabes de la existencia del Reactor, un apacible y seguro lugar donde puedes ver tus portales, reponer tus energías y soñar, siempre que lo necesites.

Sin embargo, ninguna experiencia será de mayor impacto en ti que entrar al Crystalmer y estar frente al rey y al príncipe. Cuando tengas la oportunidad de estar allí, atrévete a rendir ante ellos tus dos principales alas: vida y voluntad. De seguro que te entregarán a cambio la tan deseada libertad. Una vez las deposites a sus pies, asegúrate de no volverlas a tomar; déjalos a ellos en control total. Solo así podrás obtener el tan importante sello de luz en tu frente, y conseguir la tan necesaria armadura y todas las armas de la luz. Con esta acción y actitud de entrega, de seguro que te convertirás en un ciudadano de Celestya, y con el pasar de las dispensaciones sé con seguridad que un día nos veremos allá. Por último, debes saber que en los mundos señuelos, el Crystalmer está mas cerca de lo que puedes imaginar, ya que el rey y el príncipe le llaman así a tu corazón.

Sémadar Tenosyam

Glosario

Acaluxcia - Acacia, con la palabra lux insertada. Árbol de la familia de las mimosáceas. La madera de acacia se utilizó para la construcción del tabernáculo y su mobiliario.

Apostello - (gr. Apóstolos apóstol) Enviado de luz, delegado, embajador.

Biblographolux - (gr. biblión libros, grafía escrito) Libros o escritos de luz.

Diadsékelux - (gr. diadséke pacto) Pacto, acuerdo, contrato o alianza de luz.

Didáskallo - (gr. didáskalos maestro) Maestro. Alguien instruido, el que enseña o imparte conocimiento.

Discernerelux - (lat. discernere discernir) Discernimiento de luz. Acción de distinguir entre una cosa y otra. Poder de diferenciar entre lo real y lo irreal, lo correcto y lo incorrecto, lo bueno y lo malo, la verdad del engaño.

Evangelux - (gr. euanguelistés evangelista) Predicador de luz. Evangelista es el que lleva las buenas noticias o buenas nuevas de salvación.

Hipolux - (gr. hippos caballo) Caballo de luz.

Invictux - (lat. invictus en victoria) Que no ha sido nunca vencido.

Leucotretrápolux - (gr. leukos blanco, tetrápous cuadrúpedo) Cuadrúpedo blanco de luz.

Logolux - (gr. logos idea palabra discurso) Palabra, discurso o expresión donde se revela conocimiento. En el libro es el que usa el conocimiento aplicado a la vida para el beneficio de él y del equipo.

Lux - (lat. lux) Unidad de iluminancia. Su símbolo lx, que equivale a la iluminancia de una superficie que recibe normalmente y uniformemente repartida, un flujo luminoso de un lumen por metro cuadrado.

Lux Métopon Sfrágiso - (gr. métopon frente, sfrágis sello) Sello de Luz en la frente.

Megadynalux - (gr. mega grande viene de un millón, dínamo fuerza) Gran fuerza de luz.

Miraculux - (lat. miraculum milagro) Milagro de luz.

Panoplialux - (gr. pan todo, hopia armas) Todas las armas o la armadura de luz.

Poimenix - (gr. poimén, pimén pastor) Pastor de luz.

Poliglotux - (gr. poli varias o muchas y glotta lenguas) Muchas lenguas de luz. Persona capaz de hablar varios lenguajes. Que habla muchos idiomas.

Portentux - (lat. portentum portento) Cosa extraordinaria o sorprendente.

Prophetex - (gr. prophete profeta) Uno que predice las cosas por inspiración divina.

Pyroneumalux - (gr. pyr fuego, neuma viento o espíritu) Viento de fuego y luz.

Sanitalux - (lat. sanitas sanidad) Sanidad de luz. Persona que posee la capacidad de sanar por una concesión del poder divino.

Scientialux - (lat. scientia ciencia) Ciencia de luz. Conocimiento cierto de las cosas por sus principios y causas.

Sofíalux - (gr. sofia sabiduría) Sabiduría de luz.

Traducerelux - (lat. traducere traducir) Traductor de luz. Persona que puede traducir de un lenguaje a otro.

Nombres de los personajes, lugares y cosas

Andrews Morphus - (gr. andros varón, morphé forma) En forma de hombre. Uno de los cuatro profesores.

Ayo - Persona encargada de criar o educar a un niño.

Bullfort - (ing. bull toro, fr. fort fuerte) Toro fuerte. Uno de los cuatro profesores, también conocido como Taurux.

Crystalmer - (ing. crystal cristal, fr. mer mar) Mar de cristal. Viene de la palabra inglesa cristal y de la palabra francesa mar. La parte interior del Crystalmer también es conocida como el Salón de la Expresión Suprema.

Elhadon - Este nombre fue creado a partir de la unión de dos palabras hebreas: Elohim (dioses) y Adonai (Mi Señor), de ahí viene el nombre de Elhadon. El nombre es usado en este libro para el rey de Celestya.

Elhyon - Este nombre fue creado de la palabra hebrea El- Elyon acortada. Este nombre señala al Dios Altísimo del cielo, de la tierra y de las alturas en la religión hebrea y judía. El nombre es usado en este libro para el príncipe de Celestya.

Gabriel - (heb. Gabriel) Hombre o varón de Dios. Nombre de un ángel.

Leomight - (lat. leo leonis, ing. might capacidad o poder) León poderoso. Uno de los cuatro profesores.

Luxipher - (heb. jeilél lucero) Lucifer, Luzbel. Nombre dado a un querubín. Es uno de los nombres con los que se conoce a Satanás. Se relaciona con la estrella matutina de la mitología del hijo de Júpiter y Aurora, que tenía el deber de anunciar el comienzo del día.

Miguel - (heb. Micael) ¿Quién es cómo Dios? Nombre de un arcángel o ángel principal.

Sarah Eagle - (heb. sarah perteneciente a la nobleza, de alto rango, princesa, ing. eagle águila) Princesa águila. Uno de los cuatro profesores.

Señuelo - Máquina que los profesores utilizan en los adiestramientos y que simula a los humanos. Un señuelo viviente es un ser humano.

Simulador -Máquina para ayudar a los estudiantes a mejorar en sus tácticas en las batallas. Algunos de estos son: Fortalezas, Maquinaciones, Áspid, Scorpia y los Gigantes.

Simulambiente - Salón de clases que simula en forma exacta algún ecosistema: desiertos, glaciares, alturas o el fondo del mar. Los profesores los utilizan para pulir las destrezas de los estudiantes para misiones futuras en otros mundos.

Biografía

Sémadar Tenosyam nació en Arecibo, Puerto Rico, el 4 de diciembre de 1967; del matrimonio de Don Cristóbal y Doña Manuela, siendo el menor de ocho hermanos. Se crió y realizó su educación primaria en el pueblo de Vega Alta y se graduó de escuela superior en la ciudad de Vega Baja.

Sémadar posee un Bachillerato en Administración de Empresas y habla los idiomas de español, inglés y francés.

Él considera fundamental en su formación la aportación que recibió de sus padres. De doña Manuela aprendió de valores y del amor por la lectura. Desde su temprana edad ella le leía cuentos y compartía lecturas de la Biblia. Él recuerda con mucha claridad esos momentos con doña Manuela leyendo al borde de su cama hasta tarde en la noche, y sus regalos de libros de cuentos en su infancia.

De Don Cristóbal recibió la habilidad de relatar historias y sus dotes de comunicador. Su padre era un cultivador de alianzas duraderas y hermosas relaciones personales, quien a su vez amaba el campo y las actividades al aire libre.

No es entonces una casualidad que los pasatiempos de Sémadar sean la lectura, el conversar con familiares y amigos, al igual que el montar a caballo y practicar el remar en kayak. Realiza obra social en países como: Colombia, Cuba, Haití, República Dominicana y Venezuela.

Sémadar Tenosyam

Para contactar al autor

Email: radamaysonet@gmail.com

Facebook: Sémadar Tenosyam

Tel. 787-610-9795

www.edicioneseleos.com

MULTIMEDIA LLC

Made in the USA
Columbia, SC
21 July 2020